中國語文叢刊

類篇字義析論

孔仲溫著

臺灣學生書局印行

自　序

　　人類有語言，來源久遠，其歷史渺不可知，而後有文字，然文字的發生，雖也歷時久遠，却尚可考知一二。在世界上各種形形色色的文字裏，漢字爲一種來源很古，獨立創造，且深具特色的文字，根據考古文獻的證明，它至少具有六、七千年的歷史。漢字創造的伊始，是以具體的圖象與抽象的符號來構形表意，隨着時間的遞轉，人事的寖繁，漢字循着自己「形音雙衍」的路線發展，而逐漸形成一種旣非拼音，也不是純表意的形聲結構的「方塊字」系統。

　　漢字構形表意的初始，原本是由形以見義的，文字的意義爲無概括性的單純特質，但隨着時空的移易，人心的轉化，社會的變遷，這些初始義也跟着發生變化，新的字義不斷地因孳衍、託寄而產生，於是文字的義項增多了，文字的意涵豐富了，且時代愈晚，每個文字所能代表的意義也就愈多。這些字義原本就是運用並保存在各時代的典籍文字脈絡之中，經過文字學家的蒐羅、整理，而滙編成字書，載列在每個字形之下，形成字書列形釋義的基本功能。

　　我國的字書起源很早，相傳於周朝便有了，不過眞正成爲系統，對後代有深遠的影響，則是許愼的《說文解字》，自許書出，後代據形繫聯的字書，多不出它的範疇，而北宋官修的《類篇》也不例外。《類篇》爲北宋英宗以前，收字、記音、載義最爲豐

富的一部字書，個人於民國七十四年撰成博士論文《類篇研究》，曾對《類篇》的基礎問題與形音部分，做了深入地研究，而從民國七十八年起，便又深入地探研字義部分，並陸續地發表在海內外的學報與學術會議上，如今已構成字義研究的完整系統，因而滙集成書，以見其整體面貌。

在這撰寫發表期間，承蒙各方學者、好友，不斷地給予誠摯的意見與鼓勵；更感動的是，本師陳伯元先生自始至終，從不鬆懈地嚴格督勵鞭策，於個人所發表的文章，都仔細審閱，並賜予寶貴的意見；陳瑤玲學弟爲此書奔走、校對，貢獻心力；學生書局慨諾出版，使得本書能順利問世，凡此均銘感五內。由於本書的撰寫，所費時日冗長，又因陸續發表研討，所涉範圍甚大，因此疏漏訛誤的情形，恐怕在所難免的，尚祈　海內外專家學者不吝指教。

中華民國八十二年十一月　孔仲溫　序於西子灣

類篇字義析論

目　　錄

第一章　緒　論

第一節　成書經過簡述❶

　　《類篇》是北宋繼《大廣益會玉篇》之後，另一部由官方修
纂的字書，也是我國歷史上最後一部遵循許愼《說文》五百四十
部首編排的字書。它的成書，從翰林學士丁度倡議，一直到司馬
光總成上書，先後共歷經二十八年（ 1039-1066 AD.）之久。關
於編纂的經過，《類篇》書後的〈附記〉，曾有一番頗爲詳細地
敍述：

> 寶元二年十一月，翰林學士丁度等奏：「今修《集韻》，
> 添字旣多，與顧野王《玉篇》，不相參協，欲乞委修韻官，
> 將新韻添入，別爲《類篇》，與《集韻》相副施行」。時
> 修韻官獨有史館檢討王洙在職，詔洙修纂，久之，洙卒。
> 嘉祐二年九月，以翰林學士胡宿代之。三年四月宿奏乞光
> 祿卿直秘閣掌禹錫、大理寺丞張次立同加校正。六年九月，
> 宿遷樞密副使，又以翰林學士范鎮代之。治平三年二月，
> 范鎮出知陳州，又以龍圖閣直學士司馬光代之，時已成書，
> 繕寫未畢，至四年十二月上之。❷

其中敍述到編纂的動機，是因爲丁度在領銜編纂《集韻》之後，
發現文字的形音義增加很多，與早先的《大廣益會玉篇》❸，內

容有相當大的出入，恐怕不能符合宋朝特有的字書與韻書相副施行的慣例，因而奏啓宋仁宗，希望能讓修韻官再根據新編的《集韻》編纂字書，俾能達成「相副施行」的目的。於是詔令王洙負責修纂事宜，然而王洙不知何故，在歷經十八年之漫長歲月，竟然未完成編事而卒。接著，嘉祐二年（1057 AD.）九月，由胡宿接掌，於是在次年奏乞仁宗，請掌禹錫、張次立二人協同校正修纂，後來《類篇》之所以能迅速成書，此二人應該是有相當貢獻。胡宿領纂了四年，嘉祐六年（1061 AD.）遷樞密副使，此書改由范鎮主纂，范鎮也領纂了四年，於英宗治平三年（1065 AD.）出知陳州，再交由司馬光負責其事，當時，《類篇》大致是完成了草稿。司馬光經過兩年的統合、整理、監督繕寫，終於英宗治平四年（1066 AD.）十二月進呈於神宗。所以自來典籍載《類篇》的編者，總是作「司馬光等」語，實在是由於他是從王洙以來，最後一位領纂的學士，由他具名領銜進呈於天子的緣故。而由上所述，我們也可以了解在編纂成書的漫長二十八年中，修纂工作得以積極進行，恐怕也就是在後面的十年光景了。

第二節　字義的名稱與範疇

《類篇》全書共收錄30828字 ❹，若依照漢字構成的要素——必須形音義三者全備，缺一不可而言，則《類篇》所收錄的文字，必然個個都有其形體、音韻、意義了。但如果再進一步嚴格地深究，真的個個獨立而有形、有音的方塊字體，必然都有其字義嗎？這恐怕就只能說絕大部分是有字義，而小部分是沒有的。何

以如此呢？那是因爲有一些字，當它們在單字形式時是沒有意義的，只有在兩個字組合的情況下才有意義，例如在〈虫部〉有「蜎」、「蟋」、「螳」，〈鳥部〉有「鶹」、「鸚」等字，它們原本在古書中就不曾單獨使用過，而只有「蜎斗」、「蟋蟀」、「螳蜋」、「鶹鵙」、「鸚鵙」的形態，以表達一種具體的意象，所以《類篇》在解釋意義的時候，也只能以這經組合才能夠表意的詞，去解釋那些不能單獨存在的單字。類似這種情形，如果仍採傳統「字義」一詞，是否得以涵蓋所有的文字呢？還是改用西方語言學「詞義」一名，更爲理想呢？個人則基於以下四項理由，認爲對於《類篇》一書的研究，「字義」這個名稱應該比「詞義」一詞來得更適宜些。

㈠ 中國傳統是流行文字學

　　文字之學在古代被稱爲「小學」，如在《漢書·藝文志》中就有「小學類」，其中的載錄，以字書爲主。降及《隋書·經籍志》，按文字構成的三要素，分析小學有訓詁、體勢、聲韻的不同。至宋朝王應麟《玉海》，對於文字學的分類與名義，更形明確，他說：

> 文字之學有三：其一，體製，謂點畫有衡從曲折之殊，説文之類；其二，訓詁，謂稱謂有古今雅俗之異，爾雅方言之類；其三，音韻，謂呼吸有清濁高下之不同，沈約四聲譜及西域反切之學。❺

所以傳統的文字學是專門系統研究文字形、音、義的學問。由於中國的語言是屬單音節語（monosyllabic language）與孤立性語

(isolating language)❻，文字是語言的具體表象，中國文字除了以一
個個的方塊字形（character）來表現其語言特性之外，其形構本身
更具有表意的作用，但語音的變化，往往與形構沒有直接或絕對
的影響，所以中國境內的方言雖然多而分歧，但文字的形體卻統
一而穩定，不因方言之不同而變易，與西方的拼音文字，因語言
的變化，形構也跟著變化的情形，並不相同。所以中國自來流行
以掌握形構為主的文字學，講求的是「字義」，與西方流行以掌
握語音為主的語言學，講求的是「語義」，實不相同。

㈡　《類篇》是一部依「單字字形」編排的字書

　　《類篇》是依許慎五百四十部首編纂的字書，全書 30,828
字的排列，是按形構偏旁歸部，同部中的文字，再依《集韻》韻
部的先後次序排列，即是「以形為經，以韻為緯」的組織方式。
尤其要注意的是，編排成書的基本單位，是個個獨立的方塊「字」，
而不是「詞」，這也就是《類篇》書中，猶然必須以「蟋蟀」、
「螳蜋」、「鶬鶊」、「鸚鴟」諸詞來解釋「蜶」、「蟋」、
「螳」、「鶬」、「鸚」等獨立無義的單字，即是因為該書的體
例，確實是以「單字字形」為架構的基礎，是以本文採「字義」
而不取「詞義」，這是一個重要的依據。更何況在《類篇》的時
代，西方語言學「詞」的觀念尚未輸入中國，自然「字義」應較
「詞義」更適合於《類篇》。

㈢　中國古來「字」「詞」多不分別

　　王力在《中國語法理論》一書中曾說：

　　中國古代沒有字和詞的分別。❼

這話大抵是可信的。造成古人所以會產生這樣的觀念，主要還是
在我國語言單音節、孤立性的特質使然。在語言學中，把具有語
意或語法功能的最小語言單位稱爲「詞位」（ morpheme）❽ 。它
是不論文字的表達形式爲單音節 （ monosyllabic ）或複音節（ pol-
ysyllabic ），全以語言所表達的意念爲主體，如果一個單音節的
語詞（ word ），就能表達一個完整的意念，這語詞即稱爲單音詞
（ monosyllabic word ），如果要以複音節的形式，才能表達一個完
整意念的語詞，則稱爲複音詞（ polysyllabic word）。由於中國語
言多屬單音節，所以我們的方塊字（ character ）多是單字詞，換
句話說，大致一般所謂的「字義」，也幾乎就等於是「詞義」，
尤其在我國單字詞盛行的古代，「字」與「詞」的觀念幾乎不別，
例如現今我們所知單字不成詞的「聯綿詞」，在漢代時猶能從語
言的觀念，稱它爲「連語」❾，但從宋代張有的《復古編》，則
開始稱它爲「聯緜字」便是一例❿。

(四)　「詞義」一詞仍有涵蓋不足之處

　　中國古代的字書，蒐羅了許多的意義，除了少數單字無義之
外，是否「詞義」一詞便能涵蓋所有單字的字義呢？若以陸宗達
與王寧的說法爲根據的話，則恐怕是有困難的，陸王二氏在合著的
《訓詁方法論》一書中曾說：

　　　比如，訓詁家公認本義是引申的出發點，而且決定引申的
　　　方向，而本義則一般是指字形所反映出的字義（有的確曾在
　　　語言中使用過，也可稱爲詞義）。⓫

這裡最值得注意的觀念是「詞義」必須在實際語言中使用過，而「字義」則不必。這種區別個人以為相當符合中國語言與文字發展非同步的實際狀況，十分合理。因此中國古代像《說文解字》這一類的字書，書中所載的是以「形」為單位的「字義」，至於這些「字義」是否全然地在實際語言中使用過，這就任憑誰也不能保證，事實上字書中所吸收的許多字義，有可能是訓詁家想當然耳、望文生訓所產生的，因此對於一樣屬字書的《類篇》而言，「字義」一詞，似乎又較「詞義」顯得貼切些。

由上述的四項理由，個人除了決定本文使用「字義」的名稱之外，也同時確定本文研究的範疇，是涵蓋《類篇》書中每個方塊字形下的所有意義。

第三節　字義的分類

我國關於字義的分析，應該早在文字學發生的時代就有了，但是對於類別的形成與討論，則屬晚近的事情，尤其近來受符號學、語言學理論的影響，主張更見分歧，以下將逐一論述，並確定本書字義的分類。

一　從符號學論字義的分類

《文子》曾說：「文字滿紙，各有意義。」這裡所謂的「意義」，從符號學的角度來說，它可以包含著兩層意思，一為「脈絡意義」（ contextual meaning ），一為「字典意義」（dictionary meaning ）。所謂「脈絡意義」就是指像文字這類的一個符號樣型，

我們藉著它所在的句子或段落的上下脈絡中，看出它所裝載的那
一個意義內容；所謂「字典意義」，就是指在一個符號樣型內，
它所可能裝載的所有意義內容，它是與「脈絡意義」相對的❷。
我國自漢代《說文》以來，凡載錄文字形音義的字書，其中所載
錄的意義，都是屬於「字典意義」，茲舉《類篇》為例：

> 〈艸部〉荒　呼光切，《說文》蕪也，一曰艸掩地也，一
> 　　　　　曰遠也；又丘岡切，虛也；又虛晃切，昏也；又
> 　　　　　呼浪切，田不治也。

> 〈小部〉少　尸沼切，不多也；又始曜切，幼也。

> 〈爻部〉希　香依切，寡也，望也，施也，亦姓。

但是這些「字典意義」有時是從一個一個的「脈絡意義」，經過
抽離和綜合等程序而得到的，就如《類篇》中除了詳列「字典意
義」之外，也經常徵引古籍，由此就可以證明這些「字典意義」
其本是源自「脈絡意義」，例如：

> 〈耒部〉耔　津之切，壅禾根也，《詩》或耘或耔。

> 〈比部〉毖　兵媚切，《說文》慎也。《周書》曰：無毖
> 　　　　　于卹。

> 〈大部〉契　苦計切，大約也。《易》曰：後代聖人易之
> 　　　　　以書契。

> 〈水部〉沙　……又所稼切，聲澌也。《周禮》鳥皫色而
> 　　　　　沙鳴貍。

用如上述符號學的觀點來分析漢字的字義，並無不可，但是它卻
有不能從而綜析字義系統，觀察字義生成、衍化、變轉等現象的
缺憾，不能稱為最理想的字義分類方式。

二 從文字學論字義的分類

論字義的分類，傳統上依其性質、內含，分成本義、引申義、假借義三類，並共構成一完整嚴密的字義系統，是最為學者所接受的。最早提出字義可分而為三的，就目前所知，或恐就是宋末的戴侗，他在《六書故·六書通釋》中主張說：

> 古人謂令長為假借，蓋已不知假借之本義矣。所謂假借者謂本無而借於他也。△卩為令，本為號令命令之令（去聲）令之則為令（平聲）。 長之本義雖未可曉，本為長短之長（平聲），自稱而浸高則為長（上聲）。 有長有短，弟之則長者為長（上聲）， 長者有餘也，則又謂其餘為長（去聲），二者皆有本義，而生所謂引而申之，觸類而長之，非外假也。

又說：

> 所謂假借者，義無所因，特借其聲，然後謂之假借。❸

我們姑不論他在文中所討論的本義是否正確，但是顯然地，在本義之外，尚有一種字義是「生所謂引而申之」之義，一種是「義無所因，特借其聲」之義。此後到了清代段玉裁，字義分成本義、引申義、假借義三類的名義，就廓然清楚了，他在《經韻樓集·濟盈不濡軌》一文中曾經說道：

> 凡字有本義焉，有引申、叚借之餘義焉，守其本義，而棄其餘義者， 其失也固，習其餘義而忘其本義者，其失也蔽。❹

而他在〈言饗二字釋例〉一文中又說：

> 凡字有本義，有引申之義，有叚借之義。❺

江沅於〈說文解字注後敍〉中也說：

> 許書以說解名，不得不專言本義者也。本義明而後餘義明，
> 引申之義亦明，叚借之義亦明。⑯

另外光緒間雷浚於〈說文引經例辨・自敍〉中，也申明字義有本義、引伸義、假借義三類，他說：

> 何謂本義？《說文》所定一字一義是也，其義多與其字之
> 形相應，故謂之本義。從本義展轉引伸而出者，謂之引伸
> 義；又有假借義，如音字本無茠陰之義，因《左傳》借音
> 為陰，故杜注不得不以茠陰之處釋之，而茠陰之處為音字
> 之假借義。⑰

到了民國以來，再如黃季剛先生《文字聲韻訓詁筆記》、齋佩瑢《訓詁學概論》、高亨《文字形義學概論》、陸宗達・王寧〈說文解字與本字本義的探求〉、毛子水〈跋新印說文通訓定聲〉、杜學知《訓詁學綱目》、龍宇純《中國文字學》、周大璞《訓詁學要略》等⑱，也都是承襲戴侗、段玉裁的分類名義。

另外，清朱駿聲《說文通訓定聲》中，於字義的分類，大抵與戴侗以來的學者相同，而名稱略異，他在〈通訓〉裡說道：

> 其一字而數訓者，有所以通之也。通其所可通則為轉注，
> 通其所不通則為叚借。⑲

文中他以引申為轉注的說法，固然難為學者接受，但是《說文通訓定聲》將字義分成這三類，並依序編排，成為一部獨具特色的字典，卻為學者所推崇⑳。

三 從語言學論字義的分類

　　有部分學者將字義分為本義、假借義兩種，並不認為有引申義，較早提出這個說法的學者有江聲，其於《六書說》中說：

　　　　蓋假借一書，為誼極蕃；凡一字而兼兩誼三誼者，除本誼
　　　　之外，皆假借也。❷

文中江聲的說法，並還不是從語言學的觀點來說的，他只是提出除本義之外，其餘的字義都是假借義，顯然他是混淆了引申與假借的界域。而今人陳五云氏，也是主張字義分本義、假借義兩類，他則是從語言學的立場出發，他在〈「字無引申義，詞無假借義」說〉一文裡 ❷，強調「字」與「詞」應有明確的區分，而「字」，「詞」各自有本義，字的本義為依形分析，詞的本義依音推尋，不拘於形。並進一步以為引申義與假借義是不能通過分析字形得到，它們是得之於詞與詞之間的聯繫，他說：

　　　　引申，是詞義發展變化的形式，它是由概念的內涵與外延
　　　　發生變化引起的，引申使得詞的意義擴大了範圍，義項增
　　　　多，也就是說，引申只是使詞的聲音——這個物質載體的
　　　　員荷得到增強，因而，引申與字形無關。

又說：

　　　　我們認為，文字只要在記錄不是造字本義的時候，都是假
　　　　借用法，因為這時的文字，並不直接表意，而是借助字音
　　　　的聯繫才起到表意作用。

因此他批評《古代漢語》書中「詞除了本義和引申義之外，還有假借義。」的說法，是「混淆了字、詞的界限」❷。個人以為陳氏的說法，看似新穎，其實疑點甚多，值得再商榷。他明知道「古漢語單音詞較多，而漢字是一種表意的音節文字」，字與詞

的區分並不容易，但執意明確區分的結果，造成在理論上有許多
扞格難通的地方。既然強調引申是一種詞義概念變化，使得意義
擴大，義項增多，「只是使詞的聲音——這個物質載體的負荷得
到增強。」但是實際上文字也如同聲音，也是義項的載體，就語
言學而言，文字也是一種書面語言，既然可以說語言的詞義有引
申義，我們實在沒有理由認定文字的字義，不可以同樣地有引申
義，而把文字本義以外的所有其他意義，都視爲假借，實際上陳
氏還不知道自己如同江聲，已經混淆了引申與假借的界域，反而
去批評別人混淆了字詞的界域，恐怕稍嫌主觀了。其實引申是意
義的運動方式，不論是詞義或者字義，只要是概念的內涵與外延
發生變化，義項增加，都是引申，所以詞義有引申義，字義也同
樣有引申義，因此陳氏太拘限於西方語言學的角度，而忽略了漢
語漢字本有的特質，一概而論的說法，是很難週延的。

　　其他如胡楚生先生《訓詁學大綱》，將詞的意義分成本義、
引申義、假借義及通假義四類❷；雖然胡先生說的是詞義，文
中並強調詞義與字義不同，但觀其內容與所舉字例，則顯示二
者並無區別，故今言字義，若就其所分析的四類而言，假借義與
通假義，似可不必分成兩類。段玉裁於《說文解字注》中曾提出
假借三變之說❷，「假借」一義則包括了「本無其字」的假借與
「本有其字」的假借，而「本無其字」的假借，通常是指時代較
早，意義較狹的假借，「本有其字」的假借，則是一般所謂的
「通假」，二者在「依聲託事」的性質上並無不同，再者，據劉
又辛氏《通假概說》之分析，有許多假借字的情況複雜，實在很
難辨清是「本無其字」的假借，還是「本有其字」的假借❷。

　　總之，在諸家所析論的各型字義分類中，本義、引申義、假借義的三類分法，仍自來爲多數學者所贊成與沿用，其主要因素就在它能以漢字漢語的特質爲出發點，構建完整的字義系統，無論自本義以變化意義內涵、外延，而增加義項的引申，還是由詞的本義，依聲而寄於其他字形之下，造成該字形的義項，於本義、引申義之外，而增加假借的新義項。所以這三項字義的分類，基本上是可以區分每個字所含括的所有意義，名稱雖已傳之甚久，卻有不容更替的地位。

註　釋

❶　關於《類篇》編纂之時代背景、經過與版本、流傳，個人曾於《類篇研究》一書中作詳細地考證與論述，所以此節僅是對成書經過作扼要地說明。

❷　見臺灣商務印書館重印文淵閣四庫全書本《類篇》p.502.

❸　此處的《大廣益會玉篇》也就是引文中的顧氏《玉篇》，是宋眞宗大中祥符六年（1013AD.），由陳彭年、吳銳、丘雍等人負責修纂的，並非梁朝顧野王的原本。參見《類篇研究》pp.9-10。

❹　蘇轍〈類篇敍〉曾載《類篇》收錄爲31319字，此爲個人以文淵閣四庫全書本《類篇》重新統計所得字數，比原載少了491字。參見《類篇研究》第二章 pp.77-83。

❺　參見商務印書館印四庫全書本《玉海》，V.944, p.226。

❻　絕大多數的學者認爲中國的語言是屬單音節語，例如高本漢的《中國語與中國文》（Sound and Symbol in Chinese 1923 張世祿譯本）、趙元任的《中國話的文法》（A Grammar of Spoken Chinese, 1968, 丁邦新先生譯）、周法高的〈中國語單音節性之再檢討〉與〈中國語的特質和發展的趨勢〉二文等，都是這樣的看法。

❼　參見王力《中國語法理論・第一章造句法上》p.13。

❽　「詞位」有的學者稱之爲「詞素」。趙元任在《語言問題》書中的「詞彙跟語法」一講中用「詞素」一名，後來撰《中國話的文法》就主張用「詞位」，他在「詞跟語位」一章中釋語位（morphone）一詞曾注釋說：「……目前中國學者用『詞素』一詞（本書譯作『語位』），但到底『詞素』是指比『詞』小的連用語位，還是指所有語位，不管獨用還是連用，也不統一。」

❾　參見中華書局印四部備要本賈誼《新書》「連語篇」。

❿　參見商務印書館印四庫全書本張有《復古編》，V.225, p.718。

⓫　參見陸、王二氏合著《訓詁方法論》的「訓詁學的復生、發展與訓詁方法的科學化」一章 p.17。

⑫ 參見何秀煌《記號學導論》p.11。

⑬ 參見商務印書館影《文淵閣四庫全書》本，V.226， pp.6-7。

⑭ 參見大化書局印《段玉裁遺書‧經韻樓集》卷一，p.847。

⑮ 參見同注⑭卷十一，p.1084。

⑯ 參見段氏《說文解字注》p.796。

⑰ 參見《說文解字詁林正補合編》第一冊，p.396。

⑱ 黃季剛先生說見《文字聲韻訓詁筆記》p.47； 齊佩瑢說見該書 p.99，
不過齊氏將「假借義」簡稱爲「借義」；高氏之說見該書 p.266；陸、
王之說見《詞典和詞典編纂的學問》一書 p.129；毛氏之說見藝文印書
館印《說文通訓定聲》卷首；杜氏之說見該書 p.72，又見其發表於《成
功大學學報》之〈字義之類型〉一文；龍宇純先生說見該書 p.10；周氏
之說見於該書 pp.3-4。

⑲ 參見《說文通訓定聲》p.8。

⑳ 參見董同龢先生〈古籍訓解和古語字義的研究〉一文，該文收錄於《董
同龢先生語言學論文選集》p.320。

㉑ 參見《說文解字詁林正補合編》第一冊， p.547。

㉒ 該文發表於《上海師大學報》1985：4， pp.142-145。 另外洪成玉
於〈說本義〉一文中也有「字不存在引申義；有引申義的是詞」的說法，
參見《漢字漢語學術研討會論文集（下）》，p.300。

㉓ 陳氏以爲此語爲王力先生所說，其實《古代漢語》固然是王先生所主編，
但據其 1962 年序文中可知通論部分執筆人爲馬漢麟、郭錫良、祝敏徹
三人，換言之，說是王力先生說的，恐怕未必正確。

㉔ 參見該書 pp.17-24 所述。

㉕ 參見同注⑯ p.764。

㉖ 參見劉又辛《通假概說》 pp.19-25。

第二章　類篇字義探源

　　《類篇》一書所蒐的字形、字音，極為豐富，在文字學、聲韻學史上，有其重要的地位❶，而在字義方面的羅致，也是多彩多姿，具有條理與價值，也為訓詁學上重要的典籍。然而這些有條理、有價值且多彩多姿的字義，究竟來源如何呢？這是頗值得追索的問題。我們知道《類篇》的成書，如蘇轍的〈類篇敍〉與書後的〈附記〉所稱，是為了跟《集韻》「相副施行」而編纂的，在內容上與《集韻》大同小異，其實說得更明白些，也就是《類篇》與《集韻》，基本上就是將同一批的內容、材料，一編成字書、一編成韻書的兄弟著作。今《類篇》的〈敍〉、〈附記〉並沒有具體地提到其字義的來源，不過由於《集韻·韻例》曾有一段敍述資料來源的文字，從這裡也可以讓我們大略地了解一些梗概了，《集韻·韻例》說：

　　　　今所撰集，務從該廣，經史諸子及小學書，更相參定。❷

但是所指的「經史諸子及小學書」是那一些呢？〈韻例〉也沒有一一地列舉，然而我們可以從《類篇》書裡所稱引的書籍、人物去分析、推論，因此在探論《類篇》字義來源之先，應該首先分析稱人引書的概況。

第一節　稱人引書概述

　　《類篇》一書爲求於文字形音義的詮釋上，能言之有據，爲
衆人所信服，所以在字條下的說明，每每稱書引人。檢視全書稱
引書人，總計有 172 種，12,800 次。 如此的稱引數量，委實不
能說少了。以下則分書籍與學人兩類，分別列表說明其個別稱引
的次數，而書籍一項，再進一步細分小學、經、史、子、集諸類
❸，並按次數的多寡先後排比。

一　稱引書籍

(一)　小學類

書　　名	次　　數	說　　　　　　　　　　　　　　　　　明
説　文	7620次	
博　雅	1417次	《博雅》即《廣雅》，書中稱《博雅》者多達 1286 次，稱《廣雅》則有 131 次❹。
爾　雅	583 次	《爾雅》也有作《爾疋》的，如〈冃部〉「冃」 字下即作《爾疋》，這是《說文》書中文字的原 貌。
方　言	347 次	
字　林	125 次	
埤　倉	51 次	其中作《埤蒼》者，凡 15 次❺。
釋　名	5 次	
倉頡篇	5 次	《四庫全書》本《類篇》於〈虫部〉「蜂」字下 《倉頡篇》作《蒼頡篇》，《集韻》則作《倉頡 篇》。
急就章	2 次	〈人部〉「偏」字下則作《史游章》。
字　統	1 次	
小　計：書名 10 種，稱引 10156 次。		

(二)　經　類

書　名	次　數	說　明
詩經	535 次	其中稱《詩》凡 518 次、《詩傳》8 次、《韓詩》5 次、《韓詩傳》1 次、《魯詩說》1 次、《逸詩》1 次、《周頌》1 次。
左傳	305 次	稱《春秋傳》301 次、《春秋》2 次❻、《左氏傳》2 次。
周禮	184 次	稱《周禮》176 次、《周官》7 次、〈考工記〉1 次。
尚書	182 次	稱《周書》76 次、〈虞書〉38 次、《書》16 次、〈商書〉15 次、〈夏書〉13 次、《尚書》10 次、《逸周書》8 次、《尚書大傳》2 次、〈洪範〉2 次、《書傳》1 次、《歐陽尚書》1 次、〈禹貢〉1 次。
易經	80 次	
禮	69 次	多半是指《禮記》，有時也指《禮經》、《周禮》、《儀禮》。
論語	44 次	稱《論語》42 次、《逸論語》2 次。
禮記	21 次	稱〈明堂月令〉10 次、《禮記》7 次、〈少儀〉2 次、〈投壺禮〉1 次、《大戴禮》1 次。
儀禮	20 次	稱《儀禮》12 次、〈聘禮〉2 次、〈鄉飲酒〉2 次、〈喪禮〉2 次、〈士喪禮〉1 次、〈士冠禮〉1 次。
孟子	16 次	稱《孟子》15 次、《孟軻》1 次❼。
公羊傳	8 次	稱《公羊傳》5 次、《公羊》2 次、《春秋》1 次❽。
孝經	3 次	

小計：書名 12 種，稱引 1467 次。

㈢ 史 類

書　　名	次　　數	說　　　　　　　　　　　明
史記	61 次	
漢書	48 次	稱《漢書》47 次、〈五行傳〉1 次❾。
國語	30 次	稱《國語》16 次、《春秋國語》14 次。
漢律	12 次	稱《漢律》11 次、《漢書律》1 次❿。
周制	4 次	
南史	3 次	
漢制	3 次	
漢令	3 次	
後漢書	2 次	
漢禮	1 次	
漢法	1 次	
漢律令	1 次	
唐制	1 次	
唐六典	1 次	
戰國策	1 次	
東觀漢記	1 次	
史篇	1 次	
晉書	1 次	
小計：書名 18 種，稱引 175 次。		

㈣ 子 類

書　　名	次　數	說　　　　　　　　　　明
山海經	147 次	
莊子	133 次	
太玄	37 次	
司馬法	13 次	
列子	10 次	
老子	9 次	
呂氏春秋	6 次	
淮南子	6 次	
管子	5 次	稱《管子》4 次、〈弟子職〉1 次。
楊子	5 次	
神異經	5 次	
穆天子傳	5 次	
伊尹	4 次	
傳❶	3 次	
師曠	2 次	
荀子	2 次	稱《荀子》1 次、《荀卿子》1 次。
韓非	2 次	
鬼谷篇	2 次	
齊民要術	2 次	
軍法	2 次	
天老	1 次	
墨翟書	1 次	
淮南傳	1 次	
博物志	1 次	

書　名	次　數	說　明
列仙傳	1 次	
律歷書	1 次	
南越志	1 次	
小計：書名 27 種，稱引 407 次。		

(五) 集　類

書　名	次　數	說　　　　　　　明
楚辭	17 次	稱《楚辭》10 次、《楚詞》7 次。
幽通賦	1 次	
小計：書名 2 種，稱引 18 次。		

二　稱引學人

人　名	次　數	說　　　明	人　名	次　數	說　　　明
徐　鍇	68 次		賈　逵	13 次	稱「賈侍中」12 次、「賈逵」1 次⓮。
徐　邈	59 次				
郭　璞	55 次				
徐　鉉	51 次	稱「徐鉉」49 次⓬、「臣鉉等」2 次。	顏師古	13 次	
			杜　林	12 次	
			揚　雄	12 次	稱「揚雄」11 次、「揚雄賦」1 次。
鄭康成	41 次	稱「鄭康成」40 次、「鄭氏」1 次。			
			司馬相如	10 次	
李　軌	20 次⓭		鄭司農	10 次	⓯
劉昌宗	20 次		譚　長	8 次	

人名	次數
沈重	7次
東方朔	6次
何休	6次
服虔	5次
賈思勰	5次
陸德明	5次
王育	4次
王肅	4次
應劭	4次
郭象	4次
杜子春	4次
徐廣	4次
李頤	4次
蘇林	4次
劉伯莊	4次
施乾	4次
呂不韋	3次
官溥	3次
干寶	3次
孟康	3次
謝嶠	3次
宋惟幹	3次
司馬彪	3次
孔穎達	3次
李陽冰	3次
李舟	3次
司馬正	3次

土部「塓」字下，作「賈思勰」。

人名	次數
玉房	2次
宋京	2次
桑欽	2次
劉向	2次
宋弘巡	2次
毛蓑衆	2次
衛宏炎	2次
杜預宣	2次
崔譔文	2次
玉涯	2次
楚玉	2次
范莊斯	2次
淮睢公	2次
玉王誼	2次
董逸褒	2次
爰舒喬	2次
黃禮顥	2次
仲陽	1次
王莊子	1次
斯上南	1次
公王	1次
逸褒舒	1次
喬禮顥	1次
仲陽	1次
爰	1次
黃	1次

⑩

姓名	次數		姓名	次數
莊都	1次		呂靜	1次
周盛	1次		皇侃	1次
逯安	1次		弘農	1次
孔安國	1次		如淳	1次
高誘	1次		晉灼	1次
宵戚	1次		沈施	1次
鄭興	1次		韓鄭	1次
班固	1次		李巡	1次
張衡	1次		陸績	1次
趙壹	1次		張林	1次
許慎	1次		孫佃	1次
蔡邕	1次		陸詞	1次
馬融	1次		武玄之	1次
華陀	1次		賈公彥	1次
韋昭	1次		徐氏	1次
張揖	1次			
陸機⑰	1次			
葛洪	1次			
摯虞	1次			

小計：人名103，577次。

三　小學書是稱引的重點

　　由上列諸表可知，所引的書籍有 69 種，雖少於稱引學人數，但引用次數卻高達 12,223 次，佔稱書引人的 95.5％，　而所引學人，雖達 103 人之衆，引用次數反而只有 577 次，佔全部的 4.5％，可見得在稱引中，引書是重點所在。而在稱引的書籍當中，屬於小學類的書籍僅有 10 種，卻有 10,156 次的引用次數，竟佔全部的 79.34％，這種比例確實可觀，《類篇》爲小學類的書籍，參引書籍自然以小學類爲主，　不過在稱引的小學書中，《說文》最是重要了，書中指名《說文》的，就有 7,620 次，佔小學書的四分之三，這是因爲《類篇》的編纂是「以《說文》爲本」 ⑲，它不獨在形式、體例上以《說文》爲根本，就是在內容方面，也幾乎是全盤採錄。

　　而在稱引的內容裏，有一個值得注意的現象，即小學書通常是取其義訓的，正如《集韻・韻例》所說：

　　　　凡字訓，悉本許愼《說文》，愼所不載，則引它書爲解。此處的「它書」即多半是指《說文》以外的小學書。而經史子集之書則是用來引文以證義，至於引學者通人之說，則在形、音、義三方面多有涉及。

四　稱引名目不一致的情形

　　《類篇》在稱人引書的時候，名目上有兩種不能一致的情形：

㈠ 引字的用法不一致

以今人著述稱人引書的觀念而言，一般屬於第一手的引用資料，稱引是不必加「引」字，但如果是引書中的引書，屬第二手的引用資料，則應於文中說明是「某書引某書」，加一個「引」字，以交待資料來源，而《類篇》書中的第二手資料，時而加「引」字，時而不加，頗不一致，例如：

〈言部〉訧 ……《說文》：罪也，引《周書》：報以庶訧。

〈月部〉霸 ……《說文》：月始生霸然也。《周書》曰：哉生霸。

〈鼓部〉鼛 ……《說文》：鼓聲也，引《詩》：擊鼓其鼛。

〈人部〉伎 ……《說文》：與也，《詩》曰：籥人伎忒。

上列諸例的第一手資料均是《說文》，但同樣是《說文》所再稱引的《詩經》、《尚書》，「訧」與「霸」、「鼛」、「伎」，就有有「引」與無「引」的差別。

㈡ 稱引名稱多不統一

稱引書籍或學人，在名稱上，通常是講求一致的，不過，如果同是一書或一經，而有家派源流的不同，名稱自然不能相同，所以像《類篇》中，同是《詩經》，就有《詩傳》、《韓詩》、《魯詩》、《逸詩》的名稱，而不能混稱《詩經》以泯滅其間的

差異。再如《論語》之與《逸論語》,《禮記》之與《大戴禮》
《尚書》之與《尚書大傳》、《歐陽尚書》,其情形也是一樣
的。至於有時稱「書名」,而有時又稱它的「篇名」、「異名」
不能統一名稱的情形,則不免容易炫人眼目,混淆視聽。例如:
既作《博雅》,又名《廣雅》;既作《急就章》,又名《史游章》;
既稱作《詩》,又細稱〈周頌〉;既稱《周禮》,又名《周官》,
又細作〈考工記〉;既稱《尚書》,又名《書》,又細別〈虞書〉、
〈夏書〉、〈商書〉、〈洪範〉、〈禹貢〉;既稱《儀禮》,又
細作〈聘禮〉、〈鄉飲酒〉、〈喪禮〉、〈士喪禮〉、〈士冠禮〉;
既作《禮記》又細作〈明堂月令〉、〈少儀〉、〈投壺禮〉;既
作《孟子》,又稱《孟軻》;既稱《公羊傳》又簡稱《公羊》;
既稱《漢書》,又細作〈五行傳〉,既稱《國語》,又作《春秋
國語》;既作《管子》,又細作〈弟子職〉;既名《荀子》,又稱
《荀卿子》。至於人名的稱呼,也不統一,例如:既稱「徐鉉」
又作「臣鉉等」;既稱「鄭康成」,又稱「鄭氏」❶;既稱「賈
侍中」,又名之「賈逵」;而稱引學者的意見或作「某某曰」、
「某某說」、「某某讀」頗不一致,例如既稱「徐鍇曰」,又稱
「徐鍇說」❷;既稱「劉昌宗說」,又稱「劉昌宗讀」❸。類似
這樣的情形,比比皆是,不能憚舉。

　　《類篇》所以會產生以上這類稱引不能一致的情形,除了全
書體例不夠嚴密之外,歸結一個最重要的理由,便是材料來源多
端,其中含有《大徐本說文解字》、《說文繫傳》、《經典釋文》、
《博雅》、《方言》……等等體例不一的書籍❹。所以把它們編
纂成兼融並蓄,涵蓋羣書的字書,而要求體制整齊畫一,在客觀

的形勢上是不容易辦到的，因此以後人學術謹嚴的眼光，來看出
於眾手編纂的字書、韻書，自然就會感覺有較多的缺憾。

第二節　字義來源考索

　　上節中曾統計《類篇》稱人引書凡有 172 種之多，雖然引了
這麼多的書籍與學人說，當然不會全是《類篇》據以探錄字義的
直接材料，但只要從其中仔細加以去抽繹、考辨，必然可以推尋
得到字義直接的來源。除此之外，取《類篇》書中所載的字義，
廣泛地與《類篇》之前的其他小學書，詳作比對、觀察，也應該
是追究字義的重要途徑，因此以下將從這兩方面來深入考索探論。

一　由稱人引書中推尋

　　從稱引的 172 種書籍學人之中，可以推究出為《類篇》字義
的直接來源，計有以下九種，今逐一地引證分論。

㈠　說文解字

　　《類篇》的字義源自許慎《說文解字》，這應該是最可以確
定的事實。蘇轍在〈類篇序〉中即明確地指出「凡為《類篇》，
以《說文》為本」，此處的「《說文》為本」，它不僅說明在體
例上以 540 部首為宗，也是在說明《說文》的義訓，是字義解釋
的基礎。而與《類篇》「相副施行」，內容大同小異的《集韻》，
其〈韻例〉中有「凡字訓悉本許慎《說文》」的話，也是一項堅

實的佐證。今取《類篇》的〈一部〉與〈丄部〉為例，其中除了
「万」字不見於《說文》之外，其餘均載錄《說文》的字義，但
是載錄的型類有以下三種：

(1) 稱引《說文》，一見而可知。例如：

〈一部〉元 ……《說文》始也。

　　　　天 ……《說文》顛也，至高無上。❷

〈丄部〉亭 ……《說文》溥也。

(2) 部首字的本義、本形，完全照錄於《說文》。例如：

〈一部〉一 惟初太始，道立於一，造分天地，化成萬物，
　　　　　　凡一之類皆從一，古文作弌。

〈丄部〉丄 高也，此古文上，指事也，凡丄之類皆从丄，
　　　　　　或作上，古作二。

(3) 雖未言明義訓出自《說文》，但經比對就判然可曉。例
如：

〈一部〉丕 ……大也。

　　　　吏 ……治人者也。

〈丄部〉丅 ……底也。

　　　　帝 ……諦也，王天下之號。

其中的第(2)項，《類篇》是以大字單行的書寫方式，引錄《說文》
的全文以為部首❷，文中並不說明出處。至於(1)(3)兩項，則多僅
取《說文》本義部分，與其他內容同是小字雙行的書寫方式。

　　其次，所要討論的是在《類篇》之前，《說文》的傳本很多
❷，而《類篇》所根據的是那一個本子。就個人所知，至少應有
大徐──徐鉉校定的《說文》，與小徐──徐鍇的《說文繫傳》，

而且應該是以大徐本《說文》爲主，而參酌小徐本《說文》。因
爲《類篇》的部首，無論在次序與部目，原本就是依循大徐本
《說文》❷，而內容、用字方面，《類篇》也大多同於大徐的本
子，例如〈一部〉「一」下有「惟初太始，道立於一」的釋義，
即同於大徐本《說文》，與小徐本《說文》作「惟初太極，道立
於一」不同。又如〈示部〉「福」下云：「《說文》：祐也」，大
徐本《說文》「福」正釋作「祐」義，而小徐本《說文》則作
「備」義。再如〈示部〉「祡」下，《類篇》、大徐本《說文》
字義均作「燒祡燓燎以祭天神」，而不同於小徐本《說文》的
「燒柴燎以祭天神」。又《類篇》書中稱及「徐鍇曰」者，達
 68 次之多，其中固然不免有些原是大徐本《說文》引《說文繫
傳》而間接爲《類篇》所稱引的，如〈玉部〉「瑞」字、〈又部〉
「及」字、〈旻部〉「𠕋」字、〈巫部〉「覡」字、〈鼓部〉
「鼓」字、〈束部〉「刺」字、〈出部〉「黜」字、〈日部〉
「㫃」字、〈棗部〉「棘」字、〈禾部〉「稀」字、〈厽部〉
「厽」字、〈子部〉「疑」字、〈去部〉「育」字……等之類；
至如〈又部〉「厷厶」字下云：「……徐鍇曰：象人曲腕而寫之，
乃得其實，不爾即多相亂厷。」、〈宀部〉「寡」字下云：「……
徐鍇曰：室無人也。」等，則不見於大徐本《說文》而同於《說
文繫傳》，由此可以了解《類篇》參酌小徐本《說文》的情形。
另外，《類篇》曾三次引到李陽冰的說法：

　　〈玉部〉王　天下所歸往也。……李陽冰曰：中畫近上，
　　　　王者則天之義。

　　〈冗部〉迁　邑俱切……李陽冰曰：體屈曲。

〈子部〉子　十一月陽气動，萬物滋……李陽冰曰：子在
襁褓中，足併也。❷

但這並不表示它們全是直接參引李陽冰刊定的《說文》，因爲其
中的「王」、「子」二字的稱引，均載見於大徐本《說文》之中，
至於「虚」字下所引，並不見於大徐本《說文》與《說文繫傳》，
清桂馥《說文義證》也只是說明此文爲《集韻》所引錄，是否此
條爲《集韻》、《類篇》直接參酌李陽冰刊本《說文》，則不可
知了。

　　(二)　博　雅

　　《類篇》稱引《博雅》，全書計有 1,417 次，僅次於稱引
《說文》的次數。《博雅》原名《廣雅》，爲魏博士張揖所撰，
至隋曹憲作《音釋》，避隋煬帝諱，而改稱《博雅》。據張揖的
〈上廣雅表〉及內容可知，此書原是一部增廣《爾雅》釋訓的書
籍，所釋詁訓名物，多達 2,343 事 ❷，如此豐富的訓釋內容，自
然是《類篇》蒐取字義的重要來源，茲取數例，參照著《廣雅》，
以了解其源流。

<table>
<tr><td align="center">《類篇》</td><td align="center">《廣雅》</td></tr>
</table>

〈手部〉擇　……《博雅》擇　　　〈釋詁〉捏揄撟捎擽……擇
　也。　　　　　　　　　　　　也。

〈糸部〉繫　……《博雅》絣　　　〈釋詁〉總𢇅紹繫，絣也。
　也。

〈手部〉担　……《博雅》擊　　　〈釋詁〉担答捶扑……，擊也。

也。

〈仌部〉凁 ……《博雅》寒　　〈釋詁〉滄瀩泠涷清湮凍凁，
　　　　　也。　　　　　　　　　　　寒也。

〈口部〉噦 ……《博雅》吐　　〈釋詁〉歔噦咽哯……，吐
　　　　　也。　　　　　　　　　　　也。

但《廣雅》、《博雅》為一書二名，《類篇》書中如上列諸例，
以《博雅》稱引的，凡 1,286 處，而如下例：

　　〈彳部〉徉 ……《廣雅》彷徉，徙倚也。

　　〈父部〉爹 ……《廣雅》父也。

　　〈石部〉硑 ……《廣雅》硑磅，聲也。

　　〈缶部〉䍔 ……《廣雅》缾也。

　　〈王部〉瑋 ……《廣雅》瑰瑋，琦玩也。……

　　〈足部〉躊 ……《廣雅》躊躇，猶豫也。……

以《廣雅》稱引的有 131 處，由稱《博雅》次數遠超過《廣雅》
的情形，可以視作《類篇》時代晚於曹憲，受改名的影響而以致
如此的，但是取義自同一本書，為何既稱《博雅》，又時稱《廣
雅》呢？為何造成這種體例不一致的情形，甚至有時在同一字條
下，這兩個書名同時出現，例如：

　　〈言部〉謰 ……《廣雅》詖也，……《博雅》證也。

　　〈水部〉濂 ……《廣雅》乾也，……《博雅》曝也。

　　〈心部〉悰 ……《廣雅》忘也，……《博雅》鬆也，忘
　　　　　　也。

　　〈犬部〉獷 ……《博雅》狂獷。……《廣雅》犬屬。

個人以為這應是緣自《類篇》取《廣雅》之資料，來源多方的關

係，其中梁朝顧野王《玉篇》原卷中，所引的《廣雅》資料，應該就是重要的來源，然後編者再參酌原書編纂而成的。因爲梁顧野王的原本《玉篇》，注釋詳密，引證豐博❷；每每參引摘錄《廣雅》以訓解，它的時代在隋以前，自然沒有所謂避諱改名的事，用的是《廣雅》原名。如果取《類篇》與《玉篇零卷》中，稱引《廣雅》的字例，加以比對，就可發現它們相合的事實，茲取數例爲證：

《類篇》	《玉篇零卷》
〈言部〉詷 ……《廣雅》怒也。	〈言部〉詷 ……《廣雅》詷，怒。
〈言部〉譴 ……《廣雅》欺也。	〈言部〉譴 ……《廣雅》譴，欺也。
〈食部〉餇 ……《廣雅》餅餇，餭也。	〈食部〉餇 ……《廣雅》餇，餭也。
〈石部〉磋 ……《廣雅》磋礶，礰也。	〈石部〉磋 ……《廣雅》磋礶，礰也。

《類篇》編纂之時，雖然內容是按照原本《玉篇》迻錄，卻時常地將《廣雅》改名爲《博雅》，以下的幾個例子，便是這樣的情形：

《類篇》	《玉篇零卷》
〈言部〉誾 ……《博雅》誾誾，語也。	〈言部〉誾 ……《廣雅》誾誾，語也。

〈食部〉飿　……《博雅》餚　　　〈食部〉飿　……《廣雅》餚
　　　謂之飿。　　　　　　　　　　　謂之飿。

〈广部〉廁　……《博雅》庵　　　〈广部〉廁　……《廣雅》廁，
　　　也。　　　　　　　　　　　　　庵也。

〈石部〉硐　……《博雅》磨　　　〈石部〉硐　……《廣雅》硐，
　　　也。　　　　　　　　　　　　　磨也。

探其所以改《廣雅》爲《博雅》，實在是因爲宋時二名並行於世，
並未統一，例如晁公武《郡齋讀書志》著錄此書爲《博雅》，陳
振孫《直齋書錄解題》則著錄爲《廣雅》，便可證明，更何況
《類篇》一書的編纂，多歷人手，要求這原本就不統一的名稱統
一，恐怕是不容易做到的。至於《類篇》必然參稽《博雅》原書，
從下列諸例：

　　　〈言部〉誇　……《博雅》大也。

　　　〈欠部〉歠　……《博雅》嘗也。

　　　〈阜部〉陶　……《博雅》離也。

它們僅見於《廣雅》書中，而不見於《玉篇零卷》諸字下的說解
中，便可證明。

(三)　爾　雅

　　《爾雅》爲漢以前集訓詁名物的大成，綱維羣典的重要書籍。
自來講訓詁，辨名義，沒有不以它爲宗。《類篇》一書既廣蒐天
下義訓，自然不能摒除《爾雅》於外。《類篇》書中稱及《爾雅》
凡 583 次，其中有的原是《說文》所載，而隨文迻錄的第二手資
料，例如：

〈内部〉内　獸足蹂地也，象形，九聲。《爾疋》曰：狐
　　　　狸貉醜其足，蹯其迹厹。

部首字的說解與「疋」字的古寫，便都是保留《說文》的原貌，
至如：

〈彳部〉徥　……《說文》徥徥，行皃，引《爾雅》徥，
　　　　則也。

〈足部〉跋　……《說文》進足有所擷取也，引《爾雅》
　　　　跋謂之擷。

也可知清楚地知道它們是出自《說文》所引。當然《類篇》絕大
多數仍是直接擷自於《爾雅》原書，甚至還可以深一層地知道所
採用的本子是晉郭璞的注本，因爲《類篇》在引述《爾雅》內容
之後，往往接下來引郭璞之說，例如：

〈穴部〉穹　……《爾雅》穹蒼，蒼天。郭璞曰：天形穹
　　　　隆然。

〈水部〉涷　……《爾雅》暴雨謂之涷。郭璞曰：今江東
　　　　呼夏月暴雨爲涷雨。

〈山部〉崧　……《爾雅》山大而高崧。郭璞曰：今中嶽
　　　　嵩高山，蓋依此名。

〈艸部〉薞　……《爾雅》須薞蕪。郭璞曰：似羊蹄葉
　　　　細。

這些均可見於《爾雅》的〈釋天〉、〈釋山〉、〈釋草〉諸篇及
郭璞的注文中。即使《類篇》不注明爲郭璞所說，但經過比對，
也昭然可曉，以下再取數例以觀：

《類篇》	《爾雅·郭璞注》
〈木部〉楰 ……《爾雅》 醜，樸楰，細葉似檀。	〈釋木〉醜，樸楰。 〈郭注〉醜，大木細葉似檀， 今河東多有之。
〈鳥部〉鷾 ……《爾雅》鷾， 天鸙，大如鶏，色似 鶉。	〈釋鳥〉鷾，天鸙。 〈郭注〉大如鶏雀，色似鶉 好高飛作聲。
〈虫部〉蚖 ……《爾雅》蚖， 烏蠋，似蠶。	〈釋蟲〉蚖，烏蠋。 〈郭注〉大蟲如指似蠶。
〈鳥部〉鸏 ……《爾雅》鸏， 蠱母，似烏鷚而大， 黃白雜文。……	〈釋鳥〉鸏，蠱母。 〈郭注〉似烏鷚而大，黃白 雜文，鳴如鴿聲。
〈艸部〉芺 ……《爾雅》鉤 芺，大如拇指，中空， 初生可食。	〈釋草〉鉤芺。 〈郭注〉大如拇指，中空， 莖頭有薹，似薊， 初生可食。

　　㈣　方　言

　　《方言》全名原作《輶軒使者絕代語釋別國方言》，爲東漢
楊雄「採集先代絕言，異國殊語」❸，仿《爾雅》體例而作，自
撰著以來，即爲研究中國語文者所寶重的典籍，因此《類篇》於
《方言》一書，多所稱述摘錄，而達 347 次，茲取數例與《方言》
原文並列❸，以觀其引錄的情形：

<table>
<tr><td>《類篇》</td><td>《方言》</td></tr>
</table>

〈衣部〉袴 ……《方言》小
　袴謂之袨袴。
〈瓦部〉甀 ……《方言》甖
　謂之甀。
〈鳥部〉鴉……《方言》鳩，
　秦漢之間，其大者謂
　之鴉鳩。
〈金部〉鈘 ……《方言》戟，
　楚謂之鈘。

〈卷四〉大袴謂之倒頓，小袴
　謂之袨袴，楚通語也。
〈卷五〉甖謂之甀。

〈卷八〉鳩 ……自關而西，
　秦漢之間，謂之鵻鳩，
　其大者謂之鴉鳩。
〈卷九〉戟，楚謂之鈘。

《類篇》在引述的時候，如果發現語詞有難以了解的，則間採晉
郭璞注加以補充，例如：

〈巾部〉帪 ……《方言》楚曰懘帪，郭璞曰：物之行敝
㉜。
〈糸部〉縮 ……《方言》繞縮謂之襂襰，郭璞曰：謂衣
襦脊。
〈虫部〉蚖 ……《方言》守宮，在澤者，海岱之間，謂之蠑
蚖。郭璞曰：似蜥易而大有鱗，今通言蛇醫。
〈黑部〉黭 ……《方言》黭、黤，私也。郭璞曰：皆冥
闇故為陰私。

考究上列諸例的文字，與《方言・郭璞注》，都能相合，由此可

進一步地推知，《類篇》所採用的《方言》爲晉郭璞的注本❸。

　　㈤　字　林

　　呂忱《字林》，爲魏晉時期一部流傳至廣的字書，具有繼許慎《說文》之後，啓梁顧野王《玉篇》之先的中繼地位，唐張懷瓘嘗稱譽它爲「說文之亞」❸。此書於唐宋時期，仍然傳世，而今已亡佚，據清任大椿《字林考逸》的考證，以爲應是亡佚在宋元之際，因爲在宋岳珂《九經三傳沿革例》中尙有載錄，至元戴侗《六書故》則不述及了❸。換句話說，在北宋時代，此書猶存，取以作爲編纂《集韻》、《類篇》的材料，並非難事。而《類篇》中稱及《字林》有 125 次，其中有部分內容與陸德明《經典釋文》相同，例如：

　　　　〈虫部〉蛭　……《字林》小蛤也。

　　　　〈虫部〉蚧　……《字林》黑貝也。

　　　　〈鳥部〉鶒　……《字林》鶒鳩，鷹也。

均見於〈爾雅音義〉的釋魚、釋鳥的篇目中，因爲《經典釋文》也是《類篇》字義來源之一❸，或許《類篇》取義有間接來自陸書的可能，但是絕大多數，應該仍是就《字林》一書直接參酌去取而來的，因爲有三種與《經典釋文》參差的情形可爲證明。第一，《類篇》所引訓釋，絕大多數是不見於《經典釋文》的，例如：

　　　　〈革部〉鞋　……《字林》被縫也。

　　　　〈鳥部〉鶋　……《字林》鶋郁，鳥名，似鶴，出懸雍
　　　　　　　　山。

〈刀部〉剴　……《字林》鐮也。

〈手部〉抹　……《字林》抹搬減也。

第二，有許多《經典釋文》引錄，而不見於《類篇》的，例如：

〈周易音義・噬卦〉胏　……《字林》云含食所遺也。

〈儀禮音義・士昏禮〉羹　……《字林》作膜云肉有汁也。

〈爾雅音義・釋天〉饑　……《字林》皆云饑，穀不熟，

飢餓也。

第三，有時同釋一字，而音義所取各不相同，一般都是《經典釋文》引錄《字林》音切，《類篇》則稱述其字義。例如：

《類篇》	〈爾雅音義〉
〈羊部〉羷　……《字林》羊角三觠為羷。	〈釋畜〉羷　……《字林》力舟反。
〈鳥部〉鸄　……《字林》鳥名。	〈釋鳥〉鸄　……《字林》音盧。
〈鳥部〉鷇　……《字林》鳥子生哺者。	〈釋鳥〉鷇　……《字林》工豆反。

這種參差不一的現象，正顯示《類篇》有取義《字林》原書的傾向。又由於《字林》是承《說文》內容體式續編而成，於《說文》的訓釋，多所參錄，遇有義訓相同的情形，《類篇》則刪略《字林》，以免重複，例如，清任大椿《字林考逸》所輯《字林》的「膹……豕羹也」、「飤……糧也」、「饑，穀不熟，飢餓也」諸條字義，《類篇》皆略而不及《字林》，而逕溯至《說文》作：

〈肉部〉膹　……《說文》豕肉羹也。

〈食部〉飤　……《說文》糧也。……

〈食部〉飢　……《說文》穀不熟。

可見得《類篇》於《字林》的字義是有限度、有條件的擷取，所以《類篇》明白地稱引僅僅有 125 次，是有它的道理。

（六）　埤　倉

《埤倉》爲魏張揖所撰另一字訓的書籍，由書名及其內容可知，該書是爲埤補《倉頡篇》而作 ⑰。此書今已亡佚，但在宋朝南渡之前，屢屢爲學者所稱述，清陳鱣在輯本的〈敍錄〉中，曾考證其亡於南宋之時 ⑱，因此它應該是《類篇》所直接採錄的小學書之一。在《類篇》書中稱引此書有 51 次之多，今隨手摘引數條爲例：

〈山部〉嶏　……《埤蒼》山巔也。

〈言部〉誣　……《埤蒼》誣譳，不能言也。

〈言部〉詪　……《埤倉》詀詪，言不正。

〈車部〉輚　……《埤蒼》臥車也。

〈目部〉瞑　……《埤倉》注意聽也。

〈土部〉坅　……《埤蒼》坎也。

這其中如「嶏」、「誣」、「詪」、「輚」等諸字義雖然也見於《玉篇零卷》，「坅」字的字義見於《經典釋文・儀禮音義》，但內容總有差異，情形類似上一小節《字林》部分所述，應是《類篇》逕自參酌《埤倉》原書而得。

（七）　釋　名

東漢劉熙的《釋名》，是我國一部探索名義所以然的重要典籍，也是《類篇》曾經參稽過的小學書，不過《類篇》僅隨手引錄，稱引並不普遍，先後僅有五次，其中除〈水部〉「潢……《釋名》染紙也……」一條，不見於今本《釋名》之外，其餘四條如下：

〈女部〉嫛 ……《釋名》：人始生曰嫛，婗嫛是也。

〈衣部〉袿 ……《釋名》：婦人上服曰袿，其下垂者上廣下狹如刀圭。

〈网部〉罳 ……《釋名》：罘罳在門外，罘、復，罳、思也，臣將入請事於此，復重思之。

〈人部〉傳 ……《釋名》傳，傳也，所以傳示人。

均見於《釋名》之〈釋長幼〉、〈釋衣服〉、〈釋宮室〉、〈釋典藝〉諸篇中㊴。

㈧ 經典釋文

《經典釋文》爲唐陸德明所撰，雖然《類篇》中提及陸德明僅有五次，也不曾稱及《經典釋文》，但是《類篇》引《經典釋文》的音義非常多，且深受它的影響，因爲《經典釋文》是一部注釋周易等十四部儒道典籍音義的著作，尤其它攟集了六朝音義書的大成，在書首的敍錄之中，有「注解傳述人」一節，即明示注釋音義的諸家，如果把《類篇》稱引的人名部分跟它相校，則至少有徐邈、郭璞、鄭康成、李軌、劉昌宗、賈逵、沈重、何休、服虔、王肅、郭象、李頤、施乾、干寶、謝嶠、司馬彪、京房、孫炎、杜預、崔譔、梁簡文、河上公、韋昭、陸璣、皇侃、李巡

陸績等二十七家相同。如果再取諸內容與《類篇》對比，自然可以得知《類篇》汲義於《經典釋文》的情形，茲取如下數例以觀：

《類篇》	《經典釋文》
〈彭部〉彭　……蒲光切，壯也。一曰彭亨，驕滿貌，王肅説。	〈周易音義·大有〉其彭　……干云彭亨，驕滿貌；王肅云壯也。
〈先部〉先　……子感切，速也。《易》朋盍簪，王肅讀。	〈周易音義·豫〉簪　……鄭云速也，《埤蒼》同，王肅又祖感反。
〈糸部〉紹　……又蚩招切，緩也。《詩》匪紹匪游，鄭康成讀。	〈毛詩音義·常武〉匪紹　……鄭尺遙反，緩也。
〈水部〉溢　食質切，米二十四分升之一也。一曰滿手為溢。《儀禮》一溢米。劉昌宗説。	〈儀禮音義·喪服〉一溢　……劉音實，鄭云二十四兩曰溢，為米一升二十四分升之一。……滿手曰溢。
〈言部〉言　……鄭康成曰言言，和敬皃。	〈禮記音義·玉藻〉言言　……魚斤反，注同，和敬貌。
〈山部〉峷　緇詵切，獸名，狀如狗有角，文身五采，司馬彪説。	〈莊子音義·達生〉峷　……又音臻，司馬云狀如狗有角，文身五采。

由其中可見，雖然敍述、名稱，各有體例，但義訓則是相同的，因此可以進一步確定二者間密切的音義關係。

(九)　山海經

《類篇》說明字義，是以小學書爲根本，但是對於一部專門敍述奇山異水、神人怪物的神話奇書——《山海經》，卻也常常探錄其內容以說解，而至少有 147 次之多。雖然，如顧野王原本《玉篇》這樣注詳的字書，也引錄《山海經》以說釋，如在《玉篇零卷·山部》云：

> 崞　……《山海經》鳥鼠同穴山西南三百六十里，曰崞嶷之山。

但只是偶一爲之，絕不似《類篇》摘引得如此頻繁，這也是《類篇》字義來源中，頗具特色的部分，以下取數例與《山海經》並列，以明其蒐引的情形。

《類篇》	《山海經》
〈山部〉崞　……山名。《山海經》鳥鼠同穴山西南曰崞嶷。	〈西山經〉又西二百二十里，曰鳥鼠同穴之山……西南三百六十里，曰崞嶷之山。
〈水部〉潨　……水名。《山海經》沮洳之山，潨水出馬。	〈北山經〉東三百里曰沮洳之山，無草木，有金玉，潨水出馬，南流注于河。

〈山部〉嶷　……《山海經》　　　〈東山經〉　又南五百里，曰
　　　　　䃌山有獸，狀如馬而　　　　　　䃌山……有獸焉，其
　　　　　羊目四角，名曰嶷嶷。　　　　　　狀如馬而羊目、四角、
　　　　　　　　　　　　　　　　　　　　　牛尾，其音如獆狗，
　　　　　　　　　　　　　　　　　　　　　其名曰嶷嶷。

〈水部〉潦　……《山海經》　　　〈海內東經〉　潦水出衛皋東，
　　　　　潦水出衛皐東。　　　　　　　　東南注渤海，入潦
　　　　　　　　　　　　　　　　　　　　　陽。

二　由字義比較互證

從《類篇》書中的字義，取與其他書籍一一覈校、分析，可以推究出爲字義來源的，至少有以下三種，茲分別逐一引證論述。

㈠　大廣益會玉篇

《大廣益會玉篇》是宋眞宗大中祥符六年（1013AD.），陳彭年、吳銳、丘雍等人奉敕修纂的字書。其撰成時代在《集韻》與《類篇》之前，而且同是受詔編修的小學官書，《類篇》自然不能不受它的影響，甚至可以進一步地說，在字義方面《類篇》是以它爲基礎，茲舉「肉部」部分字義與《大廣益會玉篇》排比如下：

《類篇》	《大廣益會玉篇》
𦛗　舉兩切，筋强也。	𦛗　記兩切，筋强也。

肶　匹見切，半體也。	肶　匹見切，半體。
膖　莊加切，鼻上皰。	膖　壯加切，鼻上皰也。
服　胡恩切，足後也。	服　戶恩切，足後也。
膃　烏沒切，膃肭，肥也。又　烏八切。	膃　乙八、烏沒二切，膃肭，肥也。
脣　狼狄切，脣腿，強脂也。	脣　狼狄切，脣腿，強脂也。

由這些例子可以看出，《類篇》書中雖然不曾提及此書，但二者
在字義方面息息相關的程度了。

　　㈡　廣　韻

　　《廣韻》的情形，如同《大廣益會玉篇》，它也是官修的，
纂成於眞宗大中祥符元年，所以它同樣是《集韻》、《類篇》修
纂的基礎，以下仍然取數例對比，以證明《類篇》確實引錄《廣
韻》的字義。

《類篇》	《廣韻》
〈王部〉璘　離珍切，璘瑉，文兒。	〈眞韻〉璘　璘瑉，文兒。力珍切。
〈牛部〉犌　船倫切，牛行遲也。	〈諄韻〉犌　牛行遲也。……食倫切
〈𦣞部〉陎　慵朱切，陎陸，縣名。	〈虞韻〉陎　陎陸，縣名。市朱切。
〈木部〉櫶　堂來切，木名。	〈咍韻〉櫶　木名。徒哀切。
〈黑部〉驪驈　……又郎才切，	〈咍韻〉驈　驈驪，大黑。落

黕黸，大黑。　　　　　　哀切。

（三）　原本《玉篇》

　　《玉篇》自梁顧野王撰成以來，多次地經學者增刪改易，尤其唐際以來，一直流行注釋刪略的《玉篇》❹。雖然注解詳密，徵引豐博的原本《玉篇》，已漸式微，但是在北宋時代應該仍然存世，而且爲《類篇》所探擷與參考，因爲在《類篇》中引錄他書的解釋，往往與《玉篇》內容一致，就如上一小節中言源自《廣雅》一書時，曾取《類篇》與《玉篇零卷》的引文作一比對，即發現有時《廣雅》的原書內容原是較長，但二書截引的部分則是相同，這便是《類篇》參酌原本《玉篇》的很好證明。除此之外，有時二書釋義的文句雖不盡相同，但是意義不變，例如：

《類篇》	《玉篇零卷》
〈言部〉謹 ……又之人切，《爾雅》敬也。	〈言部〉謹 之神反，《尔雅》謹，敬也。
〈車部〉輤 ……車飾，鄭康成説。	〈車部〉輤 雌見反，《禮記》諸侯而死於館，其輤有襲。鄭玄曰：載柩將殯之車飾也。
〈糸部〉絇 ……鄭康成曰：絇謂之拘，著舄履頭以爲行戒。	〈糸部〉絇 求俱反，《周禮》履人，掌赤繶青絇。鄭玄曰：絇，救也。著於舄履之頭以爲行

〈糸部〉綼　……鄭康成曰：
飾裳在幅曰綼，在下
曰緆。

戒也。鄭玄曰：注《儀
禮》，絢之言拘也。

〈糸部〉綼　……《儀禮》綼
綼緆。鄭玄曰：一染
謂之緣，今紅也。飾裳
在幅曰綼，在下曰緆。

這是因爲原本《玉篇》的注釋，旁徵博引，實在太詳細了，《類篇》顧慮全書體例，自然無法全部照引，唯有略加整理刪削，而形成此種意義相同，文句不同的情形，但從其中實不難看出刪略的痕跡。

第三節　字義引錄的評騭

從上一節的探論得知，《類篇》字義的來源多方，至少有十二種以上，在面對如此多方的來源，其材料複雜、體例不一，詳略有異的情況下，自然可以想見其刪略引錄的工夫，必然是十分不容易，其中難免會有得有失，以下則分優點與缺失兩項來評述。

一　引錄的優點

縱析《類篇》在字義引錄上的特長，個人以爲至少有以下二項：

(一)　簡　化

《集韻》與《類篇》的編者，似乎刻意地廣蒐字義的材料，以期能超越唐宋的其他韻書與字書，但是材料既已豐富了，精當

的剪裁，便是重要的工夫，這一項，《類篇》做得頗爲可觀，現在就取〈言部〉「讁」字爲例，將其相關的字義來源與《類篇》的內容排比如下：

《說文·言部》：讁　罰也，從言啻聲。

《方言·卷三》：讁　怒也。郭璞注：相責怒也，音賾。

《方言·卷十》：讁　過也。南楚以南凡相非議，人謂之讁。
郭璞注：謂罪過也。音賾，亦音適，罪罰也。

《廣雅·釋詁》：數、諑、讁、怒、詰、讓、爽、譴、誅、
過、訟、責也。

《玉篇零卷·言部》：讁❹，知革反，《毛詩》室人交遍讁
我。《傳》曰讁，責也。又曰勿與禍讁。
《傳》曰讁，過。《韓詩》讁，數也。
《左氏傳》自取讁，日月之災。杜預曰：
讁，譴也。《國語》秦師必有讁。賈逵
曰：讁，咎。《方言》讁，怒。郭璞曰
謂相責怒。又曰南楚之南，凡相非議謂
之讁。郭璞曰謂罪過也。

《廣韻·麥韻》：讁　責也，又丈厄切。讁　上同。

《類篇》讁讁　陟革切，《說文》罰也。或作讁。又並治
革切，《博雅》責也。讁，又士革切，《方言》
怒也。謂相責怒。又丁歷切，罰也。

從其中不難看出《類篇》以《說文》、《玉篇零卷》的字義爲主，再參酌於《方言》、《廣雅》、《廣韻》諸書，雖然字義很多，

引證十分豐富，《類篇》盡量簡化，其中引經證義的部分都未載錄，字義也未全取，由此可知其簡化的痕跡了。這種簡化頗能符合字書簡明的原則，使讀者一覽而便曉，若像《玉篇零卷》的訓釋，不斷地引文證義，固然在訓詁學上極有價值，但對於僅需查檢字義的讀者而言，就稍顯得繁蕪龐雜了。

㈡　赴　音

將引錄、刪略後的字義，按照字音的不同而分別，這是《類篇》字義安排的一項重要特色。一般字書以說形釋義爲主，雖然也載有字音，並偶爾依音以區別意義，但都不仔細地講求音與義之間的關係，如前面所舉「謫」字一例，《玉篇零卷》便僅載錄一音，所有的字義，便全包含在這個音切之下，不像《類篇》共列舉了四個音切，而每個音切下各有其意義。再舉《大廣益會玉篇》爲例：

〈心部〉慍　於吻、於問二切，悲也、怒也、恨也。

〈言部〉註　之喻、竹喻二切，疏也、解也。

其音義各自分別，也不像《類篇》以義赴音而作：

〈心部〉慍　委隕切，心所蘊積也。又鄔本切、慍惀煩憒，

　　　　又紆問切又紆勿切，心鬱積。

〈言部〉註　朱戍切，挈也。《方言》南楚謂之支註，一

　　　　曰解也、識也。又株遇切，述也。

二　引錄的缺失

　　字書的編纂，本來就十分艱難，除了材料本身的糾纏、複雜，庶事繁瑣之外，再加上多歷人手，思慮難以週全，要求面面俱到，毫無疏失，著實是不可能的，茲就其引錄字義時，所造成的種種缺失，逐項分述如下：

　　㈠　赴形不確

　　《類篇》在稱引字義時，有許多稱引的出處，頗有問題，以其所引的《說文》為例，就發生重複引錄，造成引義赴形不正確的情形，例如：

> 〈丹部〉彤　……《說文》丹飾也，从彡，彡其畫也。
> 〈虫部〉蚒　……《說文》丹飾也。
>
> 〈水部〉淅　……《說文》汏米也。
> 〈米部〉糀　……《說文》汏米也。
>
> 〈口部〉唱　……《說文》導也。
> 〈言部〉詯　……《說文》導也。
>
> 〈心部〉懟　……《說文》怨也。
> 〈言部〉譵　……《說文》怨也。
>
> 〈皿部〉盆　……《說文》盎也。
> 〈瓦部〉甇　……《說文》盎也。

事實上在《說文》中並沒有「蚒」、「糀」、「詯」、「譵」、「甇」諸字，那《類篇》又如何能引《說文》以釋義。為何會造成這種引義赴形不正確的情形呢？個人以為這是緣於《類篇》為了要與《集韻》相副施行，在體例與內容受到《集韻》的限制與影響所造成的。上列諸字在《集韻》中，原是「彤」、「淅」、

「唱」、「懟」、「盆」諸「本字」的異體字,《集韻》載其形
音義原作:

> 〈冬韻〉彤蚒　徒冬切,《說文》丹飾也。从彡,彡其畫也
> 　　　　　又姓,或作蚒。

> 〈錫韻〉淅粣　《說文》汏米也,或作粣。

> 〈漾韻〉唱䚨誯……　尺亮切,《說文》導也。或从侖从言。

> 〈至韻〉懟譵　《說文》怨也。或从言。

> 〈魂韻〉盆瓫　步奔切,《說文》盎也。又姓,或 作
> 　　　　瓫。

從其中可以明確地看出《集韻》引《說文》以釋義,全是針對
「本字」而作,而考之於《說文》,諸本字的意義一如上文。
《類篇》為了兼顧與《集韻》相副施行,在本字與異體字按
形分部的時候,也將本字的《說文》釋義,同時分派到不同部
首的本字與異體字的釋義中,而造成《說文》字義重複出現,並赴
形不確的情形。

(二)　刪錄欠當

原文過長,摘引時作適當的刪略是字書編輯時不免要做的,
但刪錄時應儘量保持書中原有的語意,稍一疏失,即造成語意不
明,交待不清的情形,《類篇》因字義來源複雜,刪錄之際,也
不免有欠妥的情形,就以其稱引的《山海經》為例:

> 〈水部〉潚　……《山海經》宜蘇之山,潚水出焉。

> 〈鳥部〉鷂　……《山海經》女祭山有鷂,其色青黃。

> 〈艸部〉蔄　……《山海經》小陘之山㊷,有艸名蔄,葉

如葵，赤莖白華，如蔆藅。

〈木部〉机　……《山海經》單狐之山，多机木，可燒以
　　　　　糞田。

〈木部〉椑　……《山海經》風雨之山，其木多椆椑，白
　　　　　理中櫛。

而「㴩」字下的引述，《山海經・中山經》原作：

又東四十里，曰宜蘇之山……㴩㴩之水出焉。

其「㴩㴩之水」是否宜刪略作「㴩水」，誠不無可疑，因爲地理
名詞屬專有名詞，不必刪略，其實《類篇》引《山海經》有許多
山水名詞，多不刪略，如〈水部〉「潐」下有「常丞之山」，〈水
部〉「濛」下有「沮洳之山」，即使爲省篇幅，就如同〈玉部〉
「瑇」下略《山海經》「小華之山」作「小華山」，〈犬部〉
「玁」下略《山海經》「姑逢之山」作「姑逢山」，但恐怕不宜把
「㴩㴩之水」刪作「㴩水」。又「鶬」字下的引述，《山海經・
海外西經》原作：

女祭女戚在其北，居兩水閒，戚操魚䱉，祭操俎，鷙鳥、
鶬鳥，其色青黃。

其中並不曾說「女祭」是山，或有山，事實上「女祭」是國名，
似此逕言「女祭山」恐易使讀者誤會。又「蒚」字下的引述，《山
海經・中山經》作：

少陘之山，有草焉，名曰蒚草，葉狀如葵，而赤莖白華，
實如蔆藅，食之不愚。

文中的「蒚草」即使可以省略作「蒚」，但「實如蔆藅」卻不得
省作「如蔆藅」而使學者不明文意。又「机」「椑」兩字下的稱

引，《山海經》〈北山經〉與〈中山經〉的正文與郭璞注原作：

〈北山經〉之首，曰單狐之山，多机木，其上多華草。

〈郭璞注〉机木似榆，可燒以糞稻田。

又東一百五十里，曰風雨之山……其木多椒樿，多楊。

〈郭璞注〉椒木，未詳也，樿木，白理，中櫛。

《類篇》將郭璞的注文，順著《山海經》的原文一併敍述，如果學者不查檢原書，實在很難想見其所述的內容，並不全是《山海經》的原文，諸如此類現象，就是編撰者在簡化過程中，忽略了保存稱引書籍的原意，以致造成引文述義時有語意不明，交待不清的缺失。

註 釋

❶ 關於形音部分的研究，可參閱拙作《類篇研究》。

❷ 參見學海出版社影印述古堂景宋鈔本《集韻》p.1。

❸ 除了將小學獨立爲一類之外，其餘經、史、子、集的分類，悉參酌《四庫全書總目》。

❹ 參見本章第二節、一、㈡博雅所述。

❺ 《埤倉》應爲本名，作《埤蒼》爲後起。據姚振宗《隋書經籍志考證》云：「倉蒼古今字，漢碑及六朝人皆書作倉，知倉其本字，作蒼者後人爲之也。」

❻ 書中稱《春秋》有四：1.〈示部〉「禩」字下：「春秋盟於禩祥」，事見《左傳》昭公十一年。 2.〈水部〉「濕」字下：「隰或作濕……春秋有公子隰」，事見《左傳》昭公十四年。3.〈禾部〉「年」字下，原作「《說文》，穀熟也，引春秋，大有秊」，《說文》、《春秋》原作《春秋傳》，事見《左傳》宣公十六年，今歸併於《春秋傳》下。4.〈手部〉「攀扳」字下：「春秋，扳隱而立之」，事見《公羊傳》隱公元年。因此《春秋》眞正指《左傳》的有兩次。

❼ 〈女部〉「媒」字下載：「孟軻曰：舜爲天子二女媒」事見《孟子・盡心下》。

❽ 此《春秋》指《公羊傳》，參見注❻。

❾ 《五行傳》條見於「疒」部「疴」字下，馬宗霍《說文解字引羣書考》說此《五行傳》卽是《漢書・五行傳》。

❿ 〈女部〉「威」字下作《漢書律》，《說文》原文「威」字下作《漢律》。

⓫ 馬宗霍《說文解字引羣書考》「傳」下云：「傳者，傳記之通稱，《說文》有單稱『傳曰』者五字……肉部、竹部、魚部所偁，則雜見《孟》、《荀》、《淮南》、《韓詩外傳》、《大戴記》、《論衡》諸書……」所以「傳」是指所有記言記事之書，不必定指一書，因此入「傳」於此。

⓬ 〈須部〉「須」字下作「徐絃」，「絃」爲「鉉」字的訛誤。

⑬　〈羽部〉「翛翮」條下云：「又夷周切，疾皃。《莊子》：翛而往，李邈讀。」茲檢《經典釋文》原作「李軌」，「李邈」是「李軌」的訛誤。

⑭　今合併「賈侍中」於「賈逵」之下，實因學者咸認爲《說文》中稱「賈侍中」卽指「賈逵」，許愼引通人說都稱其名，唯有稱「賈逵」爲「賈侍中」，所以尊其師。參閱馬宗霍《說文解字引通人說考》卷2，p.128。

⑮　〈市部〉「袷」字下作「鄭司文」，按《說文》作「司農」，「文」爲「農」的訛誤。

⑯　〈車部〉「轉」字下有作「王渥」者，檢諸《集韻》癰部作「王涯」，「渥」應是「涯」的訛誤。

⑰　陸璣，《類篇‧鹿部》「麞」字下原作「陸機」，今據《集韻》正。

⑱　參見《類篇‧蘇軾序》所述。

⑲　〈而部〉「而」字下云：「奴登切，安也。《易》：宜建侯而不寧，鄭氏讀。陸德明《經典釋文‧周易音義‧屯卦》「而不寧」下云：「而，辭也，鄭讀而曰能，能猶安也。」由《經典釋文‧序錄》知「鄭」卽是「鄭康成」。

⑳　《類篇》稱引徐鍇的說法，多作「徐鍇曰」，唯有在〈禾部〉「秀」字下作「徐鍇說」。

㉑　例如在〈金部〉「錫」字下作「劉昌宗說」，而在〈羽部〉「翜」字下則作「劉昌宗讀」。

㉒　請參閱本章第二節。

㉓　「天」字例所列的字形原作「天夭夨」，《類篇》書例，通常首字爲本字，其餘爲異體字，爲求方便，此後列舉字例，一般只舉本字，異體字從略。

㉔　其內容全錄自於《說文》，而稍有差異的，卽是《說文》部首字均有「凡某之屬皆从某」一語，而《類篇》則改稱作「凡某之類皆从某」，此一字之差，或許就是「類篇」書名的由來。

㉕　請參閱高師仲華《高明小學論叢》中〈說文解字傳本考〉一文所論。

㉖　參見拙著《類篇研究》第二章〈類篇之編次〉所論。

㉗　「在」字，四庫全書本、汲古閣影宋鈔本、姚刻三韻本《類篇》，均作「存」，今大徐本《說文》作「在」是，此據正。

㉘　參見胡樸安《中國訓詁學史》p.95所述。

㉙　梁顧野王原本《玉篇》，雖早已亡佚，但今流傳於日本的《玉篇零卷》書中注解詳贍，又有「野王案」之語，清黎庶昌《書原本玉篇後》與楊守敬《後記》均考證這就是顧氏原本《玉篇》的殘卷，從此對於顧氏所撰的原本《玉篇》，還可以略知梗概。

㉚　參見高師仲華主編《兩漢三國文彙》p.1889錄劉歆《與揚雄書從取方言》一文所述。

㉛　本處所採《方言》，乃據戴震《方言疏證》本。

㉜　「行敝」，《集韻》與諸本《類篇》均如此作，然《方言疏證》作「扞敝」。

㉝　《類篇》書中《爾雅》與《方言》都用郭璞注本，這也就是在稱引人名之中，郭璞引用次數多達55次的重要理由。

㉞　參見任大椿《字林考逸•序》所述。

㉟　參見任大椿《字林考逸•序例》所考。

㊱　參見本節〈內經典釋文〉所述。

㊲　姚振宗於《補三國藝文志》與《隋書經籍志考證》中曾謂《埤倉》為埤補《倉頡》杜林注而作，所以唐人稱作《埤倉頡》，林明波《唐以前小學書之分類與考證》則以為應是《三倉》之文，個人也以為張揖既作《廣雅》以廣《爾雅》，自然也應是作《埤倉》以裨補《倉頡篇》，不當是為補杜注而作。

㊳　陳鱣輯本未見，此參考謝啓昆《小學考》所引。

㊴　其中《類篇》之「罦罳」，《釋名》作「罘罳」，二者略有不同。

㊵　日僧空海所抄錄的《篆隸萬象名義》，即是在唐時根據刪略的《玉篇》鈔錄。參閱拙作〈宋代的文字學〉一文，載於《國文天地》27期。

㊶　《玉篇零卷》為手鈔本，所以多俗字，此「讁」即「謫」的俗寫，下同。

㊷　四庫全書本、汲古閣影宋鈔本、姚刻三韻本《類篇》與述古堂影宋鈔本、四部備要本《集韻》均作「小陘之山」，而《山海經》則作「少陘之山」，未知孰是。

第三章　類篇字義的編排方式析論

《類篇》結合字書與韻書形式爲一體，黃季剛先生曾經闡述本書的體式，是「用韻書法編排字書，寓字書於韻書中」❶。《類篇》的編者，將所收錄的 30,828 字，按《說文》的 540 部首而分部，同部之中，再據《集韻》的韻、紐而列字，使它成爲一部具有「形經韻緯」特色的字書。其實，《類篇》不僅在文字的編排上兼顧了形音，就是在每個字下羅列的字義，也因著形音所交織成經緯的網絡，使得字義的編排，呈現著系統與條理，形成有別於其它字書與韻書的特色，以下將此特色做進一步地論述。

第一節　字義編排的經緯網絡

《類篇》字義編排的網絡，是以「依形匯義」與「據音列義」兩個層次經緯交織而成的。

一　依形匯義

由於《類篇》是「據形系聯」的字書，所以字形是本書架構的基本條件，而《類篇》的編者，將所蒐羅的豐富的字義，隨著文字的形體匯載其下。但因《類篇》在內容材料上與《集韻》大同小異，編纂的目的又是爲了跟《集韻》「相副施行」，所以受

到《集韻》的影響很大，爲了能充分地了解《類篇》依形匯義的情況，茲取《類篇》與《集韻》的字義詳加比對、分析，又因爲《類篇》所列字形，有單字與複字兩種形式，其匯聚字義的條理，略有不同，因分述如下：

㈠ 單 字

所謂單字，是指《類篇》字條的領頭字，爲單一的字形。而單字下依形匯義的情況，可取〈示部〉「祠」字爲例，與《集韻》比對：

<table>
<tr><td align="center">《集韻》</td><td align="center">《類篇》</td></tr>
<tr><td>〈止韻〉祠 詳茲切❷，《説文》春祭曰祠，品物少，多文詞也，仲春之月，祠不用犧牲，用圭璧及皮幣。</td><td>〈示部〉祠 詳茲切，《説文》春祭曰祠，品物少，多文詞也，仲春之月，祠不用犧牲，用圭璧及皮幣；又象齒切，祭無已也。</td></tr>
<tr><td>〈止韻〉䄖禩祠禩 象齒切，《説文》祭無已也，或從巳，從異，從司，古作禩。</td><td></td></tr>
</table>

從上面，我們可以看出「祠」的字義，有兩處來源，其中一處在《集韻》中，雖然與「䄖禩禩」相同，但《類篇》在本字與異體字意義必須相等的觀念下 ❸，因此不像《集韻》一樣合併這些字

形，而僅將屬於「祠」字的意義，匯聚於其下。再取《類篇·彳部》「從」字比對《集韻》如下：

《集韻》

〈東韻〉從　鉏弓切，太高皃，《禮》爾無從從爾，鄭康成讀。

〈鍾韻〉從　書容切，從容，久意，《禮》待其從容，然後盡其聲。

〈鍾韻〉從　七恭切，從容，休燕也。

〈鍾韻〉從縱　將容切，東西曰衡，南北曰從，或从系。

〈鍾韻〉从刕從迡　牆容切，《說文》相聽也，从二人，又姓，古作刕，隸作從，或作迡。

〈江韻〉鬤從　鉏江切，髻高也，或作從。

〈董韻〉從　祖動切，高大皃，《禮》爾無從從爾，鄭康成讀。

《類篇》

〈彳部〉從　牆容切，相聽也；又鉏弓切，太高皃，《禮》爾毋從從爾，鄭康成讀；又書容切從容，久意，《禮》待其從容，然後盡其聲；又七恭切，從容，休燕也；又將容切，東西曰衡，南北曰從；又鉏江切，髻高也，鬤或作從；又祖動切，高大皃，《禮》爾毋從從爾；又足勇切，《方言》慫勇，勸也，或作從；又足用切，緩也，一曰含也；又似用切，同宗也；又才用切，《說文》隨行也。

〈腫韻〉**慫從縱** 足勇切，
《方言》慫涌❹，勸
也，或作從縱。

〈宋韻〉**縱從緫** 足用切，《說
文》緩也，一曰舍也，
或省，古作緫。

〈宋韻〉**從** 似用切，同宗也。

〈宋韻〉**從巡** 才用切，《說
文》隨行也，或作巡。

從其中不難看出，原本在《集韻》裏，「從」字有時與「縱」、
「从」、「刃」、「巡」、「鬃」、「緫」、「趨」等字，有同
音同義的情形，但《類篇》經過材料的分析與歸納之後，把凡是
屬於「從」字的各種字義，都匯聚在「從」字之下。

　　此外，如果有來源不同，但匯聚在同一形體下，而其字義又
有重覆的情形出現時，《類篇》的處理方式是以不重複爲原則的
茲舉〈彳部〉「很」字爲例：

　　　《集韻》　　　　　　　　　　　《類篇》

〈很韻〉**很** 下懇切，《說文》　　〈彳部〉**很** 下懇切，《說文》
不聽从也，一曰行難　　　　　　不聽从也，一曰行難
也，一曰鬩也。　　　　　　　　也，一曰鬩也，又戶
　　　　　　　　　　　　　　　　衰切。

〈混韻〉**很** 戶衰切，不聽从
也❺，行難也。

其中《集韻》「戶衮切」下的意義與「下懇切」下的意義相同，
或者說得更精確一點，就是「戶衮切」的意義，包含於「下懇切」
的字義當中，因此《類篇》在面對與《集韻》大同小異的音義材
料時，載錄「下懇切」及其意義後，再列「戶衮切」這切語，而
省略了它重複的字義。

㈡　複　字

　　所謂複字，是指《類篇》每個字例的領頭字，爲兩個以上不
同的形體。其中首列的字形，就是本字，其餘的就是這個本字的
異體。《類篇》編纂時，在分析文字的形音義之後，決定以複字
形式排列，則屬於諸字形的字義，也同時隨形而匯集其下，茲取
〈艸部〉「叢菆」爲例，與《集韻》比對，就可了解。

　　　　　　《集韻》　　　　　　　　　《類篇》

〈東韻〉**叢菆蔆**　徂聰切，《説　　〈艸部〉**叢菆**　徂聰切《説文》
　　　　文》艸叢生皃，或作　　　　　　艸叢生皃，或作菆；
　　　　菆蔆。　　　　　　　　　　　　菆又徂丸切，積木以
　　　　　　　　　　　　　　　　　　　瓚；又甾尤切，麻蒸
〈桓韻〉**菆椪**　徂丸切，積木　　　　也，一曰蓐也，一曰
　　　　以瓚，或作挫，通作　　　　　　餘也，一曰矢之善者；
　　　　欑。　　　　　　　　　　　　　又將侯切，莖也《儀
　　　　　　　　　　　　　　　　　　　禮》御以蒲菆，又芻
〈尤韻〉**菆**　甾尤切，《説文》　　　　數切，鳥巢也。
　　　　麻蒸也，一曰蓐也，
　　　　一曰餘也，一曰矢之

　　　　善者，通作籔。

〈侯韻〉蔌　將侯切，莖也，

　　　　　《儀禮》御以蒲蔌。

〈遇韻〉蔂蔌　芻數切，鳥巢

　　　　也，或省。

由上面可見，《類篇》編者在面對如《集韻》所列這些關係交錯
複雜的形音義材料時，決定以「蔂」爲本字、「蔌」爲異體字組成
字例，於是從其中抽繹「蔂」、「蔌」二字的意義，匯聚於「蔂
蔌」字形之下，因此完成「依形匯義」的層次。

二　據音列義

　　字義依形匯聚之後，在同一形體下載列了許多不同的字義，
而孰義在前，孰義在後，《類篇》的安排，自有其規則，也就是
據音讀的不同，而分別排列，但單字、複字與部首字，在音義的
排列，不完全相同，茲分別敍述之。

㈠　單　字

　　單字下的依音列義，若將音、義二者排列組合，可以產生一
音一義、一音多義、多音多義這三種組合形式。一音一義，雖然
存在《類篇》中有不少，但因意義單一，並無排列上的問題。其
次是一音多義，對《類篇》來說，大體也沒有排列的困擾，因爲
全憑《集韻》的先後爲次第，就以《類篇・辵部》中的通、逢、
迂、迂、邊、遂、遭、邐、迆、迥、遜、運、蓬、道、邀、逆、

逖等 17 個單字下的一音一義的字例來觀察❻，則可發現完全沒有例外的，現在就摘引前五例跟《集韻》做個比較，便可了解。

《類篇》　　　　　　　　《集韻》

〈辵部〉**通**　他東切，《説文》
　　　　達也。亦州名，又姓。

〈辵部〉**逢**　皮江切，塞也，
　　　　一曰姓也，出北海。

〈辵部〉**迂**　雲俱切，遠也，
　　　　曲也，避也。

〈辵部〉**迁**　倉先切，墟謂之
　　　　迁❼，一曰伺候也，
　　　　進也，表也。

〈辵部〉**邊**　卑眠切，《説文》
　　　　行垂崖也，或曰近也，
　　　　方也，又姓。

〈東韻〉**通**　他東切，《説文》
　　　　達也，亦州名，又姓。

〈江韻〉**逢**　皮江切，塞也，
　　　　一曰姓也，出北海。

〈虞韻〉**迂**　雲俱切，遠也，
　　　　曲也，避也。

〈先韻〉**迁**　倉先切，撫謂之
　　　　迁，一曰伺候也，進
　　　　也，表也。

〈先韻〉**邊**　卑眠切，《説文》
　　　　行垂崖也，或曰近也，
　　　　方也，又姓。

至於多音多義的排列情形，則略爲複雜，大致可分成兩種類型，一種是單字下的意義，完全隨著音序排列，我們以「A型」來代表它，所謂音序是指該字的讀音，按《集韻》的先後韻次，若有二音同韻，則按《集韻》的紐次。另一種字義的排列，則是首先排列該字的常用音及其字，其餘的音義，再隨音序排列，我們以「B型」來代表它。字義固然是隨音而列，但是原則上，前音已載的字義，後音不再重複。茲取〈辵部〉爲例，分析部中多音多

義的 78 個字中，屬於 A 型的字，有遷、迷、迟、違、迴、迓、逾、建❽、逡、巡、遒、泂、遂、返、邎、還、迒、遵、連、遣、邀、邐、過、邏、遮、迁、邊、迎、邆、遒、迶、这、泜、近、遬、遣、逪、逛、泂、達、达、遯、迣、逝、迅、這、遬、遺、遾、透、逴、逮、辺、遏、述、迮、遟、邊、邎等 59 字，屬於 B 型的字，有逢、远、遁、逞、遽、遇、邂、逐、選、造、迓、迸、逗、遘、逐、迭、遆、達、適、迪等 20 字，茲再從其中各擇取五個字例加以分析說明，以明其梗概。

【A型】

違　于非切，《說文》離也，又胡隈切，轉也，邪也。

巡　松倫切，《說文》視行兒，又兪倫切，行也，《尚書》巡守，徐邈讀，又余專切，相循也，又殊閨切，順古作巡。

返　孚袁切，回行也，又甫遠切，行還也，又部版切，引《商書》祖甲返。

還　胡關切，《說文》復也，又旬宣切，復返也，又從緣切，《書》還歸在豐，徐邈讀，又胡慣切，繞也，鄭司農曰：還市朝而為道。

過　古禾切，《說文》度也，亦姓，又戶果切，篇也，又古臥切，越也。

【B型】

逢　符容切，《說文》遇也，一曰大也，又蒲蒙切，逢逢

鼓聲，又姓。

遽　其據切，《說文》傳也，一曰窘也,懼也,又求於切，
　　又權俱切。

遇　元具切，《說文》逢也，又魚容切,曲遇,地名。

逬　北諍切，《說文》散走也，又披耕切，使也，又悲萌
　　切，又壁瞑切。

逗　大透切，《說文》止也，又徒侯切,射也，又遣个切，
　　曲行也，又去智切，又厨遇切，留止也，亦姓，又他
　　侯切。

其中A型的字義，就完全是按照音序排列的，如「違」字的音序
爲《集韻》上平聲的 8 微、15 灰；「巡」字是上平聲 18 諄、18
諄、下平聲 2 僊、去聲 22 稕，其中有同爲 18 諄韻的松倫切與俞
倫切，前者聲母屬邪紐，《集韻》列於後者聲母屬喻母的前面；
「返」字是作上平聲 22 元、上聲 20 阮、25 潸的音序；「還」字
作上平聲 27 刪、下平聲 2 僊、2 僊、去聲 30 諫的音序，其中同
爲 2 僊的韻，《類篇》正是據《集韻》，將邪紐的「旬宣切」，
排在從紐的「從緣切」之前；「過」字則作下平聲 8 戈、上聲
34 果、去聲 39 過的音序排列；又當中儘管「孚衰切」與「古禾
切」不是「返」、「過」的常用音，但是排列在衆音義的首位，
而所屬的字義隨之，可見得《類篇》如此的排列，純粹是以音序
爲主要的著眼點。

　　其次在上列的 B 型字例中，可見得首列的是常用音，而意義
隨之，但從何可證明諸音爲常用音呢？檢閱《廣韻》諸字，除了
「逗」字以外，其餘都是只有一音切，當然，這音切應該是當時

的常用音，而該音切跟《類篇》首列的音切相同或同音，至於
「逗」字，雖然《廣韻》載有「持遇切」、「田候切」兩個讀音
但前者是作姓氏時的讀音，後者才是一般的常用音，而這個「田
候切」正與《類篇》首列的「大透切」同音。這類 B 型的多音多
義，在首列常用音及其字義之後，再依音序排列其餘的音義，例
如「遽」在首列「其據切」之音義後，再依序列上平聲 9 魚、10
虞的音義；「迸」字在首列「北諍切」音義後，再列下平聲 13
耕的「披耕切」與「悲萌切」、及去聲 46 徑的「壁瞑切」，其
中「披耕切」在《集韻》裏，自然列在「壁瞑切」之前；「逗」
字則在首列「大透切」音義後，再依序排列下平聲侯、上聲 4 紙、
去聲 5 寘、10 遇、50 候的音義。

　　在上述辵部的 A、B 兩型中，A 型有 59 字，佔多音多義的
75 ％，B 型有 20 字，佔 25 ％，但我們卻不能按照這個比例說，
《類篇》原則上是以 A 型為主，B 型為副，因為在 A 型當中，有
很多也可以算是 B 型，因為那首列的第一音也是常用音，例如前
列例字中的「違」、「還」、「巡」就是屬於這一類，至如「返」、
「過」等字，才能算是純粹按照音序排列的，所以 A、B 兩型究
竟孰重孰輕，這是不容易判別的，因為《類篇》蒐字龐雜，並非
都是常用字，也難盡知其常用音。另外，這種多音多義，在同一
音下的多義現象，其字義排列次序一如前述一音多義的原則，即
以《集韻》的先後為先後。

　　㈡　複　字

　　複字的據音列義，其音義的排列組合，一如單字的情形，可

分爲一音一義、一音多義、多音多義三種，且一音一義無須討論
字義先後，一音多義的字義編排，悉以《集韻》爲本，都與單字
相同，唯有在多音多義方面，有部分差異，即排列在一起的本字
與異體字，其音義全然相同時，次序猶如單字的情況，例如：

〈辵部〉遻迣　阮古切，過也，或作迣；又並五故切，窹
　　　　　也。

〈言部〉諼諠　許元切，《説文》詐也，《爾雅》忘也，
　　　　　亦作諠，又並火遠切。

〈口部〉喟噴　邱媿切，《説文》大息也，或从貴，又並
　　　　　苦怪切，又並呼怪切，《字林》息憐也。

其中「遻迣」的次序是上聲10姥、去聲11莫，「諼諠」則是上
平聲22元，上聲20阮，「喟噴」則爲去聲6至、16怪、16怪，
當中同爲 16 怪韻的苦怪切與呼怪切，正是根據《集韻》將曉紐
的「呼怪切」，排在溪紐的「苦怪切」之後。至於本字、異體字
字義不完全相同時，則排列的原則是先列舉複字所共有的音義，
再依形體的先後排列其各別的音義，其中不論是共有的音義，或
者各別的音義，如果也有多音多義的情形，則仍舊是各按《集韻》
的音序排比，茲舉數例以觀：

〈辵部〉遞遆　待禮切，更易也，或从弟；又並大計切，
　　　　　遞又時制切。

〈艸部〉蓬蕫　蒲蒙切，《説文》蒿也，籕省；蓬，又蒲
　　　　　恭切，闕，人名，蓬蒙，羿之弟子；又苦貢切，
　　　　　艸木盛皃。

〈釆部〉番蹯蠞　符袁切，獸足謂之番，从釆田，象其掌，

古作毗、壘；番又蒲纍切，縣名，在魯；又孚袁
切，數也；又鋪官切，番禺，縣名，在南海；又
蒲官切，番和，縣名，在張掖郡；又逋禾切，番
番，勇也；又蒲波切，鄱陽縣名，或省；又孚萬
切，更次也；又普半切，縣名，在上谷，又補過
切，獸足。

〈言部〉詑訑訑❾　余支切，詑詑，自得也，或作訑、訑、
訑訑又湯何切，沇州謂欺曰詑；訑訑又唐何切，
又土禾切，訑又時遮切，又待可切，欺罔
也。

「遞遞」之下共列了三音義，前二者爲共有，其音序作上聲11
薺、去聲12霽，最後則爲「遞」字別有。「蓬莑」之下，除首
列的「蒲蒙切」及其字義爲共有之外，其餘均爲「蓬」字所別有，
而「蓬」下的多音多義則作上平聲3鍾、去聲1送的音序。「番
毗壘」之下，也是首列諸字共有的音義之外，其餘都是屬於「番」
字別有的音義，而作上平聲5支，22元、26桓、26桓、下平
聲8戈、8戈、去聲25願、29換、39過這樣的音序，其中同
爲26桓的「鋪官切」與「蒲官切」、8戈的「逋禾切」、「蒲
波切」，都是依照《集韻》的紐次先後。至於「詑訑訑」三字下，
也是在首例它們共有的音義之後，再列「詑訑」共有的音義，與
「訑」字別有的音義，而「詑訑」下的「湯何切」、「唐何切」
「土禾切」是同爲下平聲8戈韻，但同韻中的先後，悉按《集韻》
的紐次，又「訑」下別有的音義，則是作下平聲9麻、上聲33
哿的音序。

㈢　部首字

　　由於《類篇》是以《說文》為本的字書，所以部首字下的字
義，為了要顧及全書的體例，其據音列義的情況，與一般部中文
字的排列小有不同，一般是以「先音後義」的形式來據音列義，
而部首字則承襲《說文》，在部首下先列本義，再注明字音。若
該部首字有多音多義的情形，則不論為單字或複字形式，除先列
本義，次列常用音外，其後再一準前面所述的排列規則，依音序
與共義、別義的情形排列，茲列舉數例如下：

　　〈告部〉告　牛觸人，角箸橫木所以告人也，从口从牛，
　　　　　　　　《易》曰僮牛之告，凡告之類皆从告。古奧切；
　　　　　　　　又乎刀切，休謁也，《漢書》告歸之田；又居勞
　　　　　　　　切，白也；又居六切，讀書用法曰告，《禮》告
　　　　　　　　于甸人；又枯沃切，吏休假也；又沽沃切，《易》
　　　　　　　　初筮告；又轄角切。

　　〈干部〉干　犯也，从反入，从一，凡干之類皆从干。古
　　　　　　　　寒切；又侯旰切，石也；又居案切，扞也；又魚
　　　　　　　　旰切，豻或作干；又魚澗切。

　　〈釆部〉釆　辨別也，象獸指爪分別也，凡釆之類皆从釆，
　　　　　　　　讀若辨，古文作𠂤。博莧切，釆又邦免切，揀別
　　　　　　　　也，一曰獸懸蹄，又莫晏切。

　　〈教部〉教　上所施，下所效也，从攴从孝，凡教之類皆
　　　　　　　　从教，古作𤕝效。居效切；教又居肴切，令也；
　　　　　　　　效又北角切，手足指節鳴也。

其中「告」字下首列的「古奧切」屬去聲 37 號爲常用音，其餘
字義則隨音序排列爲《集韻》的下平聲 6 豪、6 豪、入聲 1 屋、
2 沃、2 沃、4 覺，其中同爲 6 豪韻的「乎刀切」與「居勞切」、
同爲沃韻的「枯沃切」與「沽沃切」❿，《類篇》均是依照《集
韻》的紐次排列。「干」字下首列的「古寒切」屬平聲 25 寒，
爲常用音，其餘字義隨其音序排列爲《集韻》去聲 28 翰、28 翰、
28 翰、30 諫，其中三組同爲 28 翰的「侯旰切」、「居案切」、
「魚旰切」切語，也是依照《集韻》紐次先後排列，可見得「告」
「干」二字，除部首「義先音後」的體例外，其餘均與單字多音
多義中Ｂ型的排列無異。至於「釆」、「教」爲有異體字並列的
部首字，其排列方式也是先列本義❶，其下首列常用音，其後再
據形排列各別音義，所以也是除了部首的體例外，其餘與複字多
音多義的排列方式相同。

第二節　字義編排方式的評騭

　　在字義的編排上，《類篇》有些觀念是相當進步而且是細密
的，甚至還超越了其他字書與韻書，但是它在面對龐雜的材料時，
做法卻仍一成不變，導致由其優點，相對地產生了不少缺失，以
下我們就分優點與缺點兩方面，來評騭其字義的編排方式。

一　優　點

　　論其編排上的長處，個人以爲可以歸納出以下的四項：

㈠　落實相副施行的原始目的

　　宋人於字書與韻書的編纂，有不同於其他朝代的觀念，也就是刻意要求二者的內容能協和一致，以便相互參稽，所以《類篇》一書最早的編纂動機，就是爲了與當時新編完成的《集韻》相副施行，此一事實詳見《類篇》末的〈附記〉 ⓬。但論及「相副施行」，《類篇》不僅在內容材料上與《集韻》大同小異，彼此可以互相參稽，尤其在字義的編排上，在「依形匯義」之後，進一步憑藉《集韻》的音序排列字義，所以《類篇》在字義的內容或排列的形式，都跟《集韻》並行不悖，而落實了最初「相副施行的編纂目的。

㈡　細密而有條理的析義網絡

　　《說文》以 540 部首排列 9,353 字，在每字之下，詮釋該字的本形、本義，成爲後世字書的典範，影響極爲深遠，而這種據形系聯的方式，每爲後世學者所推崇，理由正如北齊顏之推《顏氏家訓・書證篇》中所說的：

　　　　許慎檢以六文，貫以部分，使不得誤，誤則覺之。⓭
可見得許慎以 540 部首列字、釋形、析義，是十分精密而有條理。而《類篇》以《說文》的據形系聯爲本而「依形匯集」，且應實際狀況的需要，更進一步地「據音列義」，也彰顯出它在字義的排列上也有「使不得誤，誤則覺之」的特質。《說文》所載爲單義，即文字的本義，沒有字義排列的問題，而《類篇》蒐羅的字義很多，所以字義做有條理的排列，就顯得很重要了。

(三) 彰顯字義的破音別義現象

由於《類篇》字義的排比是「據音列義」，這跟較早的《玉篇零卷》、《大廣益會玉篇》不同，因爲《玉篇》面對多音多義時，分音、義兩部分載列，先全部排列文字的字音，再排列字義，這樣固然可以照顧到字義不因讀音不同而區別的情形，但對於義隨音別的現象，也就是一般所謂的「破音別義」，則只有《類篇》「據音列義」的方式最能掌握了。其次，韻書的編排，雖然也是「據音列義」，但韻書是純粹以字音爲主，字義並不隨形匯聚，所以也沒有辦法明確地顯現出一個字的「破音別義」現象，因此在字書與韻書之中，《類篇》字義的排列方式，最能彰顯出「破音別義」的現象。

(四) 字義兩見或重複不列均繁簡適當

由於《類篇》字義的編排是先義隨形匯，所以如原本在《集韻》中是同音同義的異體字，因異體字所從的形符不同，因此在《類篇》中，歸入不同的部首，而字義隨形匯聚，造成同一字義隨形歸部而有兩見的情形產生，例如「鶺」、「䳠」二字，在《集韻‧皆韻》作：

　　鶺䳠　居諧切，鳥名，《爾雅》鶺其雄鶺，或从隹。

而在《類篇》中，「鶺」入〈鳥部〉、「䳠」入〈隹部〉，字義便隨形兩見作：

　　　〈鳥部〉**鶺**　居諧切，鳥名，《爾雅》鶺其雄鶺。

　　　〈隹部〉**䳠**　居諧切，鳥名，《爾雅》鶺其雄鶺。　或从

佳。

再例如「鱄」、「蟤」二字，在《集韻·桓韻》作：

> 鱄蟤　徒官切，《山海經》雞山黑水出馬，其中有鱄魚，
> 狀如鮒而彘尾，音如豚，或从虫。

在《類篇》中，「鱄」入〈魚部〉、「蟤」入〈虫部〉，字義隨
形而兩見作：

> 〈魚部〉鱄　徒官切，《山海經》雞山黑水出馬，其中有
> 鱄魚，狀如鮒而彘尾，音如豚。

> 〈虫部〉蟤　徒官切，《山海經》雞山黑水出馬，其中有
> 蟤魚，狀如鮒而彘尾，音如豚。

像這種一義兩見的情形，看起來繁複，但卻能清楚地交待，該字
所包含的意義。至於在《集韻》中異音同義，而匯聚在《類篇》
的形體下時，則採「見於前則不見於後」的原則，也就是字義據
音見於前面的音切下，其後一個音切的字義也相❹同時，則省略而
不重複，因此《類篇》排列字義，繁其所當繁，省其所當省，可
說是繁略適當的。

二　缺　點

　　《類篇》在字義編排上的缺點，大致也可以分成以下的二項，
其中的前一項，也正是由優點所衍生出無法兼顧的缺點：

㈠　拘囿於相副施行的目的而缺乏彈性

　　《類篇》為貫徹「相副施行」的目標，在形、音、義的排列
上，多深受《集韻》的影響，尤其在排列字義上，不能跳脫《集

韻》的窠臼，造成許多不合理的情形，例如在《集韻》中，原本
音別而字義分列的情形，《類篇》卻不去審查這些字義同、異的
情形，只是二條字義，敍述的文字相同，就把它合併，二條文字
不同便據音列載，不作詳細的審定以確定其分合，例如：

〈玉部〉 瑠 悲巾切，石次玉者，《史記》琳瑠琨珸，劉
伯莊讀；又眉貧切，《説文》石之美者。

〈鳥部〉 鷗 虧于切，水鳥；又於求切，水鴞也，《山海
經》玄股國人，衣魚食鷗。

〈糸部〉 紵絝 文呂切，《説文》緜屬，細者為絟，粗者
為紵，或从者省；紵又展呂切，緜之粗者，《史
記》用紵絮，斬陳淶。

像這些例子，個人就看不出用「石次玉者」與「石之美者」、
「水鳥」與「水鴞」、「緜屬，細者爲絟，粗者爲紵」與「緜之
粗者」來解釋「瑠」、「鷗」、「紵、絝」諸字，在字義上究竟
有何差別呢？假如沒有差別，又爲何不能將它們合併呢？《類篇》
之所以不合併，當然就是受「相副施行」觀念的拘限，只能將字
義材料作機械化的拼合，做了編集的工作，而沒有審理的工夫，
這對於一部修纂了 28 年的官方字書而言，不免讓人覺得有些可
惜。

其次，按照《集韻》而「據音列義」的排列方式，固然可以
將字義排列得井井有條，也達到「相副施行」的目的，它也彰顯
了字義「破音別義」的現象，但如此一來，卻將音義的關係單純
化了，因爲並不是所有的字，都是音異而義異的，如前面所舉的
「瑠」、「鷗」、「紵絝」等字，都有音異而義同的情形，如果

把這些相同的意義，也按音來分列，就會跟眞正的「破音別義」產生了混淆，當然，面對這種顧此失彼的缺點，《類篇》的編者也許早就知道，但顯然它是無法兼顧的了。

（二） 由於疏忽或混淆而導致排列多生例外

《類篇》在字義的編排，從整體來看，是規劃地頗爲嚴密而有條理，但是編纂費時既久，多歷人手，再加上篇卷繁浩，難免會偶有排列失序例外的情形發生，例如下列單字依音列義的情況：

〈辵部〉远　居郎切，獸迹；又寒剛切，又下朗切，一曰
　　　　　道也；又胡江切，車迹。

〈艸部〉芘　頻脂切，《說文》艸也，又普弭切，又補履
　　　　　切，又必至切，蔭也；又毗志切，艸也，又兵媚
　　　　　切，覆也。

「远」字字義按《集韻》的韻部排列次序爲下平聲 11 唐、 11 唐、上聲 37 蕩、上平聲 4 江；「芘」字的次序則是上平聲 6 脂、上聲 4 紙、5 旨、去聲 6 至、7 志、6 至。其中「远」字的「胡江切，車迹」這音義，按照我們所知道的A型或B型的排列方式，顯然它不該排在最後，這應是一時疏忽造成的。而「芘」字下 6 至與 7 志的音義，也有失序相混的例外情形，這是因爲《類篇》所根據的《集韻》寘、至、志三韻爲通用韻，因此造成次序淆亂 ❺。再列舉複字依音列義的情形：

〈艸部〉茺蔆　持林切，艸也，生山上，葉如韭，或从沈，
　　　　　茺又夷鍼切；又都感切，艸名，知母，又並直禁

　　切。

從其中「又並直禁切」列在諸音義的末尾，也可以看出它與我們
前面所述先列舉共有的音義，再依形體的先後排列其各別的音義
的原則相違背，而無法貫徹全書既定的編排原則。

　　總之，自古以來任何一部字書、韻書，無論體例多麼地嚴密
都有其不可避免的缺失，《類篇》當然也不例外，但平心而論，
《類篇》以形音經緯交織的網絡編排字義，的確將紛雜的字義，
編排得十分嚴密，且徹底地達成其「與《集韻》相副施行」的原
始目標，這就顯現出宋人在字書的編纂上，有其超越前代的智慧，
值得後人效法與推崇。

註　釋

❶ 參見黃季剛先生口述，黃焯筆記編輯的《文字聲韻訓詁筆記》一書中，
〈文字學筆記〉部分的「字書分四種」一節。

❷ 《集韻》「祠」下原無切語，而其為小韻「詞、詳茲切」的同音字，茲
為方便論述，將所屬小韻的切語，載列在「祠」字下；下同。

❸ 關於《類篇》本字與異體字的觀念、及處理方式，請參閱《類篇研究》
pp. 245-259 的論述。

❹ 「涌」，述古堂影宋鈔本與四部備要本《集韻》均作此，而文淵閣四庫
全書本、明景鈔金大定重校本《類篇》作「勇」，考《方言‧卷十》則作
「憑」，故「涌」、「勇」二字，恐皆形近而訛也。

❺ 「不聽從」，述古堂影宋鈔本與四部備要本《集韻》均原作「不聽行」，
但在〈很韻〉裏則作「不聽從」，而《類篇》的本子也都作「不聽从」，
可見得「行」為「从」的形訛，今據正。

❻ 這 17 例都是與《集韻》一對一的形式，換句話說，對比的《集韻》也
是單字並且為一音一義的形式。

❼ 「撫」，明景鈔金大定重校本、汲古閣影宋鈔本、姚刻三韻本與文淵閣四
庫全書本《類篇》均如此作，而述古堂影宋鈔本與四部備要本《集韻》
則作「撫」。

❽ 「逮」，文淵閣四庫全書本、姚刻三韻本《類篇》作「逮」，而明景鈔
金大定重校本、汲古閣影宋鈔本《類篇》，述古堂影宋鈔本與四部備要
本《集韻》均作「逮」，茲據之。

❾ 本條的「訑」字，明景鈔金大定重校本、汲古閣影宋鈔本、姚刻三韻本
與文淵閣四庫全書本《類篇》均如此作，但述古堂影宋鈔本與四部備要
本《集韻》則均作「訑」，然而《類篇‧言部》中另有「訑」字為「訑」
的異體字，顯見《類篇》對「訑」字的分合，與《集韻》的看法不同。

❿ 「沽沃切」，述古堂影宋鈔本與四部備要本《集韻》則作「姑沃切」，
然「沽」、「姑」同音，不影響音序。

⓫　這個本義，也是異體字的共義。

⓬　《類篇》末的〈附記〉曾載云：

> 寶元二年十一月，翰林學士丁度等奏：「今修《集韻》；添字旣
> 多，與顧野王《玉篇》，不相參協，欲乞委修韻官，將新韻添入，別
> 爲《類篇》、與《集韻》相副施行。」

⓭　參見王利器《顏氏家訓集解》p.457。

⓮　「見於前則不見於後」是淸嚴元照《悔菴學文》卷七〈書類篇後〉，言
《類篇》排列音切的條例。請參見拙著《類篇研究》p.143 所述。

⓯　《類篇》因《集韻》通用韻的語音難別，造成編次上的淆亂，是很普遍
的現象，個人於《類篇研究》pp.115-119 曾論述此類情形。

第四章　類篇本義析論

　　《類篇》在每個字形之下，依其字音載列各個義項，這些義項，歸納其類別，可分爲本義、引申義、假借義。三者之中，本義是最原始、最具基礎性的。《類篇》一書是「以《說文》爲本」的，而《說文》基本上是以載列本義爲主的字書，因此《類篇》必然也載列許多本義，但由於《類篇》蒐羅的材料來源多方，因而還載錄有非《說文》所載的本義，所以，本文當於此深入分析探論。在探論《類篇》本義之前，關於本義的意義與特質，必先了解，尤其在特質方面，近來學者多有討論，個人以爲諸家多執一偏，未見全備，因此立於前人基礎上，總合諸說，提出個人淺見，以爲《類篇》本義討論的基礎。

第一節　本義的意義與特質

一　本義的意義

　　在諸字義之中，本義是最重要的，它是所有字義的基礎，倘若本義不明，則引申義無所從出，假借義無從斷定，正如清江沅所謂「本義明而後餘義明」❶，這是因爲引申義係由本義的內涵與外延變化引申而得，假借義則基於音同或音近的關係而借形赴義，又與本義不相關聯，所以在字義的研究裏，本義的探討最是

關鍵、最是根本，因此龍宇純先生於《中國文字學》中曾指出：

> 如果從事字義之系統研究，而不知字之本義，面對雜亂繁
> 複的意義，將茫然不知如何分解與繫屬。反之，旣知字之
> 本義，便知何者爲其義之引申，何者爲其音之假借，條分
> 縷析，易如反掌。❷

其所言爲不虛，然而所謂的「本義」究竟爲何？個人以爲黃季剛
先生說的最爲簡挒，他在《文字聲韻訓詁筆記》中說：

> 凡字與形音義三者完全相當，謂之本義。❸

文字構成的要素爲形音義三者完備，缺一不可，但是黃先生指三
者要「完全相當」的意思是什麼呢？大概是由於文字在產生之
後，它的形音義會隨着時空的變化，發生遞變轉化，就如字形，
在許愼的時代，就已經有古文、籀文、篆文、隸書等等不同的字
體，字音也會隨時空而變化，例如「江」字，上古音「从水工聲」
屬於陳師新雄《古音學發微》古韻三十二部中的東部 [*auŋ]，
到了《切韻》時代，「江」字則因音變與陽韻字接近，而分化韻
屬江韻，再者如六朝學者，以當時語音讀先秦上古韻文，讀之不
合而「改讀」，也是字音隨時改變的具體事實。至於字義也有從
本義而至引申、假借的變易，像這些現象，都是文字的形音義已
經發生變化而不能「完全相當」，所以「完全相當」應是指文字
造字之初，造字的古人，所付與該文字最早的形構，負載的讀音
與最原始的意義，換句話說，這個文字的意義，它能與造字之初
的形構、讀音完全相契合的，它就是本義。

二　本義的特質

從上一小節裏，我們已約略地了解本義的基本意義，接着便逐一析解它所含具的特質，大致可以分為以下四項：

㈠　本義為初造字時的始義

「本義」一詞是與「變義」一詞相對，它應是指文字在初造的時候，古人所賦予該具體符號樣型最古早、最原始的意義，而這個最古早、最原始的意義，是後來經時空的轉移，人事的漸繁，字義也隨之逐漸轉化蛻變，也就是所有的引申義、假借義等變義，都是從這個初造的具體符號樣型所裝載的「始義」衍化而來，所以本義為初造字時的始義。

㈡　本義應與本形相應

所謂「本形」，就是古人造字之初的符號原型，其原型所負載表示的意義即是本義，所以本義應與本形相應，段玉裁於《說文解字‧敍》「假借」下曾注說：

> 許書每字依形說其本義，其說解中必自用其本形本義之字，乃不至矛盾自陷，……蓋許書義出於形，有形以範之，而字義有一定。❹

其「義出於形」也就是指本義須應合於本形。清雷浚《說文引經例辨‧自敍》也指出：

> 何謂本義？說文所定一字一義是也，其義多與其字之形相應，故謂之本義。❺

另外朱宗萊《文字學形義篇》也說：

> 蓋義不虛起，必有所附，本形既明，本義自箸。❻

而洪成玉〈說本義〉一文則於形義的相應也認為：

> 字的形體結構是確定字的本義的物質標志。字形能夠直接
> 反映它所記錄的詞義，這樣的字才具有字的本義。

他又進一步說：

> 傳統訓詁學中所說的象形字、指事字和會意字，它們所記
> 錄的詞義，如果能夠從字的形體結構得到說明的，都可以
> 認為是字的本義。❼

因此他舉了一些經過專著論述的例子說明，「且不描摹甲骨文、
金文、篆書原來的書寫形式，而逕用現代漢字表示」，其例字如
下：

> 象，字形突出異於他獸的長鼻。
>
> 泉，字形突出泉水自岸間涓涓流出。
>
> 回，字形突出水在淵中旋轉的形狀。
>
> 以上是象形字。
>
> 亦，字形表示人正面站立，舒展的兩臂下，各有兩點，表
> 示兩腋所在。
>
> 刃，字形表示在刀的刃部加一指示性的符號，表示刀刃所
> 在。
>
> 以上是指事字。
>
> 埶，「藝」的初文，字形表示一人下蹲狀，兩手持作物植
> 入土中。
>
> 隻，「獲」的初文，字形表示用手抓住一只鳥。
>
> 以上是會意字。

像這些說法都顯示文字的本義應與本形相應。

㈢ 本義應與本音相應

　　所謂「本音」，就是古人於造字之初，所付與該符號原形本然的讀音。本音與本義的關係，就語言學而言，語音是表達詞義，而詞有最早的本義，它應該是在文字尚未發生之前就有，但是詞本義是不可能探求，唯有在最早的文字記錄形式中，尚可追溯。而在文字記錄的符號原型裏，形聲字的聲符通常為裝載文字本音最完備的一種類型，這個本音所表達的，不僅可以追溯詞的本義，也由於這個本音是以文字的形式裝載，所以這個形聲字同樣地表示了字的本義。在半主形、半主聲的文字結構裏，形符具有表示本義範疇的作用，聲符的本音則表示所指本義，如「江」、「河」二字，其从水的形符表示本義為水流的範疇，而「工」「可」則摹擬該水流的聲音，為該字的本音，由本音以確定所指本義為長江、黃河。再者形聲字的聲符所代表的本音，又往往有兼義的作用，誠如清儒所指「聲義同源」、「凡从某聲多有某義」、「形聲多兼會意」，則更顯見本義與本音相應的現象。

㈣ 本義所指為一事一物而缺乏概括性

　　呂思勉於《字例略說》中曾說：「凡本義必實指一事一物」❽，而洪成玉於〈說本義〉一文中也說：

　　　　有的字，字形所記錄的詞義非常具體，一事一字，缺乏概括性，從現在的認識水平來看可以歸併一個字。但從造字之初的認識水平來看，還是應該認為各表各的本義。

所以二人均認為字之本義，所指為一事一物，且呂氏所謂的「實

指」一詞，應該就是洪成玉所言本義「缺乏概括性」。洪氏於文章中曾舉例論述，以爲如「牧」造字之初的本義爲牧牛，「敉」的本義爲牧羊；「牢」的本義爲牛圈，「宰」的本義爲羊圈，各字所指確爲一事一物。但是裘錫圭氏《文字學概要》，對於這樣的論點，提出反對意見❾，他以爲「在字形表示的意義跟字的本義之間不能隨便劃等號」，又說：「字形所表示的意義往往要比字的本義狹窄」，也就是他所認爲的一種「形局義通」現象，接着他舉例論述說：

> 「大」的字形象一個成年大人。這是以一種具有「大」這個特徵的具體事物來表示一般的「大」，如果根據「大」的字形得出結論，認爲「大」的本義專指人的大，其它事物的大也叫「大」，是詞義引申的結果，那就錯了。

又舉例說不能因爲「相」字從「木」就說「相」的本義是觀木；不能因爲「臭」字從「犬」就說「臭」的本義是狗嗅；不能因爲「逐」字從「豕」就說「逐」的本義是追逐。個人於裘氏「形局義通」之說並不以爲然，既然本義在強調造字之初所賦予該形構的意義，必然是就形論義，古人既以人形爲「大」，必指人爲天地間最尊大，言「大」義必自人始，否則何必以人爲「大」；「相」既從木，必然相視而所觀自木始，否則何必從木；「臭」既從犬，實因犬爲萬物中，嗅覺最靈敏的，所以言嗅必自犬始，否則何必從犬；「逐」既從豕，則打獵追逐，所追必豕，否則何必從豕；古人既取該形以表意，自然需要形義相契，才不會矛盾自陷，至於「形局義通」，則非本義，應當是在本義發生以後的引申義了。再者，前述洪氏曾舉牧敉、牢宰爲一形一義的證據，

其實如卜辭中牡牝二字無定形，牛羊犬豕馬鹿均隨類賦形，不盡從牛的情形，更是絕佳的例證，茲據郭沫若〈釋祖妣〉一文的字表載列於下❿：

	馬	牛	羊	犬	豕	鹿
牝						
牡						

顯然在甲骨文中以「⊥」代表雄性動物的牡器，以「δ」代表雌性動物的牝器，而動物則有馬牛羊犬豕鹿的不同，所以同是雄性動物，却有「牡」、「牡」、「狀」、「麈」等不同形構的文字，同是雌性動物有「馳」、「牝」、「羘」、「犰」、「麀」等不同形構的文字，文字一形一義的現象非常明顯，至於裘氏所謂「形局義通」的情形，則爲後世之事，如《說文》釋「牡」爲「畜父」，釋「牝」爲「畜母」，不再僅以「牡」「牝」爲公牛、母牛的專稱了❶。由此可見本義所指爲一事一物而缺乏概括性。

第二節　本義的分類與舉例

《類篇》所載的本義，依照實際上能夠分析的，大體上可分成：一、《說文》所載的本義，二、非《說文》所載的本義兩大類，茲依這兩大類逐一舉例，深入析論。

一　說文所載的本義

蘇轍於〈類篇敍〉中曾明確地指出「凡爲《類篇》，以《說

文》爲本」，我們在第二章〈類篇字義探源〉中曾解釋所謂的「以《說文》爲本」，就是「它不僅說明在體例上是以 540 部首爲宗，也同時說明《說文》的義訓，是字義解釋的基礎。」❷大致說來，《說文》正文凡9353字，許愼所詮釋的全部義訓，按理應該都蒐羅在《類篇》裏面，而這些義訓，自來學者多認爲它們就是文字的本義，例如宋邢昺在《爾雅義疏・釋詁》「初、哉、首、基、肇、祖、元、胎、俶、落、權輿，始也。」條下曾說：

> 初者，《說文》云：從衣從刀，裁衣之始也；哉者，古文
> 作才，《說文》云：才，草木之初也。……基者，《說文》
> 云：牆始築也。肇者，《說文》作肁，始開也。……云此
> 皆造字之本意也。❸

清王念孫〈說文解字注序〉也說：

> 《說文》之訓，首列制字之本意。❹

清段玉裁《說文解字注》〈魚部〉「鯉」字下也注說：

> 字各有本義，許書但言本義。❺

江沅〈說文解字注後敍〉也論說：

> 許書之要，在明文字之本義而已，……經史百家，字多叚
> 借，許書以說解名，不得不專言本義者也。❻

另外《雙研齋筆記》〈論說文全書之通例〉文中也指出：

> 《說文》爲形聲之書，而每字必先釋其製造之本義。❼

雖然如此，但實際上《說文》的「本義」是否就是古人造字伊始的初義呢？經由近代古文字學家據甲骨文、金文的論證，我們可以把《說文》所載的本義分成：㈠所載爲古人造字的初義。㈡所載非古人造字的初義。㈢所載尙不詳其是否爲初義三類。並取

《類篇》首三卷的字例分類析論如下：

　　㈠　所載為古人造字的初義

　　　　〈一部〉天　……《說文》顛也，至高無上。　按：由甲
　　　　　　骨文、金文字形作夨、夭言之，正如許說，王國
　　　　　　維《觀堂集林・釋天》說：「是天本謂人顛頂，
　　　　　　故象人形，卜辭、盂鼎之夨夨二字所以獨墳其首
　　　　　　者，正特著其所象之處也。殷虛卜辭及齊侯壺又
　　　　　　作夭，則別以一畫記其所象之處。」⑱

　　　　〈丄部〉丄　高也，此古文上，指事也。　按：丄字，《類
　　　　　　篇》從二徐本，段玉裁改古文作二，篆文作丄，
　　　　　　正確。今甲骨文正作＝《前》二、五、二，⌒《前》
　　　　　　二、十四、三⑲，象層疊高上的樣子。

　　　　〈丄部〉丅　……底也，指事，篆文作下。　按：丅，
　　　　　　《類篇》也是依從二徐本，段玉裁改古文作＝，
　　　　　　篆作丅。今甲骨文作⌒《藏》一五〇、三 ⑳，金文
　　　　　　作＝番生簋，可證其古文低下的形構，羅振玉
　　　　　　《增訂殷虛書契考釋》曾對段氏改易《說文》古
　　　　　　文的「丄」「丅」為「＝」「＝」，而稱贊說：
　　　　　　「段君未嘗肆力於古金文，而冥與古合，其精思
　　　　　　至可驚矣！」㉑

　　　　〈示部〉祀　……《說文》祭無已也。　按：甲骨文作祀
　　　　　　《前》二、二二、二 𥘅《前》五、四七、三，金文作祀
　　　　　　盂鼎，李孝定先生《甲骨文字集釋》說象一人跪

於示（即主）前有所祈禱之狀，殷代祭祀是以五
種祀統週而復始，所以許訓「祭無已也」，猶存
殷禮遺意㉒。

〈示部〉祭 ……《說文》祭祀也，从示以手持肉。 按：
甲骨文作㨾《前》一、十九、五㲃《前》二、三八、二，
金文作㤅郜公華鐘，均作「从示以手持肉」，卜辭
字形中或省示，肉旁有作「〉」形者，李孝定《甲
骨文字集釋》以爲「其渣汁也」，其說可從㉓。

〈示部〉祓 ……《說文》除惡祭也。 按：甲骨文作㨾
《前》八、五、六、㡊《甲》二七七四 ㉔，于省吾《殷
契駢枝續編》據《古文四聲韻》引《古老子》
「拔」作「㨾」，而論證「㡊」當即「祓」的初
文㉕。李孝定先生以爲其說可從，而徐中舒《甲
骨文字典》則釋甲骨文㨾爲祟，個人以爲陳邦福
《殷契說存》考證「祟」作「㫊」《甲》一四九六
㉖，「此」爲「祟」的初文，自然㨾不當作「祟」，
所以于說較爲可信，且從甲骨文形構中可見古人
以雙手拔物爲祭的樣子。

〈示部〉福 ……《說文》祐也。 按：甲骨文作㨾《甲》
一、十九、四㮰《前》四、二三、一㮰《戩》四一、九
㉗，金文作㮰井侯簋㮰曾子簋，羅振玉以爲古文
字「福」所作㮰、㮰、㮰諸偏旁，都是象酒尊
之形，而謂「福爲奉尊之祭致福，乃致福歸祚。
……許君謂福，畐聲，非也。」㉘李孝定先生以

爲羅說爲是❷，而徐中舒於《甲骨文字典》中進
一步論述說：「甲骨文福字象以 🏺 灌酒於神前
之形。古人以酒象徵生活之豐富完備，故灌酒於
神，爲報神之福或求福之祭。」❸個人以爲徐說
比羅說更能清楚福字的造意，在甲骨文中有不少
福字於「示」形旁有灌酒的酒汁形符，如 🔣《佚》
七七三❸、🔣《續》一、四四、六❸、🔣《甲》二
六九八，形符雖然不盡相同，不過灌酒以致福佑的
意義是一致的。

〈示部〉祏　……《說文》宗廟主。　　按：甲骨文作 🔣
《藏》一二一、一、🔣《前》六、三、七，李孝定先
生根據惠棟、摯虞決疑注、桂馥等諸家見解，綜
合而論，以爲「祏」所從的「石」符，指藏神主
的宗廟石室或石函，而「示」爲藏於其中的神主
❸。

〈王部〉王　石之美有五德……象三王之連，｜其貫也。
按：甲骨文或作丰《後》上、二六、十五❸，或作丰
《前》六、六五、二　，李孝定先生謂「作丰正象三
玉之連，或作丰，上作 🔣，亦猶 🔣 之作 🔣，象其
緒也。」❸

〈玨部〉玨　二玉相合爲一玨。　　按：甲骨文作丰《藏》
一二七、二、丰《後》下、二十、十五，正象二系玉相
併合的形狀。

〈气部〉气　雲气也，象形。　　按：甲骨文作三《前》七、

三六、二、三《粹》五二四 ❸，金文作三大豐簋、〓
齊侯壺，象雲气層叠流行的樣子。

〈艸部〉芻 ……《說文》刈艸也，象包束之形。　按：
《說文》所釋本義爲是，然釋本形恐未盡確。考
甲骨文「芻」作 ∅《藏》九五、四 ∅《藏》二六一、
四，金文作 ∅ 散盤，羅振玉《增訂殷虛書契考釋》
以爲「从又持斷艸」之形，與「刈艸」的本義
相合，但許書所謂「象包束之形」的說解，則應
是从又形變的誤會。

〈艸部〉斷 ……斷也，从斤斷艸，籀文从艸在 ∤ 中，∤
寒故折。　按：甲骨文作 ∅《新》一五六五 ❸、
∅《前》四、八、六，金文作 ∅ 兮甲盤、∅ 齊侯
壺，正象《說文》篆文、籀文的字形 ❸，作以斤
斷艸斷木的形構，至於籀文从＝，許君以爲 ∧，
李孝定先生以爲不正確，應是指斷折的指事符號，
其說甚是 ❸。

〈蓐部〉薅 ……《說文》拔去田艸也，从蓐好省聲。
按：甲骨文作 ∅《乙》八五〇二 ❹、∅《前》五、
四八、二，正象人以手持辰（蜃）的農器除去田艸
的樣子，至於許云「好省聲」，屈萬里先生《殷
虛文字甲編考釋》不以爲然 ❹，而李孝定先生更
進而指出人披除田艸，古文偏旁从人从女並無不
同，甚至往往省去人形而但存手形，其實同爲一
字 ❹。

〈茻部〉莫　……日且冥也，从日在茻。　按：甲骨文作
茻《甲》二〇三四、茻《後》上、十四、六，金文
作茻散盤，都象黃昏之際，天色將暗日落於林莽
中的樣子。

(二)　所載非古人造字的初義

〈一部〉元　……《說文》始也。　按：甲骨文作元《甲》
二、二八、十一、元《粹》一三〇三，金文作元師
虎簋，爲从人从上而會意爲首的意思，《左傳》
僖公三十三年「狄人歸其元」，《孟子·滕文公
下》：「勇士不忘喪其元」，元皆訓爲首是本義，
至於許愼訓解爲「始也」，應是引申義，實以人
生之始，以首爲先，所以引申爲始的意思。而高
鴻縉《中國字例》與張日昇以爲訓「始」是假借
❹，恐怕不盡正確，因爲元跟始在上古音中並沒
有聲音的關係，「元」字上古聲紐屬陳師新雄
《古音學發微》中的疑紐 [*ŋ]，上古韻部則屬
三十二部中的元部 [*an]，而「始」字屬透紐
[*t']、之部 [*-ə]，聲韻相去太遠了，根本
無法「依聲記事」。

〈丄部〉帝　……諦也，王天下之號。　按：諦爲音訓，
據段玉裁注可知許說恐來自《毛詩故訓傳》所釋
「審諦如帝」，而這個「審諦」應非「帝」的本
義，考甲骨文帝字作帝《藏》一〇九、三、帝《後》

上、二六、十五、金文作 𣎜 井侯簋、 𣎜 秦公簋，王
國維《觀堂集林 • 釋天》以花蒂爲帝本義，他說：
「帝者蒂也，𣎜者柎也，古文或作 𣎜，𣎜但像花
蕚全形，未爲審諦，故多於其首加一作 𣎜 𣎜 諸
形以別之。」郭沫若、李孝定先生從其說 ❹，而
葉玉森《殷虛書契前編集釋》以爲「帝」爲「禘」
的初文，象積薪置架上，行祭天之禮，徐中舒
《甲骨文字典》從其說 ❺，雖有二說，但無論如何，
帝之本義由字形分析，恐與審諦的意義距離較遠，
許氏所釋應非本義。

〈示部〉**示** 天垂象見吉凶所以示人也，从二，三垂日月
星也，觀乎天文，以察時變，示，神事也。　按：
甲骨文示字作 丅《藏》十、四 、𥘅《前》二、三八、
二、丅《後》上、一、二、 𥙆《乙》七三五九 丁山
《甲骨文所見氏族及其制度》一文以爲卜辭「示」
字固有从三垂，有的却僅有一垂，可見《說文》
所釋非造字的本義，而如唐蘭、孫海波、陳夢家、
李孝定、徐中舒等學者，則都以爲示爲神主的象
形字 ❻，其中以陳、唐二氏論證纂詳，頗可參據。

〈示部〉**祠** ……《說文》春祭曰祠，品物少多文詞也。
仲春之月，祠不用犧牲，用圭璧及皮幣。　按：
甲骨文「祠」作 司《前》二、一四、四 不从示，而
金文作 祠 㝬邗王壺，羅振玉《增訂殷虛書契考釋》
據卜辭商稱年爲祀又爲司，以爲商時祠、祀爲祭

之總名，而《爾雅》則以祠爲春祭之名，由此可知《說文》所據爲《爾雅》所載的周朝禮儀，非更古時代的文字本義。

〈示部〉禦　……《說文》祀也。　按：《說文》所釋雖已接近於本義，而猶然有些許差距，考甲骨文禦字作 𥛃《鄴》三、三七、八、𥛐《錄》三一二❹，金文作𥛇我鼎，楊樹達《積微居甲文說・釋禦》以爲甲骨文禦或作卸，都是作爲祭名，但是「往往有攘除災禍之義寓其中」，例如《殷虛書契前編》一、二五、一云：「貞疒齒，卸于父乙。」《甲骨文錄》三一二片云：「甲午卜，王馬△駁，其禦于父甲亞。」《戩壽堂殷虛文字》云：「卸帚鼠子于妣己。」諸如此類，都是指人或動物有疾病或其他不幸的事，以祭祀攘除❹。所以以「祀」釋「禦」作爲本義，固然接近，然「攘除災禍之祭祀」更是精確，更符合本義，所以《說文》所釋可視爲引申義。

〈示部〉祖　……《說文》始廟也。　按：在甲骨文中祖都不從示旁而作 𝐀《新》三一一九、𝐀《合集》一七七七❹，到金文裏則作 祖齊鎛、𥘲 樂書缶，關於且之本義，學者頗多意見，郭沫若《甲骨文字研究・釋祖妣》以爲祖作且，且爲牡器之象形，蓋上古人民有生殖崇拜的習俗❺，然牡器之象形，甲骨文形體已作⊥，⊥即土字，二者不相混淆，

郭說不可遽信❺。又唐蘭〈殷虛文字二記〉一文
則以爲甲骨文中且的本義爲刀俎之俎❺，然甲金
文中自有俎字，如 🔲《前》七、二〇、三、🔲
《後》上、二四、四、🔲 戒鼎，正象許愼「俎」下
所釋「从半肉在且也」，不過許氏以爲且爲未置
肉之俎，俎則爲置肉的禮俎，其實個人以爲置不
置肉都是僅俎一字，且應如李孝定先生所說，祖
的初文，爲神主的象形❺，商人崇尙祭祀，尤其是
祭祖，甲骨文中祖字均作且，正是神主象形，應
非如唐蘭所謂祖作且爲假借。

〈示部〉祐 ……《說文》助也。　按：甲骨文中祐作🔲
《前》一、二十、七、又《前》二、二五、二、🔲
《後》下、二一、四，徐中舒《甲骨文字典》說：
「祐字本以右手形表示給予援助之義。《說文》：
『祐，助也。』但在卜辭中，從示之行實用爲侑，
祐則多以又爲之。」❺故《說文》所釋「助」也，
理應屬引申義，蓋祐形从示符，應以祭祀求神福
祐爲本義爲是。

〈示部〉祝 ……《說文》祭主贊詞者。　按：甲骨文祝
作🔲《前》四、十八、七、🔲《前》四、十八、八、
🔲《前》六、三、八，從形構上看，羅振玉、商承
祚均以爲象祝者跪於神前灌酒，而郭沫若則指跪
而有所禱告，又王恆餘稱祝在殷代多爲祀祖並可
作爲動作❺，其實諸家之說都可通，因爲祭祀者

於神主前祭祀、灌酒、跪而禱告，這是一個完整的祝禱程序，甲骨文形體略異之處，就在於所取時段不同，所以許氏所謂「祭主贊詞者」則是再由此引申的，即行祭祀禱告程序的人也引申稱祝。

〈王部〉**王**　天下所歸往也，董仲舒曰古之造文者，三而連其中謂之王，三者天地人也，而參通之者王也，孔子曰一貫三為王。　　按：許慎為漢代「五經無雙」的經學家，於「王」字形義的詮釋，則從儒家王霸學說，與董仲舒天人合一的思想出發，所釋應為引申義，當非本義才是，從字形而言，在甲骨文字中王字作 《佚》三八六、《甲》四二六，金文作 盂鼎、 王子午鼎、 姑馮句鑃，顯然與三畫而連其中之說有出入，吳大澂、羅振玉等以為王字古文下作 、，蓋象火字，所以認為王為旺的本字，義為盛大 ❺，而徐中舒〈士王皇三字探原〉則從考古文化學的角度論證王字乃象帝王巨首端拱而坐之形 ❺，個人就徐氏之論證與王字意義之演化，以為徐說可信。

〈士部〉**士**　事也，數始於一終於十，从一从十，孔子曰推十合一為士。　　按：許氏以周朝時能為國任事的人，作為士的本義，但個人於〈段注說文牝牡二字形構述論〉一文中曾論述士字的本義，以為應如郭沫若〈釋祖妣〉文中所稱為牡器的意思，而作

爲士君子的士則由此引申而來❺❾。

〈丨部〉中　……《說文》和也，从口从丨上下通❺❾。　按：甲骨文有作 ⵁ《前》三、三一、二、ⵁ《前》五、六、一、ⵁ《菁》三 三形 ❻⓪，金文也有 ⵁ 師旂鼎、⫭ 中婦鼎、ⵁ 散盤諸字形，早期有不少學者如丁佛言、羅振玉、郭沫若等以爲 ⵁ 爲中字，ⵁ爲仲字、⫭爲扒字 ❻①，然自唐蘭《殷虛文字記·釋ⵁ沖》一文，徵引卜辭、《周禮》，詳加論證，並以爲三者其實一字，本是旂旗徽幟之屬，字形演變爲：

＊　$\begin{bmatrix} \Vert \\ \Vert \\ \Vert \\ \Vert \end{bmatrix}$ － ⵁ $\begin{bmatrix} ⵁ \\ ⵁ \end{bmatrix}$ ⵁ　❻②

後來由徽幟的本義引申爲中央，是因爲古時徽幟用以集衆，「列衆爲陳，建中之酋長或貴族，恆居中央，而群衆左之右之，望見中之所在，即知爲中央矣！」再由旗幟之中而引申一切之中，或與中相關的事物 ❻③，其論證近代如李孝定、徐中舒、張日昇等學者均從之，個人亦以爲可信，所以《說文》釋爲「和也」，應是由中央再引申爲不偏不倚，正中和諧的意思。

(三)　所載尚不詳其是否為初義

〈示部〉祉　……《說文》福也。　按：南唐徐鍇《說文繫傳》從聲符「止聲」進而闡釋說：「祉之言止

也，福所止不移也。」❻但徐鍇是否已得古人初
義，個人仍不敢遽爾認定，因為在卜辭中祉作𥘅
《甲》二九四七、𥙫《新》四三二九，均假借為祭名，
而「止」的本義，孫詒讓《名原》已考知為「足」，
在甲骨文字中，凡從「止」形，多有以足前往的
意思，如 𡴆（出）指足自坎中外出、𡳿（之）
指足由此前往，𤴓（正）指足朝城郭之圍而征，
因此古人造「祉」字從止聲，究竟要表達何種意
涵的福呢？還是純粹表聲不必表意，則無法確知。

〈示部〉禫　……《說文》除服祭也。　按：《說文》釋
禫字形構為「從示覃聲」，覃，篆作𧪒，許氏釋
為「從𣆶鹹省聲」，從篆形來看，似未見有「除
服祭」的意思，除非從語源上探索，但實際上這
也是不容易的。再者，考甲骨文 𥚪《前》八、八、
一，唐蘭《殷虛文字記》以為即「禫」字，蓋卜
辭本從𣆶，後世改從覃❻，而 𥚪 中的 𣆶 象置米
的器物，從這裏則也無法看出許氏所釋「除服祭」
的本義，總之，由形構或語源都難以確得古人造
字初義。

〈屮部〉屯　……《說文》難也，象艸木初生屯然而難。
按：許氏所釋形義乃據小篆 𡴑 而得，所謂「從屮
貫一屈曲之也、一地也」，但考金文，屯作 𡴑
不嬰簋、𡴑 頌簋、𡴑 善鼎諸形，𡴑 則與小篆相似，
其餘 𡴑、𡴑 之形，就文字衍化的先後觀察，則

顯然應屬時代較早的，許氏所謂的「一地也」，
在這些字裏猶然作圓點筆畫，因此許氏由形所釋
本義，是否爲古人的初義，則猶有可商。至於在甲
骨文中，若據于省吾的說法，⟨圖⟩《藏》四四、四、
⟨圖⟩《後》上、一五、一二，即是屯字❻❻，然由形構
分析，似與艸木初出屯然而難的樣子不符，如果
依照徐中舒解釋說是「象待放之花苞與葉形」❻❼，
那麼就更看不出「花苞」與「難」二義之間有何
關係了。不過⟨圖⟩字的考釋，除了于省吾的說法之
外，其他像葉玉森、王襄、董作賓、魯實先諸氏
則釋爲矛，郭沫若釋爲勹，唐蘭釋爲倒寫無足的
豕，丁山釋爲夕，胡厚宣釋爲匹，曾毅公釋爲身，
諸家見解十分分歧❻❽，因此關於「屯」的初義，
實是難以確知。

〈屮部〉屮 ……菌屮地薵叢生田中。 按：唐蘭《天壤
閣甲骨文存考釋》、李孝定先生《甲骨文字集解》
都認爲甲骨文中的 ⟨圖⟩《藏》一、一、⟨圖⟩《後》下、
三六三即屮字❻❾，不過唐氏說《說文》所釋非本義，
據金文中的圖畫文字，應是蜥蜴的象形文，李先
生則指出象形字「畫成其物，隨體詰屈」，但求
酷似，唐氏所舉身尾兩歧的圖象指爲蜥蜴似有可
商之處。李先生所評甚是，唐氏所論恐不免於穿
鑿，其實⟨圖⟩、⟨圖⟩是否就是屮字，目前似乎還沒
有定論，學者如孫詒讓《契文舉例》曾釋爲皐，

《名原》又釋爲澤，葉玉森《殷虛書契前編集釋》
則釋爲昊，郭沫若《殷契粹編考釋》釋爲脊 **⓻**，
諸家見解不一，因此 屮 字的本義，恐難藉以論定。

〈艸部〉 萑 ……《說文》艸多兒。　按：萑，甲骨卜辭
作 🌿《珠》九〇五 **⓼**、🌿《存》下五二七，從艸、
從芔、從茻、從林諸形符，在甲骨文中是相通不
別的，但從這些形構上很難遽爾斷定它具有「艸
多」的本義，且許慎釋爲從艸隹聲的形聲字，從
語源的角度也難追溯其得義之所由，而郭沫若《卜
辭通纂》又說此字在卜辭中用作地名 **⓽**，因此從
形符、聲符、用法都難以確知其本義。

〈艸部〉 萅 《說文》推也，從艸從日，艸春時生也，屯
聲 **⓾**。　按：許慎以聲訓方式釋「萅」字，考
「春」「推」二字，均屬上古聲紐的透紐 [*t′]，
上古韻部「春」屬陳師新雄三十二部的諄部
[*-ən]，「推」屬微部 [*-əi]，二字古聲紐
相同，古韻部陰陽對轉而相近，雖說二字語音相
近，在語意來源或有共通的地方，但即使語意同
源，在文字本義上並未必相同，因爲文字的本義
必須以形見義、且考萅字的古文，春秋時的金文
作 🌿蔡侯鐘、🌿於賜鐘，形與《說文》小篆大同
小異，至於甲骨卜辭，據于省吾、陳夢家、李孝
定、高明、徐中舒等學者以爲即 旰《戩》二二、
二、🌿《菁》一〇、七、🌿《拾》七、五 **⓿**，其中

所从 彐 字形符，前已於屯字下論述，學者猶未論定，因此由甲骨文論其本義，恐猶有困難。

〈艸部〉蒿 ……《說文》蔽也。 按:《說文》於「蔽」下釋義爲「香蒿」，是以蔽釋蒿爲狹義釋廣義，然考古文字，金文蒿作 𦳊曾姬無卹壺，楊樹達〈曾姬無卹壺跋〉以爲稿之假借[75]，而甲骨文作 𦳊《掇》二四[76]、𦰩《菁》一〇、一〇、𦳷《甲》三九四〇，李孝定先生《甲骨文字集釋》說:「卜辭蒿爲地名，其義不詳。」[77]因此蒿字的本義實難以追尋。

二　非說文所載的本義

如上節所論《說文》所載的「本義」，不全然是古人造字時的初始意義，而在《類篇》「字典意義」形式下所羅列的衆多字義當中，自然地會存留有不載於《說文》，但是爲古人造字初始的本義，這類本義就是本文所稱的「非《說文》所載的本義」，這些字義的認定，是需經過學者考證論定，特別是從較接近造字時代的古文字上的論證，本文在經論定比對之後，以爲這一類本義可以再細分爲:㈠《爾雅》所載的本義。㈡其他非《說文》所載的本義兩子類，茲舉例分析如下:

㈠　爾雅所載的本義

〈艸部〉蘆 ……菡蘆，艸名，可茸履。 按:《說文》無此字，甲骨卜辭中有作 𦱉《後》上一八、九、𦳊

《金》四九三 **❼❽**，羅振玉《增訂殷虛書契考釋》釋
作蒩，而陳邦懷《殷虛書契考釋小箋》云：「此
字从𡳩从虘，乃古文蘆字，薗蘆字見《爾雅·釋
艸》。」金祥恆先生《續甲骨文編》釋作《說文》
「履中艸」的苴字，李孝定先生《甲骨文字集釋》
以爲陳說爲是，而金先生說不確，但徐中舒《漢
語古文字形表》則同於金說 **❼❾**。其實個人以爲蘆、
苴實爲一字的異體，在甲骨文中字作蘆，而後世
《說文》中則省作苴。考《爾雅·釋艸》有「薗
蘆」，郭璞注云：「作履苴草」，而薗又作蕌，
《說文·艸部》：「蕌，艸也，可以束，从艸魯
聲。薗，蕌或从鹵。」而蘆字又見於先秦仰天湖
楚簡作𦦆，許學仁《先秦楚文字研究》於含該字
的 1 號簡釋其文爲：「一新智縷（履），一㦳（舊）
智縷（履），皆又（有）蘆疋縷（履）。」**❽⓿**雖
然許氏釋𦦆爲蘆，實際上就是蘆，也就是徐中舒
所釋的苴，從簡文上下文意，可知蘆是履中艸，
而且蘆與上古音完全相同，上古聲紐同屬清紐
[*ts′]，上古韻部同屬陳師新雄古韻三十二部
的魚部[*-ɑ]，因此就音義而言，蘆即是苴應無
疑義，金先生釋爲苴，可以說是根據後世省形的
小篆。今《類篇》據《爾雅》收錄蘆字，並釋義
爲「艸名，可苴履」，是屬於早於小篆時代的形
構，其不見於《說文》。

〈辵部〉途 ……《爾雅》路、旅，途也。　按：《說文》原無此字，《類篇》引《爾雅・釋宮》以釋，指路、旅都是「途」的同義字，郭璞注云：「途即道也」，意指途就是道路、旅途的意思，而這正是途的本義，考甲骨卜辭有作 舍《藏》一一〇、四、舍《前》六、二六、五，于省吾《殷契駢枝三編》以爲从止余聲的𨒅正是道途之途的本字❽，就甲骨文字形構而論从止、从彳、从辵、从走每得相通，于說頗可採信，因此束世澂、李孝定、徐中舒等學者均從其說❽。所以《類篇》所載途的形義是見於《爾雅》，並不見於《說文》。

〈龠部〉龢 ……《說文》調也，一曰小笙，十三管也，一曰徒吹。　按：《說文》以調釋龢恐非文字本始之初義而爲引申義。考該字於甲骨文中作龢《前》二、四五、二、龢《藏》二五、二，金文中作龢王孫鐘、龢邾公華鐘，郭沫若於《甲骨文字研究・釋龢言》文中嘗詳加考證，以爲龢即和，龢、和爲古今字，而今龢廢而和行，且《爾雅・釋樂》云：「大笙謂之巢，小者謂之和」，由此證知小笙爲龢的本義❽。郭氏此說應可相信，古文字字形中从△象笙的編管，上有ᙁ象管頭的形狀❽，禾爲其聲符，象吹奏出禾禾的聲音，《類篇》據《爾雅》收錄「小笙」一義，則正是龢字的本義。

㈡　其他非說文所載的本義

〈玉部〉璞　……玉素也。　按：《說文》無璞字，考金
　　　　文中也未見，然此字實已使用於先秦，甚至是殷
　　　　商時期，《孟子・梁惠王》即云：「今有璞玉於
　　　　此，雖萬鎰必使玉人雕琢之。」而溯自甲骨卜辭
　　　　有作：𤣭《前》四、三二、一、𤣭《後》下、四七、
　　　　四，雖然郭沫若釋爲宼，葉玉森釋爲鑿[85]，但唐
　　　　蘭釋爲會意的璞字，應是可以採信，他在《殷虛
　　　　文字記》中釋其形構說：「此字從𠁥，與丵字同，
　　　　乃屵字也。《說文》：『屵，入山之深也』，今
　　　　按其字實象高山之狀。此字作𤣭，象兩手舉辛，
　　　　撲玉於甾，於山足之意，即璞之本字也。」[86]所
　　　　釋形義十分清楚，李孝定先生、徐中舒均從其說。
　　　　既然從甲骨文中可見入山採玉礦的構形，顯然這
　　　　是未經琢磨的玉，符合《孟子》裏所說的璞玉，這
　　　　也正是《類篇》所載的「玉素」一義了。

〈出部〉出　進也，象艸木益滋，上出達也。凡出之類皆
　　　　從出。……自內而外也。　按：許君從小篆象艸
　　　　木滋長之形，釋本義爲上進的意思，恐未必符合
　　　　古人造字的初意，考甲骨卜辭出作𣥠《藏》十、
　　　　三、𣥠《前》二、十八、五，金文作𣥠頌鼎、𣥠頌壺
　　　　𣥠克鼎，孫詒讓《名原》就古文字形釋出爲「取足
　　　　行出入之義」[87]，蓋字形从屮、象上出之足，凵

爲坎，先民掘地而穴居，其出必舉足由坎內而外出，故出並不是象艸木上出的樣子，因此《類篇》收錄的「自內而外也」一義，應是較符合文字原始的初義。

第三節　類篇本義的幾個現象析論

在上一節的舉例論證裏，分析《類篇》所載的本義，大致可以發現有以下的四個現象，茲論述之如下：

一　所載說文本義有爲初始義的引申義

我們在第一節曾說過，所謂本義，指的是初造字時的始義，然而《類篇》所引《說文》的「本義」，是否都是文字原始的初義呢？在上一節的分類舉例裏，根據古文字學家的論證，我們可以很清楚地知道，確實有一部分是造字時的初義，例如：天，顛也；丄，高也；下，底也；祀，祭無已也；祭，祭祀也；祓，除惡祭也；福，祐也；祏，宗廟主；玉，石之美有五德者；珏，二玉相合爲一珏；气，雲气也；芻，刈艸也；斮，斷也；薅，拔去田艸也；莫，日且冥也等十五個例字。但也有一部分經古文字學家論證可知，《說文》所載不是古人造字時的初義，例如：元，初義爲首，《說文》訓始也；示，初義爲神主，《說文》訓天垂象見吉凶所以示人也；祠，初義爲祭祀總名，《說文》訓春祭；禳，初義爲攘除災禍的祭祀，《說文》訓祀也；祖，初義爲神主，《說文》訓始廟也；祐，初義爲祭祀求神福祐，《說文》訓助也；

王，初義爲君王，《說文》訓天下所歸往也；士，初義爲牡器，《說文》訓事也；中，初義爲旂旗，《說文》訓和也等，這九個例字，其實應是由初義引申而來的引申義，不僅《說文》所載有引申義，甚至如帝，王國維考其初義爲花蒂，由這裏來看《說文》所載「諦也，王天下之號」的意義，二者並沒有意義上的關聯，我們自然不能說它是引申義，而應該是假借義。所以會有這種現象發生，實在是由於許君距離造字的時代已有一段距離，儘管其闡釋本義，「博采通人，至於小大，信而有徵」，然畢竟所採字形爲時代較晚的篆文，在依形釋義之際，不免已失造字之初的本形本義，這種情形自然不是許君的過失，因爲今日古文字學家其所以能探知文字的初義，在於得見比大小篆更古的甲骨文、金文，其實話又說回來，倘若沒有《說文》的析形釋義，則今日出土的甲骨文與金文的辨識，必然是難上加難了。

二　所載說文本義未必盡與本形相符

　　《類篇》所載錄《說文》的本義，有不少是能與甲骨文、金文所載的本形相符合的，例如：王，《說文》釋形義爲：「石之美有五德者，……象三玉之連，丨其貫也。」而考甲骨文作「丰」，正象玉以絲繫有緒的樣子；气，《說文》：「雲气也，象形」，而甲骨文作「☰」正象雲气層叠流行的樣子；莫，《說文》：「日且冥也，从日在茻」，考甲骨文、金文正作 ，正象黃昏之際，天色將暗，日落於林莽中的樣子。除此，但也有不少所載的雖然原始初義，可是與甲骨文、金文的本形未能相符，例如：福，《說文》釋義爲「祐」也，與古人初義相合，但許君

釋形為「从示畐聲」，然考甲骨文、金文作Ṭ、ẞ，顯示其所謂
的「畐聲」，應是象酒尊之形，為形符而非聲符，因為古人奉尊
灌酒而祭以求福佑。又如：芻，《說文》釋形義為「刈艸也，象
包束之形」，考甲骨文、金文作，也是作「刈艸」的意義，
可是形構正如羅振玉所謂「从又持斷艸」而非「象包束之形」。
又如：折，《說文》釋形義為「斷也，从斤斷艸，籀文从艸在冫
中，冫寒故折」，文中「从斤斷艸」的解說並沒有問題，因為甲
骨文正作，完全吻合，可是釋大篆作，「二」釋為「仌」則
有可商，考齊侯壺銘正有作的形構，李孝定先生指「二」為指
示斷折的符號，應是可信的說法。像這些例子，都是緣於許君析
形釋義，所據為時代較晚的篆文，因此未能盡符古人文字初造時
的本形。

三　類篇不盡存有本義

　　《類篇》的蒐義是以《說文》為基礎，自然地《說文》全書
所載的 9353 條「本義」，理應全數收錄了，但是其餘的文字
義項下，是否都存有文字的原始初義，這當然是不可能，因為就
連審形辨義精如許慎，其《說文》所載的「本義」，仍有許多非
古人造字的初義，更何況其他字書，因此我們可以說本書所存有
古人造字的初義，缺漏必然很多。就以上一節《說文》所載非古
人造字的初義一項來說，在《類篇》的前三卷中，透過古文字的
論證，在所蒐得的十一個字例裏，真正為《類篇》所載古人造字
的初義，只有元、祐二字：

　　　〈一部〉元　愚袁切，《說文》始也。首也。又姓。

〈示部〉祐　尤救切，《說文》助也。謂福祐也。

在義項中的「首也」、「謂福祐也」，正是學者考證得知爲元、
祐的本義，《類篇》在其餘文字下所載的義項，並無學者所考證得
知的本義，由此可知《類篇》所載的本義並不全備，其他再如：

〈行部〉行　人之步趨也。……列也，二十五人爲行；……
……行行，剛強貌，……言迹也。

其中「人之步趨也」是《說文》所載的本義，可是從古文字進一
步地考求，則可以發現許愼所載的本義，並不是古人造字的本義，
行，甲骨文作𣥏《前》一、四十、五、𣥏《後》下、二、十二　，羅振
玉《增訂殷虛書契考釋》曾指出其字形是「象四達之衢，人所行
也。」❸此說學者如屈萬里、李孝定多以爲可信❹，而此大道、
大路的原始初義，爲「非《說文》所載的本義」，但却未見於上
列《類篇》諸義項之中。再如：

〈冊部〉冊　符命也，諸侯進受於王也，象其札一長一短，
中有二編之形；……編竹木爲落也，……編竹木
補籬謂之冊。

文中「符命也，諸侯進受於王也」，這是《說文》所載的本義，
但這恐怕未必就是文字眞正的本義，事實上只要是把長短不齊的
簡，以絲繩編連起來的編簡，都應該稱爲冊，而不是專指大冊的
「符命」，所以李孝定先生於《甲骨文字集釋》「冊」字下指許
叔重以「符命」釋義，是舉冊之大者、顯者而言，眞正冊的本義
即是「編簡」❿。然於《類篇》所載的諸義項中，並沒有編簡這
樣的意義。諸如此類情形，經學者考證得知文字本義，却未見載
於《類篇》的義項中，是十分普遍的現象，所以《類篇》所載的

本義不盡全備。

另外，更重要的是，並非所有的文字，都可以推究得出本義來，戴震在〈答江慎修論小學書〉中就曾經說：

今讀先生手教曰：「字之本義亦有不可曉者。」❹

從其中可知淵博如江永這般的學者，於文字的本義，仍有不可知曉的，其實，何人又能盡知文字的本義呢？即便爲清儒稱譽整理文字的功績，功不在禹下的許愼，又何嘗不如此呢？就如上一節中，曾據古文字論證《說文》所載非古人造字的初義，就《說文》篇卷而言，僅是第一篇就可舉出十一個字例。而古人如此，今人也是如此，我輩有幸生於今日，得見殷周的甲骨文與金文，這些古文字上距造字的時代較近，從其中尙可展轉追溯古人造字的本義，不僅古文字的字數仍嫌不多，而得以考知的本義，也仍極有限，此緣於甲金文有其特定的用法，文字的使用並非全面，且後世之人，距離古人造字的時代寢遠，古形固猶可見，而古音、古義俱多亡失，造字時的初義自然難明，更何況文字會依時空的遞換轉移而變易、孳乳，想清楚、精確地考求本義，就更困難了。

所以文字的本義，本來就不能盡知，即使《類篇》的編者，想盡蒐本義，並求其全備，也是不可能辦得到的。而《類篇》一書如此，天下的所有字書又何嘗不是如此呢？

四 所載說文本義爲析義的基本義

雖然《類篇》所載《說文》的「本義」，它不盡然都是文字原始的初義，但在整個漢字系統裏，能夠獲致古文字進一步論證文字本義的，究竟還是少數，就以李孝定先生《漢字史話》所指

陳的，眞正可以認得的甲骨文字，僅約是 1137 ⑫，但憑心
而論，這 1137 字是否都能推考出古人造字的初義呢？這恐怕
也不是件容易的事。換句話說，大多數的漢字是沒有古文字可以
論證，可見得儘管許愼以小篆考釋本義，可是在整個字義系統裏，
是不能不以它爲基礎。因爲小篆比起後世隸變後的文字畢竟還是
距離造字時代較近，形體猶然屬隨體詰屈的古文字，其由形所釋
的意義，仍可作爲後世討論引申義、假借義的基礎，所以《說文》
所載的本義，爲析義的基本義。總之，《類篇》雖然不盡存有本
義，然而全書能「以《說文》爲本」，載錄許君所釋本義，實爲
每個字形下載列的義項，構建了良好的字義系統，《類篇》的編
者洵可譽爲見識卓著，隻眼獨具了。

註　釋

❶　參見段氏《說文解字注》P.796。

❷　參見該書P.10。

❸　參見該書P.47。

❹　參見同注❶p.764。

❺　參見《說文解字詁林正補合編》第一冊，p.396。

❻　參見《文字學音篇·文字學形義篇》p.145。

❼　洪氏說參見《漢字漢語學術研討會論文集（下）》，pp.292-309。

❽　參見呂思勉《文字學四種》p.155。

❾　參見裘氏《文字學概要》pp.146-148。

❿　參見郭氏《甲骨文字研究》pp.32-33。

⓫　參見拙作〈段注說文牝牡二字形構述論〉，該文載於《第二屆清代學
　　術研討會論文集》pp.577-599。

⓬　參見本書p.26。

⓭　參見藝文印書館印《爾雅注疏》p.6。

⓮　參見同注❶p.1。

⓯　參見同注❶p.584。

⓰　參見同注❶p.796。

⓱　參見同注❺p.1059。

⓲　參見《觀堂集林》卷六，p.282。

⓳　按：《前》，爲《殷虛書契前編》的簡稱，下同。

⓴　按：《藏》，爲《鐵雲藏龜》的簡稱，下同。

㉑　參見《增訂殷虛書契考釋》p.13。

㉒　參見《甲骨文字集釋》1冊，p.69。

㉓　參見同注㉒，p.64。

㉔　按：《甲》，爲《殷虛文字甲編》的簡稱，下同。

㉕　參見《殷契駢枝續編》pp.14-15。

㉖　參見《甲骨文字集釋》1 冊，p.87 ;《甲骨文字典》p.21 ;《殷契說存》p.4。

㉗　按：《戬》，為《戬壽堂所藏殷虛文字》的簡稱，下同。

㉘　參見同注㉑，p.17。

㉙　參見同注㉒，p.58。

㉚　參見《甲骨文字典》p.16。

㉛　按：《佚》，為《殷契佚存》的簡稱。下同。

㉜　按：《續》，為《殷虛書契續編》的簡稱。

㉝　參見同注㉒，pp.75-76。

㉞　按：《後》，為《殷虛書契後編》的簡稱。下同。

㉟　參見同注㉒，p.131。

㊱　按：《粹》，為《殷契粹編》的簡稱。下同。

㊲　按：《新》，為《戰後京津新獲甲骨集》的簡稱，下同。

㊳　《說文》「斯」下另有「折」云「篆文斯，从手」，段注以為後人妄增，斤斷艸為小篆文，从手从斤為隸字。參見同注❶，p.45。

㊴　參見同注㉒，p.225。

㊵　按：《乙》，為《殷虛文字乙編》的簡稱。

㊶　參見該書 p.249，第 1978 片釋文。

㊷　參見同注㉒，pp.237-238。

㊸　前者參見該書三篇，p.374；後者見《金文詁林》p.82。

㊹　參見《觀堂集林》p.283；郭沫若《甲骨文字研究》pp.48-50・李孝定《甲骨文字集釋》p.30。

㊺　參見葉玉森《殷虛書契前編集釋》，卷一，pp.82-83；徐中舒《甲骨文字典》p.7。

㊻　丁山說見於該文 p.3；陳夢家說見《殷虛卜辭綜述》p.440；唐蘭說見〈釋示宗及主〉一文，載於《考古》6 期，pp.328-332；孫海波說見《甲骨文編》1 卷 2 頁；李孝定先生說見《甲骨文字集釋》pp.43-45；徐中舒說見《甲骨文字典》p.11。

㊼　按：《鄴》，為《鄴中片羽初集》的簡稱；《錄》，為《甲骨文錄》的

簡稱。

㊽ 參見《積微居甲文說》卷上，pp.17-18。

㊾ 按：《合集》爲《甲骨文合集》的簡稱。

㊿ 參見同注⑩，p.34。

(51) 參見同注⑪。

(52) 該文載於《古文字研究》第一輯，pp.55-62。

(53) 參見同注㉒，pp.72-73。

(54) 參見同注㉚，p.17。

(55) 羅說見同注㉑中，p.15；商說見《殷虛文字類編》1：6；郭說見同注⑩，p.12；王說見其〈說祝〉一文，載於《史語所集刊》33本，pp.99-118。

(56) 吳說參見《說文古籀補》卷一，p.2；羅說參見同注㉑，p.19。

(57) 參見《史語所集刊》4本4分，pp.441-446。

(58) 參見同注⑪。

(59) 汲古閣影宋鈔本、文淵閣四庫全書本，姚刻三韻本等諸本《類篇》均引《說文》釋義作「和也」，小徐本《說文》亦然，而大徐本作「而也」，段玉裁《說文解字注》云另有麻沙本作「肉也」，並以爲「和」、「而」、「肉」諸字都是「内」的形訛。他說：「入部曰内者入也，入者内也，然則中者，別於外之辭也，別於偏之辭也，亦合宜之辭也。作内則此字平聲去聲之義無不賅矣，許以和爲唱和字，龢爲諧龢字，龢和皆非中之訓也。」其說雖治，但恐改易《說文》原義，故本處仍據小徐本《說文》與諸本《類篇》作「和也」。

(60) 按：《菁》，爲《殷虛書契菁華》的簡稱。

(61) 參見丁氏《古籀補補》卷一 p.3；羅氏《增訂殷虛書契考釋》中，p.14；郭氏《兩周金文辭大系考釋》p.167。

(62) 「＊」號，唐氏原注：「凡斿向左或右不拘」。

(63) 參見《甲骨文字集釋》p.170；《甲骨文字典》pp.39-40；《金文詁林》pp.158-159。

(64) 參見《說文繫傳》p.30。

㊻　參見《殷虛文字記》p.39。

㊼　卜辭中的ㄨ字，諸家見解頗不一致，董作賓先生〈帚矛說〉釋爲「矛」；
　　郭沫若《殷契粹編考釋》以爲勹字，唐蘭《天壤閣甲骨文存考釋》以
　　爲豕形無足而倒寫者，而于省吾《殷契駢枝》則釋爲屯，並論其遞嬗
　　之迹，頗爲詳瞻，今人李孝定先生《甲骨文字集釋》、徐中舒《甲骨
　　文字典》從其說，本文也贊同這個說法。

㊽　參見同注⑩，p.45。

㊾　參見葉玉森《殷虛書契前編集釋》5 卷，p.34；王襄《簠室殷契徵文
　　考釋‧典禮》p.5；董作賓〈帚矛說〉載於《安陽發掘報告》4 册；
　　魯實先〈卜辭姓氏通釋之一〉，載《東海學報》1：3；郭沫若《殷
　　契粹編考釋》p.203；唐蘭《天壤閣甲骨文存考釋》pp.20-23；丁山
　　《甲骨文所見氏族及其制度》，pp.4-9；胡厚宣《甲骨學商史論叢初
　　集》下册，pp.593-596；曾毅公《殷契綴存》。

㊿　參見《天壤閣甲骨文存考釋》pp.44-45；《甲骨文字集釋》p.199。

⑦⓪　參見《契文舉例》上 p.17；《名原》下 pp.11-12；《殷虛書契前編
　　集釋》一卷，p.62；《殷契粹編考釋》p.10。

⑦①　按：《珠》，爲《殷契遺珠》的簡稱。

⑦②　參見《卜辭通纂》p.606。

⑦③　文淵閣四庫全書本、姚刻三韻本、汲古閣影宋鈔本《類篇》，述古堂
　　影宋鈔本、四部備要本《集韻》，於暜字下引《說文》作「从艸从日，
　　艸春時生也。」語意並未完足，考大徐本《說文》於「艸春時生也」
　　下有「屯聲」兩字，茲據補。

⑦④　按：《拾》，爲《鐵雲藏龜拾遺》的簡稱。又參見于氏《殷契駢枝》
　　pp.1-4；陳氏《殷虛卜辭綜述》pp.226-227；李孝定《甲骨文字集
　　釋》pp.232-233；高明《古文字類編》p.302；徐中舒《漢語古文字
　　字形表》p.27。

⑦⑤　參見〈積微居金文說〉p.217。

⑦⑥　按：《掇》，爲《殷契拾掇第二編》的簡稱。

⑦⑦　參見同注㉒，p.227。

㉘ 按：《金》，爲《金璋所藏甲骨卜辭》的簡稱。

㉙ 參見羅振玉《殷虛書契考釋》中，p.8；陳氏《殷虛書契考釋小箋》
p.16；金祥恆先生《續甲骨文編》卷一，p.13；李孝定先生《甲骨
文字集釋》p.236；徐中舒《漢語古文字字形表》p.24。

㉚ 參見許學仁《先秦楚文字研究》，p.7。

㉛ 參見該書 23 葉上。

㉜ 束說見1956年《歷史研究》1 期載〈夏代和殷代的奴隸制度〉；李說
見《甲骨文字集釋》2 冊，p.557；徐說見《漢語古文字字形表》
p.69。

㉝ 參見該書 pp.89-100。

㉞ 《說文》釋「龠」字形構爲「从品侖，侖，理也」，這樣的解釋，恐
有違古人造字的本意。

㉟ 郭說參見李孝定先生《甲骨文字集釋》pp.135-138 所引；葉說見《殷
虛書契前編考釋》4 卷，pp.41-42。

㊱ 參見《殷虛文字記》pp.45-47。

㊲ 參見《名原》卷上，p.17 下。

㊳ 參見同注㉑，中，p.7。

㊴ 參見《殷虛文字甲編考釋》p.90；《甲骨文字集釋》pp.610-611。

㊵ 參見同注㉒，2 冊，p.665。

㊶ 參見商務印書館印四部叢刊本《戴東原集》p.39。

㊷ 參見該書 p.38。

第五章 類篇引申義析論

第一節 引申義的意義與特質

在本義、引申義、假借義三類字義之中，引申義是最具活潑生命力的一種，它能促進語言文字的進步，豐富並優美語言文字的意涵，它的發生與變化，跟語言的自然孳分，社會的變遷，人類的心理活動等密不可分。因此關於引申義的種種，可以討論的問題很多，本節擬在探論《類篇》引申義之前，先就其意義與特質，作一簡扼的論述。

一、引申義的意義

自來論述引申義的意義的學者，非常地多，除了有部分學者將引申義與假借義混淆，而個人於第一章〈字義的分類〉一節裡曾論及，茲不贅述之外，其餘則從各個不同角度為引申義下定義，例如黃季剛先生於《文字聲韻訓詁筆記》中闡釋說：

> 於字之聲音相當，意義相因，而字形無關者，謂之引申義。❶

黃先生從文字形音義彼此間的關係論引申義，以為引申義在字音方面必須與本義有某種程度的關聯，在意義上則因襲本義而得，在字形上，已無法像本義一樣可與本形相應。再如齊佩瑢氏於

《訓詁學概論》中則謂：

> 引申義，因了語言孳分和修辭的關係，每個字義在文句中
> 所表的意，常是由本義引申，或由於類似，或由於意近，
> 也就是語義範圍擴張。引申之後雖與原本大同小異，但仍
> 不能離開本義的，所以引申義可由本義及文法修辭上看得
> 出來。❷

齊氏則從心理學中聯想的法則，論語義的變化，說變化後的引申
義與本義大同小異，它必須從本義與文法修辭的脈絡中看出，像
這樣地從多方面論引申義，算是相當週全。至如周祖謨先生於
〈漢語語詞意義的轉變和發展〉一文中說：

> 凡由原義孳衍，意思與原義關係比較貼近的，我們稱之為
> 引申義。❸

而洪成玉《古漢語詞義分析》則謂：

> 引伸義是指從本義延伸或推演出來的意義。……引伸義雖
> 然隨文而異，但和本義之間，必然存在著內在的聯系。❹

還有許威漢、趙世舉等❺，則單純地從語言意義方面，強調從本
義孳乳而意義聯系的為引申義。以上諸家的論述，各有其所重而
獨到的地方，但是個人以為黃季剛先生的說法，最為精要，並且
掌握了漢字在形音義上彼此相應的特性，符合從文字學論引申義
的立場。

二、引申義的特質

引申義的基本意義已如上述，茲當據文字形音義彼此間之關
係，逐一析論引申義所含具的特質，大致說來，可以分成以下四

項：

(一) 引申義為本義的派生義

這裡的「本義」一詞，它包含著兩層意思，一是造字初始，符號樣型所裝載的「始義」、「初義」，它是所有意義的源頭，引申義就是從這個源頭衍化而來，這種意義的衍化是具有歷時屬性的；再者，就是意義尚未引申出新義之前的舊義，也就是所謂的「基本義」，或稱之為「中心意義」，從它們可以衍化出新義與「邊際意義」，這種衍化則具有共時屬性的，不過由於文字的發生久遠，文字原始的初義需經嚴密的考證方能尋得，且引申義多是從本義所表達概念的某一特點發展而來，而任何事物的特點是多方面的，所以從本義出發時，就可能朝著各個不同的方向引申出新義，因此不論是從「始義」或「基本義」的派生，派生的路線基本是難以掌握的。

引申義既是從本義派生出來的新義，則彼此之間的意義，必然有某種程度的內在聯繫，這個內在聯繫，張聯榮氏稱它為「遺傳義素」❻，他據《辭海》所載「解」字義項，分析意義引申之遠近，列舉如下：

(1)剖開。《莊子·養生主》：「庖丁為文惠君解牛。」

(2)分裂，渙散。《漢書·陳餘傳》：「恐天下解也。」

(3)脫去，解去。揚雄《解嘲》：「解甲投戈。」

(4)廢除，消除，停止。《列子·周穆王》：「焉能解人之迷哉？」

(5)開放。《後漢書·耿純傳》：「嚴城解扉。」

(6)排泄。大解，小解。

(7)明白，知道。《三國志・魏志・賈詡傳》：「（曹操）問
詡計策，詡對曰：『離之而已。』太祖曰：『解』。」

(8)解釋。《史記・呂后本紀》：「君知其解乎？」

(9)通達。《莊子・秋水》：「無南無北，奭然四解。」

(10)通「懈」。《詩・大雅・烝民》：「夙夜匪解。」

文中以《說文》：「解，判也。」即「剖開」爲本義，其餘爲引
申義，並說：

> 可以看出，解的本義和一系列引申義都包含有「分離」這
> 樣一個義素，分析還表明，分離這個義素是由本義傳導給
> 引申義的。

張氏的引申路線是依據他個人的主觀看法排列的，且把假借義也
當作引申義，這些情形，我們並不完全贊同，但說明本義與引申
義的內在聯繫頗爲具體，是足以顯示二者間的派生關係。

(二) 引申義爲字義運動的主體

字義運動的基本形式是引申，引申義是字義運動的主體，它
能通過人類心理的活動，與語言的自然孳分、社會的變遷，而派
生新的義項，豐富語言文字的意涵。而字義的引申，是一種有規
律的運動，什麼是規律呢？陸宗達・王寧兩先生合撰的《訓詁方
法論》說：

> 引申規律，就是指互相延伸的甲乙兩項彼此相關的規律。❼

這裡的「相關」應該就是前面所謂的「遺傳義素」，但造成它們
的「相關」或「遺傳義素」的基礎條件是人類心理的聯想，希臘

亞里斯多德（Aristotle）提出聯想有接近律（Principle of Contiguity）、類似律（Principle of Similarity）、對比律（Principle of Contrast）三原理❽，倘若我們藉著這三原理來分析字義的衍化，例如：「夕」，《說文》云：「莫也，从月半見」，「夕」的本義爲「黃昏」，至《後漢書・第五倫傳》：「竟夕不眠」，則「夕」所指爲「夜晚」；又如：「宮」，《說文》云：「室也」，本義指所有的屋室都稱爲宮，到了秦漢以後則專指君王所居住的屋室爲宮，如阿房宮、未央宮等，《經典釋文・爾雅音義》便說：「古者貴賤同稱宮，秦漢以來，唯王者所居稱宮焉。」像這樣的演變，是因範圍接近而透過聯想造成的。再如：「節」《說文》：「竹約也」，本義所指爲竹子的節目，在左思《吳都賦》：「竹則筍苞抽節」所用正是節的本義，後來因爲「竹節」是竹子分段的地方，所以在《莊子・養生主》：「彼節者有閒」的句子裡，則衍化指動物的「關節」，在《史記・太史公自序》：「四時八位十二度二十四節」，則指中國曆法將一年分成二十四「節氣」，像這個例子，字義從竹節的分段，聯想到具體或抽象有類似分段的事物。再如：「亂」，《說文》以「不治也」爲本義❾，《尚書・胤征》：「羲和湎淫，廢時亂日」的「亂」字正是本義，而同爲《尚書》的〈盤庚〉則云：「茲予有亂政同位，具乃貝玉。」孔《傳》：「亂，治。」像這種字義的變化，正是因事物有正反兩面，而發生聯想，造成意義相反引申的現象。

　　這些聯想的方式，產生意義的內涵或外延發生變轉，根據德國語言學家赫爾曼・保羅（Hermann Paul 1840-1921）《語言史原理》（Prinzipien der Sprachges Chichte, 1880）的分類，有內涵減

少外延擴大的擴大式，內涵增加外延縮小的縮小式，內涵與外延脫離原有的形式轉變成另一個內涵與外延的轉移式❿，上述「夕」由黃昏→夜晚，爲擴大式；「宮」由屋室通稱→王者所居，爲縮小式；「節」由竹節→關節、節氣；「亂」由不治→治，爲轉移式。

　　字義由本義因心理聯想，造成意義內涵外延的變化，而產生各種不同的引申義，這種演變，雖然看來像是人爲的心理變化，但實際上也是人們爲適應複雜的社會活動，充分地表達對於事物具含的概念，所造成語言內部意義的自然分化。尤其社會活動日趨頻繁，無法爲新的事物盡造新字，於是運用聯想的運動方式，使符號樣型——字形，負載豐富的字義，以滿足社會活動的需要。再如字義詞性的變轉，「炙」，《說文》：「炮肉也」，本義就是用火烤肉，作動詞，而在《孟子‧盡心下》云：「膾炙與羊棗孰美？」朱熹《集注》：「炙，炙肉也。」顯然已經衍化成名詞。像這種詞性的變轉，意義產生動靜變化，也是由於語言內部自然分化形成。其他如甲骨文中以「丄」「匕」代表雄性、雌性動物，因此在殷商時期有「牡」、「牝」、「牡」、「麀」、「馳」、「牝」、「牝」、「犰」、「牝」等，本義專指各類動物雄雌的文字，但是到了後代，動物雄雌的區分，不再像殷商時期依類區別，統而用「牡」、「牝」二字代表，於是「牡」、「牝」二字的本義，由公牛、母牛，引申擴大而爲「畜父」、「畜母」的引申義，雖然這也是一種先民心理因素的變轉，卻也是因爲由上古漁獵、畜牧社會，轉入農業社會所造成的變化，而動物的區分不再專一化。又如《說文‧豕部》：「豬，豕而三毛叢居者。」指豕類一孔生

三毛的稱作「豬」，除「豬」外，《說文・豕部》共收二十二字，有各類形式的豕，豕的區分細密，正是上古漁獵、畜牧社會的孑遺，但在《爾雅・釋獸》裡，則稱「豕子，豬也」，而到了東漢，「豬」是所有豕的通稱。揚雄《方言》云：「豬，北燕朝鮮之間謂之豭，關東西或謂之彘、或謂之豕，南楚謂之豨。」雖然「豬」義的衍化，可以從心理聯想去分析，但它也是由於社會變遷造成的。

　　總之，先民創造文字，賦予形構原始的初義，自始字義便不斷為適應社會變遷、語言孳分，而透過心理聯想活動，促使字義運動，使字義無限引申，以豐富了文字的意涵，所以由此可知本義而後的引申義，是字義運動的主體。

　　㈢　引申義與本義的字音相應

　　引申義既由本義衍化，在聲韻上二者必然是有關聯的，黃季剛先生所謂的「相當」，應該是指二者在共時的情況下，具有音同或者音近的聲韻關係。茲舉《類篇》所載字義為例，如：

　　　　〈竹部〉**節**　子結切，《說文》竹約也。一曰制也，操也，
　　　　　　　信也。

　　　　〈月部〉**期**　渠之切，《說文》會也。一曰限也，要也。

上列所載「節」、「期」二字的字義，不論《說文》所載本義，或從此衍化的引申義，我們可以看得出它們都是同讀作「子結切」、「渠之切」，聲韻相同，字音相應。再如：

　　　　〈羽部〉**翹**　祈堯切，《說文》尾長毛也。一曰企也，一
　　　　　　　曰翹翹高皃。……又祈要切，鳥舉尾。

〈衣部〉裔　以制切，《說文》衣裾也。一曰邊也，末也。
　　……又羊列切，遠也，末也。

其「翹」字「鳥舉尾」的引申義，與《說文》本義，其聲韻的關係，為聲母同為群母，韻部則本義屬平聲蕭韻，引申義屬去聲笑韻，韻調都不相同；「裔」字「遠也，末也」的引申義與《說文》本義，其聲韻關係也是聲母同屬喻母，韻部則本義屬去聲祭韻，引申義屬入聲薛韻。這樣的引申義，它的聲韻相近而不相同，在語言史上稱為「破音別義」，它因意義的區別而音讀寖分的現象，有的是語言自然的分化，有的則是人為的區分❶。

(四)　引申義與本義的字形不相當

文字的初始義是與形符相應，可由形見義的，而引申義由本義衍化而來，雖然有音義上的關聯，但因字形固定，人的意象無窮，在引申之初，引申義仍然與形符有意義上的關聯，例如前面所舉的字例中，「夕」由黃昏引申為夜晚，半見之月的形構與夜晚仍有意義的聯繫；「宮」由一般屋室引申為王者所居的屋室，而从宀的形符仍與王者所居相關；「炙」由用火烤肉引申為已為火烤的肉，「从肉在火上」的形構也仍與火烤的肉相關；「牡」「牝」由公牛、母牛引申為畜父、畜母，但是由所從「土」「匕」的形構可見與動物的雄雌關聯。可是再像前面曾說到的「解」字，本義為剖判的意思，當字義輾轉引申到指為排泄的大解、小解，那麼從「从刀判牛角」的形構，就看不出來形構與引申義的關係了，這就是黃季剛先生所謂的「不相當」；又如「聞」字，《說文》釋本義為「知聲也」，也就是以耳聽聞，可是字義引申到唐

李商隱詩〈和張秀才落花有感〉:「掃後更聞香」句中的「聞」,就已經轉變成鼻子的嗅聞,這也就不是可以從「从耳門聲」的形構可以看出來的了。

　　總之,引申義它與本義的音義關係是十分密切的,至於與本形的關係,由於漢字有由形見義的特性,所以在引申關係還近的時候,猶然可以看出其間的關聯,但是如果引申的關係漸遠,其形義的關聯,則愈是邈遠難以追尋了。

第二節　引申義的分類與舉例

一、引申義的分類

　　論及引申義的分類,過去學者多未直接論述,不過從諸家對引申方式的種種角度、觀念,我們取以分析歸納引申義的分類,可有以下五種類型:

㈠　依邏輯方式分類

　　這個類型是依循德國赫爾曼・保羅(Hermann Paul 1840-1921)《語言史原理》(Prinzipren der Sprachges Chichte 1880)的學說而來,依聯想的方式,將本義的內涵與外延擴大、縮小、轉移、其他(包括貶降、揚升、夸張、曲言)而形成引申義,因此進而可區分為:擴大式引申義、縮小式引申義、轉移式引申義、其他式引申義。如果我們單純從詞滙、同詞類的角度來看。這樣的分類,基本上已經具有相當的週延性,但是對於漢字在運用上,

發生文法詞性上的轉變，字義已有相當程度變化的現象，卻無法兼顧，這恐怕是這個類型不可避免的一項缺憾。

㈡ 依運動規律分類

這個類型是依循陸宗達‧王寧兩先生《訓詁方法論》中，論述詞義的引申規律而來。二先生強調引申是具有民族自身的習慣，而從傳統的訓詁中歸納古代書面語詞義引申的規律 有三類型 ⓬：

(1)理性的引申 —— 有因果、時空、動靜、施受、反正、實虛等六項的引申。

(2)狀所的引申 —— 有同狀、同所、同感等三項的引申。

(3)禮俗的引申。

其於同狀、同所、同感的引申則再以分類，分析十分精密，也在在顯示出漢民族引申的特質，文中甚至提出比喻義與引申義幷列不妥的獨到見解，均令人佩服，所以不少學者如許威漢《漢語詞滙學引論》、程俊英‧梁永昌《應用訓詁學》均從其說 ⓭。如果以此分類，則可分成理性引申的引申義、狀所引申的引申義、禮俗引申的引申義，並可以再延引次第細分，可是由本義以至引申義的引申路線觀測不易，從本義探索了解先民風俗習慣、社會背景較爲困難，所以分類雖細密且具備民族性的理想色彩，但本節暫不擬採此分類。

㈢ 依遠近關係分類

這個類型是依據引申義從本義引申之後，它跟本義的遠近關

係而分類，如趙世舉《古漢語易混問題辨析》便是這樣分類，分引申義有近引申和遠引申，他又稱之為「直接引申」和「間接引申」，並申論這兩類的差異說：

> 所謂近引申就是本義具有明顯聯繫的引申，它一般指從本義直接引申出來的意義。而遠引申則是與本義沒有明顯聯繫的引申，它一般是指由引申義進一步引申而產生的意義。⓮

採這種二分法的分類方式，大抵清楚，唯「由引申義進一步引申」，也就是由遠引申義再引申的情形十分普遍，二分法會造成引申義系列，其遠近範圍大小不等的情形，這時個人以為可採「級別」方式以說明遠近關係，我們可以M來代表本義，M_1代表由本義引申而出的近引申義，可稱作「一級引申義」、由近引申義再引申而出的次近引申義，可稱作「二級引申義」，依此類推，可將系列引申義依遠近關係排列，而排列出下列公式：

$$M : M_1 : M_2 : M_3 : M_4 : M_5 : \cdots\cdots M_x$$

不過這個依系列遠近關係的分類，並不見得適用於《類篇》引申義的分類，因為《類篇》所載引申義並不完備，難以作系列的分析排列。

(四)　依屬性不同分類

這個類型是以洪成玉《古漢語詞義分析》中，論述詞義引申而來⓯，他說從本義引申到引申義，可分詞滙屬性和語法屬性兩方面來看，在詞滙屬性這方面，再分成類比、演化、喻代三項，更重要的是在語法屬性這方面，他認為：

　　詞義的引伸，除了意義的延伸以外，還常常引起詞性的變化。如上文提及的「觀」，本義是表示觀看，是動詞，後來演化出表示觀看的處所，成為名詞；「將」的本義是率領，是動詞，後來演化出表示率領士兵的人，成為名詞。觀看的「觀」和宮觀的「觀」，表示率領的「將」和將帥的「將」，嚴格地說，已經是兩個具有不同意義的詞。這好像已超越了本義和引伸義所要討論的範圍。但是，從詞義分析的角度來說，我們應該看到，這是詞義引伸的結果。

　　它們的詞性雖然變了，但是意義仍然存在密切的聯繫。洪先生提出語法屬性的引申，的確是兼顧了因語法詞性的變轉，而造成意義上有相當程度變化的現象⑯。不過一個意義的引申，同時可以具有詞滙與語法的雙重屬性，恐在分類上容易造成困擾，而且詞滙屬性以類比、演化、喻代來區分，固無不可，或許以邏輯上擴大、縮小、轉移的觀念區分，概念會較為清楚。

(五)　依意義與詞性分類

　　對於《類篇》引申義的分類，前述四種分類，都有一些不完全適用的理由，個人以為本節分意義衍化的引申義、詞性變轉的引申義兩類，似乎較為理想。前者的詞性與本義相同，而意義是由擴大、縮小、轉移的方式衍化而來，後者的詞性則是從本義變轉而來，詞性變化了，意義也連帶發生某種程度上的差異。本節所採意義衍化的引申義分擴大、縮小、轉移三項，不含前述㈠節言赫爾曼後來再多分出的其他類所包括的貶降、揚升、夸張、曲言，誠如張永言《詞滙學簡論》裡所說，其他項是一種感情色彩的強

弱與修辭的手段，不同於擴大、縮小、轉移三項是依新舊意義所表現概念內涵和外延而定的邏輯範疇❼。所以「其他」項似不適合與擴大、縮小、轉移並列，況且貶降與揚升的演變過程，有時卻也與轉移相同，因此可以不含其他項。至於詞性變轉的引申義則依詞性的名詞、動詞、形容詞、副詞等變轉再作細目分類。

二、引申義的舉例

《類篇》全書依音載義，在每個字形之下，分別依其字音的不同，載列各個義項，其於同一音切之下，如果有兩個以上的義項，則以「一曰」的方式表示❽。而本節爲期能較精確地自諸義項中抽繹並分析引申義，除參考段玉裁《說文解字注》、朱駿聲《說文通訓定聲》及其他相關字書之外，並採以下兩項原則：

(1)以《說文》所載本義爲辨析的基礎。雖然《說文》所載本義，未必盡爲古人造字時的初義，但古人造字時的初義實邈遠難尋，雖有古文字學家的輾轉考索，仍難一一探得，因此欲討論後世的引申義，猶然需要憑藉《說文》所載的本義，畢竟許氏「博采通人，至於小大，信而有徵」，且該書的時代尚早，所據以分析的文字尚屬隨體詰屈的古文字，因此所載的本義，可作爲討論引申義的基本義，本節討論引申義，以該字義項載有《說文》本義爲主，至於義項沒有《說文》本義的，雖然也有引申義，但是由於派生的路線不易掌握，因此本節暫不擬討論。

(2)以跟本義同音讀的引申義爲對象。由於引申義須與本義的字音相應，所謂「字音相應」，就是指讀音相同或相近，音讀相近而意義有別，有時產生了破音別義的現象❾，本節則僅討論跟

本義同音讀的引申義部分。

茲依上述原則與上一小節的分類，舉例如下：

(一) 意義衍化的引申義

1. 意義擴大的引申義

〈王部〉理　兩耳切，《說文》治玉也。一曰正也。

〈艸部〉葆　補抱切，《說文》艸盛皃。一曰大也。

〈目部〉睽　……又傾畦切，《說文》目不相聽也。一曰乖也。

〈隹部〉雄　胡弓切，《說文》鳥父也。一曰牡也。

〈食部〉饒　如招切，《說文》飽也。一曰益也，多也。

〈言部〉謝　詞夜切，《說文》辭去也。一曰告也。

〈宀部〉宗　祖賓切，《說文》尊祖廟也。一曰尊也。

〈人部〉倩　倉甸切，《說文》人美字，東齊壻謂之倩。一曰美也❷。

〈衣部〉雜　昨合切，《說文》五彩相合也。一曰集也。

〈老部〉考　苦浩切，《說文》老也。一曰成也。

〈广部〉廬　凌如切，《說文》寄也，秋多去，春夏居。一曰粗屋總名。

〈犬部〉狀　助亮切，《說文》犬形也。一曰類也。

〈火部〉烝　諸仍切，《說文》火氣上行也。一曰……進也。

〈羍部〉執　之入切，《說文》捕罪人也。一曰持也。

〈水部〉泓　烏宏切，《說文》下深貌。一曰水貌。

〈水部〉瀹　弋灼切，《說文》漬也。一曰水貌。

〈門部〉閣　剛鶴切，《說文》所以止扉也。一曰觀也。
　　　　　一曰庋藏之所。

〈手部〉捎　所六切，《說文》蹴引也。一曰抽也。

〈田部〉畿　渠希切，《說文》天子千里地以遠近言之則
　　　　　言畿也。一曰限也。

〈金部〉鑪　龍都切，《說文》方鑪也。火函。

〈自部〉隅　元俱切，《說文》阤也。一曰廉也。

〈自部〉隙　乞逆切，《說文》壁際孔也。一曰閒也。

　2.　意義縮小的引申義

〈齒部〉齘　下介切，《說文》齒相切也。一曰怒也。

〈言部〉諏　遵須切，《說文》聚謀也。一曰諮事爲諏。

〈羊部〉羣　衢云切，《說文》輩也。一曰獸三曰群。

〈肉部〉臚　凌如切，《說文》皮也。一曰腹前曰臚。

〈角部〉觡　各額切，《說文》骨角之名也。一說鹿角無
　　　　　枝曰角，有枝曰觡。

〈木部〉櫝　徒谷切，……一曰小棺。《說文》曰匱也。

〈生部〉隆　良中切，《說文》豐大也。一曰物之中高
　　　　　也。

〈宀部〉宋　蘇綜切，《說文》居也。一曰木者所以成室
　　　　　以居人也。

〈疒部〉癑　……又奴凍切，《說文》痛也。一曰瘡潰。

〈臥部〉臨　力尋切，《說文》監臨也。一說以尊適卑曰
　　　　　臨。

〈衣部〉裾　斤於切，《說文》衣袌也。一曰衣後裾。

〈广部〉庇　必郢切，《說文》蔽也。一曰覆也。

〈心部〉惟　夷佳切，《說文》凡思也。一曰謀也。

〈水部〉滋　津之切，《說文》益也。……一曰蕃也。

〈手部〉撩　憐蕭切，《說文》理也。一曰取物。

〈女部〉妃　芳微切，《說文》匹也。一曰嘉偶曰妃。

〈力部〉勂　乞得切，《說文》尤劇也。一曰自彊也❷。

3. 意義轉移的引申義

〈玨部〉班　逋還切，《說文》分瑞玉。一曰次也，別也。

〈艸部〉荒　呼光切，《說文》蕪也。一曰艸掩地也，一
　　　　　曰遠也。

〈辵部〉遂　徐醉切，《說文》亡也。一曰……達也。

〈延部〉延　以然切，《說文》長行也。一曰……及也。

〈言部〉諆　丘其切，《說文》欺也。一曰謀也。

〈言部〉譏　居希切，《說文》誹也，一曰譴也❷。

〈異部〉戴　丁代切，《說文》分物得增益曰戴。一曰首
　　　　　戴。

〈攴部〉鞭　卑連切，《說文》驅也。一曰扑也。

〈攴部〉敞　齒兩切，《說文》平治高土可以遠望也。一
　　　　　曰開也，露也。

〈隹部〉雄　胡弓切，《說文》鳥父也。……一曰武稱。

〈木部〉梁　呂張切，《說文》水橋也。一曰梁棟。

〈木部〉榦　……又居案切，《說文》築牆耑木也。一曰
　　　　　井欄承轆轤者。

〈貝部〉賦　方遇切，《說文》斂也。一曰布也。

〈月部〉期　渠之切，《說文》會也。一曰限也，要也。

〈多部〉𢀴　枯回切，《說文》大也。一曰多也。

〈禾部〉穔　呼光切，《說文》虛無食也。一曰果不熟爲穔。

〈巾部〉幃　吁韋切，《說文》囊也。一曰單帳。

〈人部〉儇　……又嬛緣切，《說文》慧也。一曰利也。

〈儿部〉充　昌嵩切，《說文》長也，高也。或曰實也，備也。

〈欠部〉緫欮　盧丸切，《說文》欠皃。一曰心惑不悟皃。

〈頁部〉頎　渠希切，《說文》頭佳皃。一曰長皃❷。

〈髟部〉髻　居拜切，《說文》簪結也。一曰覆髻巾。

〈馬部〉馺　悉合切，《說文》馬行相及也。一曰馳也。

〈馬部〉騷　……又蘇遭切，《說文》擾也。一曰摩馬。

〈火部〉烝　諸仍切，《說文》火氣上行也。一曰……淫上也。

〈黑部〉黚　……又居咸切，《說文》雖皙而黑，古人名黚字皙。一曰釜底黑。

〈赤部〉赫　郝格切，《說文》火赤皃。……一曰明也。

〈心部〉恑　……古委切，《說文》變也。一曰悔也。

〈心部〉懷　乎乖切，《說文》念思也。……一曰來也。

〈心部〉憯　七感切，《說文》痛也。一曰憎也。

〈心部〉忦　……牛戒切，《說文》憂也。一曰懂也。

〈心部〉悃　胡困切，《說文》憂也。……一曰辱也。

〈心部〉悼　大到切，《說文》懼也，陳楚謂懼曰悼。一
　　　　　　曰傷也。

〈心部〉忞急　訖立切，《說文》褊也。一曰疾也。

〈水部〉滋　津之切，《說文》益也。……一曰……旨也。

〈水部〉澆　堅堯切，《說文》茨也。一曰薄也。

〈雨部〉霣　多年切，雨聲。一曰雨甚。

〈門部〉闌　郎干切，《說文》門遮也。一曰晚也。

〈門部〉關　姑還切，《說文》以木橫持門戶也。一曰通
　　　　　　也。

〈門部〉濶　苦活切，《說文》疏也。一曰遠也。

〈手部〉攎　龍都切，《說文》挐持也。一曰引也，張
　　　　　　也，斂也。

〈手部〉扔　如蒸切，《說文》因也。一曰引也。

〈手部〉投　徒侯切，《說文》擿也。一曰合也。

〈手部〉抒　……又上與切，《說文》挹也。一曰除也。

〈手部〉掩　衣檢切，《說文》斂也，小上曰掩。一曰撫
　　　　　　也。

〈手部〉撃　陟利切，《說文》剌也。……一曰搏也❷

〈女部〉嬰　伊盈切，《說文》頸飾也。……一說女曰嬰。

〈女部〉委　鄔毀切，《說文》委，隨也。一曰棄也。

〈糸部〉彝　延知切，《說文》宗廟常器也。一曰法也。

〈糸部〉緌　儒佳切，《說文》系冠纓也。……一曰注髦
　　　　　　於干首。

〈糸部〉維　夷佳切，《說文》車蓋維也。一曰網也。

〈斗部〉魁　……又枯回切，《說文》羹斗也。一曰北斗
　　　　　首星。

〈車部〉輈　之由切，《說文》重也。一曰低也。

(二)　詞性變轉的引申義

　　1.　由名詞變爲動詞的引申義

〈辵部〉連　陵延切，《說文》負車也。一曰連屬㉕。

〈足部〉蹢蹄　田黎切，《說文》足也。一曰蹋也。

〈羽部〉翳　……又壹計切，《說文》華蓋也。一曰蔽也。

〈羽部〉翹　祈堯切，《說文》尾長毛也。一曰企也。

〈竹部〉節　子結切，《說文》竹約也。一曰制也，操
　　　　　也，信也。

〈竹部〉笿　歷各切，《說文》栝笿也。一曰束也。

〈貝部〉資　津私切，《說文》貨也。一曰助也，取也。

〈宮部〉營　余傾切，匝居也。一曰度也。

〈巾部〉帷　于龜切，《說文》在旁曰帷。一曰圍也，所
　　　　　以自圍障。

〈人部〉仔　津之切，《說文》克也。一曰仔肩任也。

〈广部〉府　匪父也，《說文》文書藏也。一曰聚也。

〈黑部〉黲　七感切，《說文》淺青黑也。一曰敗也。

〈糸部〉緌　儒佳切，《說文》系冠纓也。一曰垂也。

〈糸部〉統　他綜切，《說文》紀也。一曰攝理㉖。

〈金部〉鍾　諸容切，《說文》酒器也。一曰聚也。

〈金部〉鐕　……又祖含切，《說文》可以綴著物者。

……一曰綴衣。

〈自部〉除　……又陳如切，《說文》殿陛也。一曰去也。㉗

2.　由名詞變爲形容詞的引申義

〈牛部〉犀　先齊切，《說文》南徼外牛，一角在鼻，一角在頂，似豕。……一曰兵器堅也。

〈牛部〉特　敵德切，《說文》朴特牛父也。一曰獨也 。㉘

〈言部〉訑　火羽切，《說文》大言。一曰徧也，和也。㉙

〈目部〉瞞　……又謨官切，《說文》平目也。一曰目不明。

〈肉部〉臐　馨幺切，《說文》豕肉羹也。一曰香也。

〈肉部〉腬　而由切，《說文》嘉善肉也。一曰盛也。

〈木部〉極　……竭憶切，《說文》棟也。一曰中也。㉚

〈衣部〉褕　容朱切，《說文》翟羽飾衣。……一曰衣美也。

〈衣部〉裔　以制切，《說文》衣裾切。一曰邊也，末也。

〈馬部〉驍　堅堯切，《說文》良馬也。一曰健也。

〈火部〉烓　淵畦切，《說文》行竈也。一曰明也。

〈黑部〉黳　煙奚切，《說文》小黑子。一曰黑也。

〈糸部〉紛　敷文切，《說文》馬尾韜也。一曰眾也，亂也。

〈力部〉勯　尹竦切，《說文》氣也。一曰健也。

3.　由動詞變爲名詞的引申義

〈辵部〉迁　同都切，《說文》步行。一曰……眾也，隸也。

〈足部〉踊　尹竦切，《說文》跳也。一曰刖足者屨。❸

〈革部〉鞭　卑連切，《說文》驅也。……一曰馬檛。

〈刀部〉則　卽得切，《說文》等畫物也，从刀从貝，貝
　　　　　　　古之物貨也。一曰法也。

〈宀部〉宗　祖賓切，《說文》尊祖廟也。一曰……本也。

〈巾部〉帳　知亮切，《說文》張也。一曰幬謂之帳。

〈人部〉儲　陳如切，《說文》待也。一曰副君也。

〈髟部〉鬃　七四切，《說文》用梳比也。一曰婦人首服。

〈石部〉礴　陟略切，《說文》斫也。一曰碎石。

〈心部〉懷　乎乖切，《說文》念思也。一曰人情。

〈手部〉掖　夷益切，《說文》以手持人臂投地也。……
　　　　　　　一曰門旁小門也。

〈手部〉扐　歷德切，《說文》易筮再扐而後卦。一曰指
　　　　　　　間也。

〈糸部〉績　則歷切，《說文》緝也。一曰業也。

〈力部〉務　……又亡遇切，《說文》趣也。一曰事也。

　4.　由動詞變爲形容詞的引申義

〈走部〉趥　香仲切，《說文》行也。一曰薑趥。

〈辵部〉辻　同都切，《說文》步行。一曰空也。

〈肉部〉胅　徒結切，《說文》骨差也。一曰腫也。

〈刀部〉刻　乞得切，《說文》鏤也。一曰痛也。

〈木部〉柔　而由切，《說文》木曲直也。一曰安也。

〈馬部〉駧　力制切，《說文》次第馳也。一曰馴也。

〈火部〉熹　虛其切，《說文》炙也。一曰熾也。

〈手部〉揮　吁韋切，《說文》奮也。一曰竭也。

〈糸部〉緟　傳容切，《說文》增益也。一曰厚也。

〈力部〉動　……又杜弄切，《說文》作也。一曰躁也。

　　5.　由形容詞變爲動詞的引申義

〈艸部〉萃　……又秦醉切，《說文》艸皃。一曰聚也。

〈辵部〉迵　徒弄切，《說文》迵迭也。一曰過也。　㉜

〈歺部〉殖　承職切，《說文》脂膏久殖也。……一曰興
　　　　　　生財利曰殖。

〈囗部〉圖　同都切，《說文》畫計難也。一曰謀也。

〈犬部〉戾　郎計切，《說文》曲也。从犬出戶下戾者，
　　　　　　身曲戾也。一曰至也。

〈心部〉㥴　……又此宰切，《說文》姦也。一曰恨也。

〈水部〉濊　莫葛切，《說文》拭滅貌，一曰塗也。

〈女部〉嫵　……又許六切，《說文》媚也。一曰妦也。
　　　　　　㉝

〈糸部〉紓　商居切，《說文》緩也。一曰解也。

　　6.　由形容詞變爲副詞的引申義

〈酉部〉酷　枯沃切，《說文》酒厚味也。一曰甚也。

第三節　類篇引申義的幾個現象析論

　　在上一節中經篩檢分類的 157 個引申義的字例裡，我們可以
看出一些意義經引申之後，所生成的幾個現象，茲分別逐一論述
如下：

一、引申反訓的意義對比現象

在上列的引申字例當中，有 9 個字例頗為特殊，它們在經過了引申之後，造成了引申義與本義、或引申義與引申義，意義有相反的情形。這 9 個字例即：

逐：亡也→達也；　　賦：斂也→布也；

澆：茨也→薄也；　　關：以木橫持門戶也→通也；

擄：斂也→張也；　　扔：因也→引也；

投：擿也→合也；　　抒：挹也→除也；

委：隨也→棄也；

這種現象就是郭璞在《爾雅·釋詁》「徂、在，存也」條下所注稱：「詁訓義有反覆旁通，美惡不嫌同名」的「反訓」 **❸❹**，也是劉師培《古書疑義舉例補》中「二義相反而一字之中兼具其義」一例 **❸❺**。反訓產生的原因頗多，諸家意見雖不一致 **❸❻**，不過由於意義的引申而造成意義相反的反訓，卻是極重要的一項。它之所以會引申而意義相反，可從心理因素探討，據希臘亞里斯多德（Aristotle）的對比律（Principle of Contrast），它是由於對比聯想所造成的。誠如張仁立在〈詞義演義的心理因素初探〉裡所說：

> 組成同一事物的各個方面（或部分），如果具有相對或相反之處，那麼當提到該事物的某一方面時，那相對或相反之處就有可能成為觸發點，而促使人們聯想到該事物的另一方面。這就是對比聯想的客觀基礎。 **❸❼**

因此我們從這裡來分析這 9 個字例，如「逐」有「亡失」的意思，則有相對「達致」的意思；「賦」有「斂聚」的意思，則有相反

「布施」的意思；「澆」有「肥茨」的意思，則會產生相反「澆薄」的意思；「關」於「閉門不通」的意思，自然會有相反「開通」的意思；「攄」有「斂合」的意思，就會有相反「鋪張」的意思；「投」有「摘擲」的意思，就有相對「集合」的意思；「抒」有「挹取」的意思，就會生出相反「除去」的意思；「委」有「跟隨」的意思，也會產生相反「遺棄」的意思；而它們的形成是因該事物具有相對或相反的概念，使得古人在字義運用之際，從這一面意義的觸發點上，聯想到另一面的意義。這 9 個字例，它們都是由意義轉移的引申方式所形成的反訓，換句話說，這些反訓都是在同一詞性的情形下，意義概念的內涵與外延發生了變轉的結果。如果再從它們的詞性來觀察，除了「澆——茨：薄」屬於形容詞的引申之外，其餘的 8 個字例，則都是屬於動詞的引申，雖然如此，由於我們採錄出來的字例不多，我們不能就說《類篇》的反訓沒有名詞與副詞引申的字例，但是從徐世榮《古漢語反訓集釋》一書所載 505 個反訓字例裡，其中動作類與性狀類，也就是相當本文所指的動詞、形容詞，共有 382 個字例，佔全部的 76％，換句話說反訓確實有偏重在動詞與形容詞的傾向，因此本文所甄錄的 9 個字例屬形容詞、動詞的情形，就不足為奇了，不過在整個反訓裡，偏重在形容詞、動詞的這個現象，是值得再深入探討分析的。

二、遠近引申的意義模糊現象

在篩檢的 157 個字例中，大多數的引申義與本義的關係，還頗為密切，如果從本義與引申義的遠近關係而言，則多屬於近引

申，旣然多屬於近引申，則形成引申義的衍化脈絡十分淸楚。
例如：理──治玉也：正也，意義衍化的重心在治理，從玉的治
理使趨於美正，而擴大爲一切事物的治理使趨於美正。再如：雄
──鳥父也：牡也，則是從雄性的鳥，擴大其意涵，而稱所有
雄性的動物爲雄。再如：雜──五彩相合也：集也，則指五彩的
相合，擴大其意涵，而稱所有事物的集合。諸如此類，引申義從
本義引申來的脈絡十分淸楚，彼此意義的關係十分密切。不過也
有一小部分的引申義，它與本義的關係較遠，需經輾轉推求，尤
其《類篇》一書所載的義項，多有缺漏，未見全備，在推求引申
的逕路時，就顯得較爲曲折，脈絡不十分淸晰，這就是遠引申。
例如：翹──尾長毛也：企也，它的引申逕路，是至少須經過兩
次以上的衍化程序，或許我們可以這樣推斷：先由「尾長毛」的
名詞，變轉詞性而爲「舉起尾長毛」，再擴大意涵而稱所有的
「翹舉」。再如：黲──淺靑黑也：敗也，它引申的逕路，則是
先由一般的淺靑黑色，先縮小意涵，而衍化成《大廣益會玉篇》
所謂的「今謂物將敗時顏色黲也」，也就是指形容物品敗壞的淺
靑黑色，再由名詞變轉爲動詞「敗壞」的意義。再如：掖──以
手持人臂投地也：門旁小門也，或許我們可以這樣推斷它的引申
逕路：先由「以手持人臂投地」的動詞變轉爲「人的臂掖」名詞，
再經由「人身兩旁的臂掖」的類似概念，意義轉移成「門旁小門」。
像這些引申義需經輾轉推求才能獲得，它們從本義而來的「遺傳
義素」，顯然比起近引申較爲曲折而模糊。就本文列舉的157 個
字例裡，由意義擴大、縮小、轉移等方式衍化而來的引申義有
92 個字例，由詞性的名詞、動詞、形容詞、副詞間的變轉而得的

引申義有65個字例，而意義衍化的引申義多屬於近引申的類型，其與本義的關聯性強，「遺傳義素」直接而清楚。而詞性變轉的引申，則是兼具遠、近引申的兩種類型，遠引申義與本義的關聯性較弱，「遺傳義素」曲折而模糊。

另外造成意義模糊現象的原因，是由於傳統字書多以單字詞釋單字詞，在意涵與詞性的判斷，有時並不容易精確，因此本文於分析的時候，唯有參酌其他字書、諸家見解、意義的引申脈絡以為判斷。例如前文曾引到的：理——治玉也：正也，「正也」一詞，孤立地出現為一義項，並沒有上下文的脈絡可資辨別，而它既可解釋為「端正的樣子」，作形容詞，也可以解釋作「使之端正」，作動詞，不過本文則依意義引申的脈絡判斷作動詞。再如：妃——匹也：嘉偶曰妃，這裡的「匹也」，它既可作名詞的「配偶」，也可以作動詞的「匹配」，不過段玉裁於《說文》「妃」字下注說：「人之配耦亦曰匹妃」，他是當作名詞來解釋，而本文則採段說。像這種意義的模糊現象，是《類篇》同於其他傳統字書的共有現象。

三、複式引申的意義錯綜現象

本文把引申義依意義衍化與詞性變轉來分類，這樣的分類，對於個別引申義的形成，可以獲致清晰的觀察，但是對於不僅只有一個引申義，甚至也不是只用一種引申方式的引申義，就無法對整個引申義系統，做有效的觀察、分析，雖說如此，我們還是可以從前述的各個引申類型下，逐一地把它們抽引聚合起來觀察。對於個別引申義的引申，本文稱之為「單式引申」，對於兩

個以上的引申義的引申，本文稱之爲「複式引申」，而我們觀察複式引申的引申義，它們形成的引申義系統，往往不一定只用一種引申方式，例如：敝——平治高土可以遠望也：開也：露也，又如：充——長也、高也：實也：備也，又如：攎——挐持也：引也：張也：斂也。這些複式引申的引申義，都只是運用意義轉移一種引申方式形成的。至如：烝——火氣上行也：進也：淫上也，則是採意義擴大與轉移這兩種意義衍化方式而得，滋——益也：蓄也：旨也，則是採意義縮小與轉移兩種意義衍化方式而來。再如：鞭——驅也：扑也：馬撾，則是採意義轉移與詞性的動詞變爲名詞的兩種引申方式。如：宗——尊祖廟也：尊也：本也，則是採意義擴大與詞性的動詞變爲名詞的兩種引申方式。又如：懷——念思也：人情也：來也，則是採取詞性的動詞變爲名詞與意義轉移的兩種引申方式，諸如此類，我們可以看出在複式引申之中，採兩種以上的引申方式，所運用的形式，並沒有一致性，由此也顯見引申義的引申，具有錯綜複雜的多元特質。

　　除此而外，如果我們再藉著拉耶芙斯卡雅（N. Rayevskaya）《英語詞滙學引論》（《English Lexicology》）裡，分詞義的發展方式有連鎖式（Concatenation）與輻射式（radiation）兩類型 ❸，來觀察複式引申的整個引申義系統與引申脈絡，在連鎖式引申方面，例如：

　　攎：挐持也→引也→張也→斂也。

　　維：車蓋維也→網也→繫也→隅也。

　　鞭：驅也→扑也→馬撾。

像這些引申義的產生，系統的形成，就如同連環扣，一個扣一個，

一義派生一義，先後有序。再如：

炎：火氣上行也 〈 進也。
　　　　　　　　 淫上也。

宗：尊祖廟也 〈 尊也。
　　　　　　　 本也。

懷：念思也 〈 人情也。
　　　　　　 來也。

像這些引申義的產生，則是以《說文》的本義爲中心，依引申義
的觸發點向不同的方向引申。連鎖式的引申義具有歷時性，而輻
射式的引申具有共時性。不過在傳統字書裡，並不會特別注意引
申義的發展脈絡與系統，《類篇》也不例外，如：

　　〈門部〉閣　剛鶴切，《說文》所以止扉也。一曰觀也，
　　　　　　一曰庋藏之所。

個人以爲它的引申義的發展脈絡應屬連鎖式，而作：

　　閣：所以止扉也→庋藏之所→觀也

顯然《類篇》載義的次序，並未顧及到意義的引申脈絡，不過，
基本上引申義的發展脈絡也不是容易掌握的，畢竟意義的派生非
一時一地一人所爲的。

四、詞性變轉的意義衍化現象

　　在第二節㈡小節中，篩錄的 65 條詞性變轉的引申字例，統
計其各項詞性間變轉情形爲：

　　名→動：17 例　　　名→形：14 例

　　動→名：14 例　　　動→形：10 例

形→動：9 例　　　　形→副：1 例

其中名、動互變的字例共有 31 例，可以說佔了全部詞性轉換字例將近½的比例，而個人於第七章〈類篇破音別義析論〉中曾統計《類篇》中名、動互變的破音別義字例，也佔了詞性變轉全部的將近 60%，由此顯見名、動互變在詞性變轉而意義衍化中，扮演著十分重要的角色。且上述的 65 個字例裡，其關於動詞的有 50 例，是所有詞性中最多的，雖然這個數據是抽樣性的統計，但是如果再觀察《類篇》破音別義中，由詞性變轉的 94 個字例裡，與動詞相關的字例便高達 80 個字例，便可清楚地了解詞性變轉有偏重動詞的現象，若從語法方面來說，或許這是由於動詞的運用、變轉較為靈活的緣故。

　　而由於詞性的變轉，意義也會隨著發生某種程度的衍化，例如：礚——斫也：碎石。在詞性上，這是動詞變轉為名詞，但在意義的內涵上，它仍有一些程度上的衍化。斫，《說文》釋為「擊也」，段注說「擊者，攴也，凡斫木、斫地、斫人皆曰斫矣。」所以「礚」字由一般性的斫擊動作，而轉化成「碎石」的實物名稱，在概念上有縮小的情形。再如：鐕——可以綴著物者：綴衣。就詞性而言，這是名詞變為動詞，但就意義而言，「鐕」由可以綴著各種物品的工具，轉化成綴製衣物的動作，在概念上有縮小的情形。又如：裔——衣裾也：邊也：末也。就詞性言，這是名詞變為形容詞，但就意義言，「裔」由衣前襟擺的實物名稱，轉化成表示實物的德性，在概念上屬於轉移的情形。再如：酷——酒厚味也：甚也。從詞性來說，這是形容詞變為副詞，可是在意義上，「酷」由酒的醇厚這個描述實物德性的意義，轉變成表示程

度的虛字，這也可以視爲概念上的轉移。

　　於此論述《類篇》所載詞性轉變的引申義，基本上我們需要了解它們是屬於具有固定意義（ fixed senses and denotations），爲社會所公認而載列於字書的引申義，而不是隨著語文環境而隨時改變的臨時意義（Shifting senses and denotations）。

註　釋

❶　參見《文字聲韻訓詁筆記》，P.47，木鐸出版社，1983，台北。

❷　參見《訓詁學概論》P.99，華正書局，1983，台北。

❸　參見周先生《語言文史論集》，PP.452-453，五南出版公司，1992，台北。

❹　參見洪成玉《古漢語詞義分析》，PP.108-109，天津人民出版社，天津。

❺　參見許威漢《漢語詞滙學引論》，P.116，商務印書館，1992，北京，趙世舉《古漢語易混問題辨析》，P.45，陝西人民出版社，1989，西安。

❻　參見張氏〈詞義引申中的遺傳義素〉、《北京大學學報·哲社版》，1992，北大。

❼　參見《訓詁方法論》，P.145，中國社會科學出版社。

❽　參見董重新《心理學》，P.243，華泰書局，1983，台北。

❾　此據段注本《說文》。

❿　赫爾曼後來又增加其他一類，包含了貶降、揚升、夸張、曲言，齊佩瑢《訓詁學概論》則取消轉移一類，逐添赫氏其他類的四項爲類，而分六類，林尹先生的《訓詁學概要》則分擴大、縮小、轉移三類，並把非擴大、縮小類的其他情形都歸入轉移一類，又應裕康先生〈概念改稱與詞義變遷〉一文（原載高雄師院學報17期），則如林先生三類，而在轉移類下再分變強、變弱、變好、變壞、其他五項，個人以爲林、應兩先生之分類較齊氏爲佳，茲取三類的分法。

⓫　參見本書第七章〈類篇破音別義析論〉的論述。

⓬　參見同注❼，PP.145-161。

⓭　參見《漢語詞滙學引論》PP.118-120；《應用訓詁學》PP.48-52。

⓮　參見《古漢語易混問題辨析》P.49。

⓯　參見同注❹，PP111-124。

⑯　史存直《漢語詞滙史綱要》也注意到這個問題，他在 P. 61 說：「我
認爲，把詞義變化的類型概括以上三大類（溫按：指擴大、縮小、轉
移），是否適合還值得討論。例如，詞的變性（即名詞變爲動詞，動
詞變爲名詞之類）到底該算在哪一類，就成問題。」

⑰　參見《詞滙學簡論》PP. 62-63。

⑱　有時或稱作「一說」、如〈角部〉：「骼，各頟切，《說文》骨角之
名也，一說鹿角無枝曰角，有枝曰骼。」有時則作「或曰」，如〈儿
部〉：「充，昌嵩切，《說文》長也，高也。或曰實也，備也。」有
時則無「一說」或「一曰」，直接依序載列字義，如〈金部〉：「鑪，
龍都切，《說文》方鑪也。火函。」另外《類篇》釋義的「一曰」，
有不少是源自《說文》本有「兼採別說」或「同物二名」的「一曰」，
本文於《說文》原有的「一曰」不擬討論。

⑲　參見第七章〈類篇破音別義析論〉一節的論述。

⑳　原作「人字」，茲據段注本《說文》補。

㉑　原作「尤極也」，今以段注本據小徐本作勮，茲據正。段注云：「剋
者以力制勝之謂，故其事爲尤勞。」

㉒　四庫全書本、姚刊三韻本《類篇》均作「譴也」，而汲古閣影宋鈔本
《類篇》作「譴」也，考《廣雅・釋言》亦作「譏，譴也。」，茲據
汲古閣影宋鈔本。

㉓　四庫全書本原作「頭佳貌」，考姚刊三韻本、汲古閣影宋鈔本《類篇》
均作「頭佳貌」，茲據正。

㉔　四庫全書本、姚刊三韻本、汲古閣影宋鈔本《類篇》、述古堂影宋鈔
本《集韻》，引《說文》「刺」均俗作「剌」，茲據段注《說文》正。

㉕　《類篇》引《說文》作「負連」，段注本改爲「負車」，段注云：
「連即古文輦也，《周禮》鄉師輂輦，故書輦作連，大鄭讀爲輦，巾
車、連車，本亦作輦車。」

㉖　《說文》釋「紀」爲「別絲也」，段注引毛詩孔穎達正義云：「紀，
別絲也，又云紀者，別理絲縷。」

㉗　「去也」一義，朱駿聲《說文通訓定聲》以爲「祛」字假借，段注以
爲引申，個人以爲應以段說爲是，蓋本義作「殿陛也」爲名詞，若轉

變為動詞則是下殿陛，引申則有離去的意思。

㉘　段注云：「特，本訓牡，陽數奇，引伸之為凡單獨之偁。」

㉙　四庫全書本、姚刊三韻本、汲古閣影宋鈔本《類篇》均作「徧也」，
考述古堂影宋鈔本《集韻》作「偏也」，《原本玉篇零卷》：「鄭玄
曰：『詡猶普也、遍也』」，茲據正。

㉚　段氏於「棟」下注說：「繫辭曰：上棟下宇，五架之屋，正中曰棟。」

㉛　朱駿聲《說文通訓定聲》於「踊」下「轉注」項云：「《左・昭三傳》：
屨賤踊貴。注：刖足者屨也。按刖者躄而行，故謂之踊。」

㉜　汲古閣影宋鈔本「過」作「遇」，考四庫全書本、姚刊三韻本《類篇》、
述古堂影宋鈔本《集韻》均作「過」，茲從諸本。

㉝　四庫全書本、姚刊三韻本、汲古閣影宋鈔本《類篇》「妬」均作「石」，
考《廣雅・釋詁》云：「媢，妬也」，茲據改。

㉞　參見藝文印書館十三經注疏本《爾雅注疏》P.28。

㉟　參見大新書局印《劉申叔先生遺書》1 冊，PP．501－502。

㊱　如林景伊先生《訓詁學概要》分為：(1)義本相因，引申之始相反者。
(2)假借關係。(3)音轉關係。(4)語變關係。而董璠《反訓纂例》與徐世
榮《古漢語反訓集釋》則各析為 10 種成因。

㊲　該文載於《山西師大學報》社會科學版，1988：1，參見其 P.78。

㊳　參見《English Lexicology》，PP．47-50，1957，中譯本《英語
詞滙學引論》PP.56-59，1960，商務印書館，北京。

第六章 類篇假借義析論

第一節 假借義的意義與特質

　　文字初造的時候，賦予該具體符號樣型最古早、最原始的意義，我們稱它爲「本義」。隨着時空的轉移，人事的漸繁，人們便不斷地運用「引申」與「假借」這兩種方式，使得該符號樣型產生新的意義。這種「引申」與「假借」的方式，也就是王力先生〈新字義的產生〉一文裏所稱的「孳生」與「寄生」❶，由本義孳生而來的新義，就是「引申義」，由寄生而來的新義，就是「假借義」了。所謂「孳生」則是指意義在派生作用下，具有義素的遺傳現象❷，而「寄生」則是透過語音相同或相近的條件，使得有音有義的語言，得以寄形而託事，而被寄之字，因而生出新義，這種寄生的方式，是漢字十分特殊的借形依音表意的語文特色，章太炎先生〈轉注假借說〉一文中說它是「志而如晦，節文字之孳乳。」❸既然假借義的形成，在於字義的寄生——假借，但由於歷來學者對於「假借」的見解十分紛歧，莫衷一是，因此在論述假借義的意義與特質之前，當先討論「假借」的兩個基本問題，茲論述如下：

一　假借的兩個基本問題

　　「假借」爲六書之一，其名稱起源甚早，雖見於班固《漢書‧藝文志》、鄭衆《周禮解詁》、許愼《說文解字‧敍》，推溯其源頭，學者認爲應該都是源自西漢末的劉歆《七略》，但是由於班固稱六書都是「造字之本」，而最早說解六書名義的許愼，它的闡釋、舉例，又十分地精要簡扼，再者後來學者對於「假借」的意義與範疇，又各有主張，以致新說迭出，聚訟紛陳，因此，本文自諸家意見中，歸納出兩個重要的基本問題，並逐一討論，期能具有澄清的作用，以便進一步確定本文「假借」的名義。

　　㈠　假借意義的關聯與不關聯問題

　　許愼於《說文‧敍》詮釋「假借」一義，說：

　　　本無其字，依聲託事，令長是也。

前兩句的意思是指在古人的語言中，一個有音有義的詞，它沒有文字的形體，於是透過語音的條件，借用別的文字形體，寄託這個詞的意義，使得原本沒有字形的詞，經過寄生的方式而有字形。照理說來，許愼的解釋已經十分清楚，假借是在「無字」、「依聲」、「託事」三個程序下形成，但是接下來舉「令長」爲例，我們知道《說文》解釋「令」爲「發號也」，「長」爲「久遠也」，因爲聲音的關係假借爲「縣令」、「縣長」，而「縣令」爲一縣發號施令的人，「縣長」治縣政在求長治久安，如此一來，假借義與本義之間產生了意義的關聯，也就是假借涉及了意義的引申，因此引發歷來學者的熱烈討論，茲以下分兩部分來論述：

　　1.　歷來學者的看法

　　歸納學者們的看法，基本上可以分成下列三派主張：

　(1)　主張假借有意義關聯者。——較早提出此說爲南唐徐鍇，他以爲「智者據義而借，淺者遠而假之」❹，其後如戴震〈答江愼修先生論小學書〉裏，認爲意義的引申，跟聲音的旁寄，都是假借的條件，他說：

　　　一字具數用者，依于義以引申，依于聲而旁寄，假此以施于彼，曰假借。❺

而章太炎先生在〈轉注假借說〉一文也說：

　　　故有意相引申，音相切合者，義雖少變，則不爲更制一字，此所謂假借也。❻

而潘師重規於《中國文字學》中，論述「假借」時，也特別強調有意義關聯的必然性，他說：

　　　我們所要特別注意的，是叚借字所借的字，必定與它所要表達的意義有意義的關聯，如鳥棲的西，與西方的西，意義上是有關聯的。❼

至於陸宗達先生則更明確地提出「引申義」與「假借」在詞義發展上的相同性，他說：

　　　詞義發展了，不另造新詞新字，而是給舊詞舊字增加上新義，這在訓詁學上說，叫做「引申義」，以造字法則言，則謂之「假借」。❽

　(2)　主張假借無意義關聯者。——較早提出這種說法的學者爲宋末戴侗，他在《六書故·六書通釋》裏說道：

　　　所謂假借者，義無所因，特借其聲，然後謂之假借。❾

因此，他認爲許愼《說文·敍》所舉「令長」爲假借，是不明白假借的本義。　至清朱駿聲《說文通訓定聲》也力主此說，他認

為：

> 其一字而數訓者，有所以通之也。通其所可通則為轉注，
> 通其所不通則為假借。❿

他把義有所通——關聯的，則視為「轉注」（即引申），義所不通——無關聯的，則以為假借，因此他把「令長」的例子，移作為「轉注」，而另外舉「朋來」作為假借的例子❶。戴、朱的說法對近代學者的影響頗大，因而主張假借無意義關聯的學者很多，例如魯實先先生在《假借遡原》一書裏曾說：

> 所謂引伸者，乃資本義而衍繹，所謂假借者，乃以音同而相假，是其原流各異，而許氏乃合為同原，此近人所以有引伸假借之謬說，益不可據以釋六書之假借也。❷

再如唐蘭在《中國文字學》裏，評論許慎「本無其字，依聲託事」的詮釋，是「解釋得很好」，但「把例舉錯了」，因為「他所舉『令長』二字，只是意義的『引申』，決不是聲音的『假借』」❸。其他如：高亨、龍宇純、向夏、劉又辛、裘錫圭、黃建中等學者也力主此說，甚至如陳振寰還認為許慎舉「令長」為例，是由於缺乏足夠處理具體問題的能力❹。

在這派學者當中，也有部分學者以為許慎所舉的「令長」並沒有錯，它本來就是無義的假借，如梁東漢《漢字的結構及其流變》一書裏說：

> 令，甲骨文寫成 會，從結構上看不出本義是什麼，《說文》云：「發號也」，這是假借義，不是本義。又假借為「縣令」的「令」，「令長」的「令」。現在只用假借義。
>
> 長，本來是象形字，象頭髮長（甲骨文寫成 彡、彡、乊，

金文寫成乒），後來因為聲音相同，假借為「長短」的
「長」，「長遠」的「長」，「長老」的「長」，「縣長」
的「長」。現在只用假借義。⑮

(3)　主張假借兼備有意義關聯與無意義關聯者。——如黃季
剛先生曾提出假借有有義與無義兩種，林尹先生於《文字學概說》
曾引論這個說法：

> 假借之道，大別有二，一曰有義之假借，二曰無義之假借。
> 有義之假借者，聲相同而字義又相近也。無義之假借者，
> 聲相同而取聲以為義也。⑯

另外朱宗萊在《文字學形義篇·假借釋例》裏，也分析假借的類
別說：

> 綜其類例，有引申義之假借，有比況口語之假借，有音變
> 之假借，有同音之假借。⑰

他接着分析「引申義之假借」，也就是「世亦謂之引申義，即就
本義而推廣其用，若令長之類」；「比況口語之假借」，則是
「僅借字音不涉字義」；「音變之假借」，則為意義相關而語音
演變的假借；「同音之假借」，則為以音類比方的「通借」，所
以他的假借分類，也含有有義的假借與無義的假借兩種。

2.　個人的幾點淺見

在上述的三派說法裏，個人以為都有他們所以主張的道理，
雖然目前大多數的學者，立於引申與假借必須分途的觀點上，多
傾向第二派的看法，但是不可諱言的，一、三兩派的說法，是頗
能照顧許慎六書理論的旨意，換句話說，一、三兩派也是有其時
代意義與價值，以下個人將針對上述三派說法，提出綜合性的淺

見。

(1)　應該站在許愼的時代，客觀評論他的詮釋。——屬於第二派的學者，有不少人批評許愼所舉「令長」的例子，是混淆引申與假借的界域，所以如明陸深《書輯》，換「令長」為「能朋」❸，清朱駿聲則換成「朋來」，甚至如陳振寰還認為許愼「在處理具體問題時，却缺乏足夠的能力」，諸如此類，基本上都是對許說認識不清，而所產生不公平的說法。我們認為一個時代有一個時代的學術進程與觀點，後人倘以後代的觀念，來範圍古人，批評古人，個人以為這樣是不盡合理的，就許愼的時代而言，他對「假借」的詮釋與舉例，自然有他的時代背景與所以如此的客觀條件，了解他恐怕比批評他更來得有意義。

(2)　許愼的「本無其字，依聲託事」是「基本條例」，「令長」是「補充條例」。——個人以為許說的「本無其字，依聲託事」八個字，已經十分明確地把「假借」的條件，放在「依聲」這個重點上，因此這八個字，可以說是「假借」的「基本條例」，至於他舉「令長」為例，也絕不是他處理具體問題能力不足，其實反而應該認為是許愼經過深思熟慮，態度嚴謹的表現，因為他是藉着舉例，來補充他受限於八個字的詮釋的不足，換句話說，「令長」是他詮釋「假借」的「補充條例」。「令長」二例，是具有意義關聯的例子，應該是沒有疑問的，雖然梁東漢氏曾用古文字來說明它們本來就是假借義，為許愼的舉例做正面的確認，但是我們從他所舉「長」字的古文字來看，他解釋「長」的本義為象頭髮長，依據引申義具有「義素遺傳」的特質分析❹，其實「縣令」、「縣長」與「象頭髮長」二意義之間，仍然存有引申

義義素遺傳的成份。更何況《說文》的基本體例，就是在每個字之下，必定詮釋該字的本義、本形，所以「發號也」、「久遠也」，本來就是許君心目中「令長」的本義，所以梁氏以爲「令長」的解釋本來就是假借的說法並不可信。事實上許愼之所以舉「令長」爲例，本來就是在闡釋他對假借的看法，「假借」除了「本無其字，依聲託事」的基本原則之外，凡是那些意義上有關聯，如「令長」一類的字，也包含在假借的範疇中。我們且再從《說文》中舉一些例子來說明他的觀點。例如：〈鳥部〉「鳳」字下云：

　　朋，古文鳳，象形，鳳飛群鳥從以萬數，故以爲朋黨字。

我們暫且不去討論在古文字中「朋」字原來的本義爲何？就從許君視「朋」爲「鳳」的古文說，「朋」的本義是「神鳥也」，而假借爲「朋黨」，是緣於「鳳飛羣鳥從以萬數」，顯然在此的假借，是有意義上的關聯。又如〈西部〉「西」字下云：

　　西，鳥在巢上，象形，日在西方而鳥西，故因以爲東西之西。

許君說「西」的本義爲「鳥在巢上」，因爲群鳥歸巢而棲息，正是夕陽西下的黃昏時分，所以假借爲「西方」的「西」，這也是有意義關聯的。再如〈來部〉「來」字下云：

　　來，周所受瑞麥，來麰也。……天所來也，故以爲行來之來。

《說文》說「來」的本義爲「周所受瑞麥」，因爲這些瑞麥爲上天所賞賜而來，所以假借爲「行來之來」。像這些例子，都是說明許愼舉「令長」爲例，確實表示包含着意義的引申的部分。但是我們反過來推論，許愼的「假借」是否僅有「本無其字，依聲託事」中，那些意義爲引申的部分呢？不像「令長」有引申關係

的「依聲託事」，是否仍屬於許君的「假借」呢？照個人的認知，
應該仍然算是，例如《說文・水部》「洒」字下云：

> 洒，滌也，从水西聲，古文以為灑埽字。

許君「洒」的本義「滌也」，而假借為「灑」字，「灑」的本義
是「汛也」，二者的本義不相同也不相關聯，但是考其上古聲紐，
均屬陳師新雄《古音學發微》的心紐 [*s] 可見得它們是「依聲
託事」的假借，沒有意義的關聯。又例如〈疋部〉「疋」下
云：

> 疋，足也。……古文以為詩大雅字。

許氏認為「疋」的本義為「足也」，而假借為「大雅」的「雅」，
然「雅」的本義許君釋為「楚烏也」，二者的本義是迥不相同，
沒有意義上的關聯，但考其上古韻部，都屬於陳師新雄《古音學
發微》古韻卅二部中的魚部 [*-a]。總之，由上述的這些例子裏，
我們可以看得出「本無其字，依聲託事」是許慎論「假借」的
「基本條例」，「令長」是表示有意義關聯的情形，也包含在其
中，這是他的「補充條例」。

(3) 許慎是從文字學的六書理論詮釋假借。——六書是古人
說明文字構造原則的理論，個人以為章太炎先生《國學略說・小
學略說》：「轉注、假借，就字之關聯而言，指事、象形、會意、
形聲，就字之個體而言。」及《國故論衡・轉注假借說》：「轉
注者，繁而不殺，恣文字之孳乳者也；假借者，志而如晦，節文
字之孳乳者也。」的說法[20]，是很能夠彰顯出「轉注」、「假借」
二者，在漢字系統中，所扮演互動調節的功能。而依照本師陳新
雄先生〈章太炎先生轉注假借說一文之體會〉一文詮釋許說「轉

注」云：

> 轉注是設立聲韻規律，使出於同一語根，意義大同，故可
> 互相容受，在字形上雖屬不同之兩字，就語言說，屬於同
> 一語根，雖然字形不同，其實為同一語族之同源詞。❷

轉注與假借二者，基本上都是必須立於語言的基礎上——語音相同或是相近，而異字同義的現象，就是「轉注」，同字異義的現象，就是「假借」。不過漢字的同字異義，它本來就是涵蓋意義的關聯（即引申）與不關聯（純粹「依聲託事」的假借）兩種類型，我們深信許慎在整理分析大量漢字的時候，他不會說毫無察覺，既然有所察覺，自然在六書理論的詮釋、舉例之際，費心地把這兩種類型涵蓋其中，否則他的六書理論會產生漏洞，也就無法照顧到所有的文字。因此，如果我們站在許慎六書理論的立場來論假借，個人以為第一派是注意到「補充條例」意義關聯的現象，第二派則是掌握「依聲託事」的「基本條例」，但恐怕只有第三派的主張，是完全符合許氏的旨意了。

　　⑷　從字義系統論，引申與假借必須分途。——許慎於「假借」的詮釋，既有其所屬的理論範疇與時代背景，但隨着學術的發展，後代的學者，則立於字義系統的觀念上，逐漸將意義關聯的引申與意義無關而純粹「依聲託事」的「假借」界域釐清，如宋末戴侗《六書故‧六書通釋》便分字義為本義、引申義、假借義❷，換句話說，引申已從假借的範疇裏獨立出來，而這時所謂的「假借」，也從《說文》六書理論系統，轉化成訓詁學的字義理論系統。今本文中所要討論的「假借」並不是許慎六書理論的「假借」，而是字義系統的假借，也就是屬於純粹「依聲託事」，

沒有意義關聯的「假借」了。

(二) 假借為造字或用字的問題

　　班固《漢書・藝文志》謂六書爲「造字之本也」，但自明楊
愼《六書索隱》提出象形、象事、象意、象聲，「四象以爲經」，
「假借者，借此四者也，轉注者，注此四者也」，而以爲緯，提
出六書經緯的說法，視假借爲與四象聯繫的一種方法❷，至清戴
震繼承，而倡論「四體二用」，以爲六書的前四者爲「書之體」，
指構造文字的方法，後二者爲「所以用文字者」，指運用文字的
方法❷。自此而後，清代如段玉裁、王筠、朱駿聲等學者，多贊
同體用之說❷。雖然如此，目前還是有不少學者相信班固「造字
之本也」爲不可移易的話，堅信假借是屬造字的方法，這個學術
上的公案，至今也沒有定論，不過，本文擬先略述近代的三個主
要的說法，再提出個人的一些淺見。

　　(1)　言假借爲以不造字爲造字的方法——提出這樣說法的學
者如汪榮寶、戴君仁、高師仲華、潘師石禪、向夏、周秉鈞、馬敍
倫、顧正、高玉花等❷，現在舉周秉鈞的說法爲例：

　　　　它（假借）雖然沒有造字，可是能夠濟造字之窮，是一種以
　　　　不造字為造字的方法，是一種節制文字孳乳的方法，所以
　　　　也是六書之一。

這些學者基本上是視「假借」爲一種消極的造字方法，有意把許
愼六書理論「本無其字」的「假借」，與經書典籍中常見的「本
有其字」的「通假」區隔開來，將前者歸屬於造字範疇，後者歸
屬於用字範疇，如高師仲華就曾經這樣認爲：

由許君之說，可知許君意中之假借，乃造字之假借，即「本無其字」之假借，必不可與「本有其字」之假借相混，「本有其字」之假借，則用字之假借耳。㉗

(2)　言假借爲造字的原則，用字的方法——這樣的說法是繼戴震之說，而再進一步詮釋的，如章太炎先生、黃季剛先生、林景伊先生、陳師新雄等㉘，章太炎先生於〈轉注假借說〉一文云「余以轉注、假借，悉爲造字之則」，所謂「造字之則」，指的是「原則」，他在《國學略說・小學略說》裏又進一步地闡釋說：

> 轉注、假借，就字之關聯而言，指事、象形、會意、形聲，就字之個體而言，雖一講個體，一講關聯，要皆與造字有關。

而黃季剛先生《說文綱領》更明確地說：

> 按班氏以轉注、假借與象形、指事、形聲、會意同爲造字之本，至爲精碻，後賢識斯旨者，無幾人矣！戴東原云：「象形、指事、諧聲、會意四者，字之體也；轉注、假借二者，字之用也。」察其立言，亦無迷誤。蓋考、老爲轉注之例，而一爲形聲，一爲會意。令長爲假借之例，而所託之事，不別製字。則此二例已括於象形、指事、形聲、會意之中，體用之名，由斯起也。

又說：

> 轉注者，所以恣文字孳乳；假借者，所以節文字之孳乳，舉此而言，可以明其用矣！

所以陳師新雄於〈章太炎先生轉注假借說一文之體會〉裏，進而詮釋章、黃二先生的說法：

蓋指事、象形、形聲、會意四者為造字之個別方法；轉注、假借為造字之平衡原則。造字方法與造字原則，豈非「造字之本」乎！

(3) 言假借為造字之法也是用字之法——主張這個說法，主要是魯實先先生，及其門弟子如李國英等❷，魯實先先生於《假借遡原》中說：

> 據義求之，若蓋為覆苫，則為等畫……如此之類，覈之聲韻，非它字之假借，求之義訓，非本義之引伸，斯正「本無其字，依聲託事」之例，是乃用字假借。其於造字假借，亦有此例。❸

魯先生以為許慎所釋「本無其字，依聲託事」為「用字假借」，至於「造字假借」，如李國英《說文類釋》所說：

> 造字假借者，乃援運用假借之理，于造字之時，依聲託事。凡會意、形聲所從之形符、聲符，與夫合體象形所從之文，假佗字為之者屬此類。❹

就在這樣的觀念下，魯先生因此認為如《說文》所載：「若，擇菜也。從艸右，右，手也。」則「右」為手之「又」的假借；「咸，皆也，悉也。從口從戌，戌悉也。」則「戌」為「悉」的假借；「寡，少也。從宀頒。頒，分也。」則「頒」為「分」的假借❺。這些例子，雖然許慎的解說「知其說有未然者」，但它們正是許氏所明言的「造字假借」，由此可見魯先生視「假借」為與其他五書平列的造字方法。

在上述的三種說法裏，個人以為各有所見所長，並有其相當程度的影響力，但就領悟所及，與本文論述的角度，對造字與用

字的諸家見解，個人有以下三點淺見：

(1) 以假借爲造字方法時，須六書平列視之。——班固說六書是「造字之本」，如果學者們對這個「本」字的認知是當作「方法」來解釋的話，則六書是必須都一併視爲造字的方法才屬合理。就這一點而言一、三兩說的學者，大抵都有留意，如潘師石禪便說：

> 我們考求六書的真相，第一須認清六書是六種造字的法則。㉝

文中的「造字的法則」，也就是潘師所謂的「造字法」，另外魯實先先生提出「四體六法」之說，以爲六書爲六種駢列的造字方法，他曾說：

> 然則轉注、假借，而與象形、指事駢列爲六書者，其必如劉氏所言，爲造字之準則，而非用字之條例，憭無疑昧者矣！㉞

魯先生的假借說，考證周詳，自成體系，樹立一家之言，誠如常宗豪所評：「魯先生解釋叚借，確是覃思研幾，發前人所未發。」㉟然而於此，個人仍有一些疑義不解，也就是魯先生分假借爲「應用假借」與「造字假借」，而爲何以「造字假借」所造的字，都是先經過「應用假借」的階段再進行造字，而造出來的却又是形聲字、會意字，例如魯先生所舉例：「三歲牛爲犙，駕三馬爲驂，參幷三之借。」㊱，《說文》「參」爲「曑」的省體，「曑」的本義，《說文》說是「商星也」，既然「參」假借爲「三」，這算是「本有字」的假借，屬「應用假借」，而又循着「三」的假借義造了「犙」、「驂」，「犙」、「驂」的字形結構則是「从牛參聲」、「从馬參聲」，是形聲字，但是就「犙」、「驂」而言，說它們是以形

聲的方式造字可不可以呢？而聲符「參」的假借義的產生，所謂
「造字假借」的形式，基本上還是透過許慎「依聲託事」的假借
理論而得，從這裏充份地顯示許慎的假借理論，在魯先生的「造
字假借」說中所扮演的重要角色，同樣地，也說明了假借是漢字
裏所存在的普遍現象，許慎沒有理由不在完整的文字理論中描寫
它、涵蓋它。我們都十分清楚，許慎爲目前所知漢代最早也最完
整闡釋六書意義的學者，推溯其師承，其六書理論與班固應該都
是同源於劉歆，因此我們可以認爲許慎的學說應是劉歆這學派六
書理論的代表，許慎自己在《說文・敍》也說到他的書是「博采
通人，至於小大，信而有徵」，其內容如此，相信敍文中重要的
六書理論更應是如此，所以，許慎的六書理論按理與班固的「造
字之本」是不相衝突的，今天，假設我們把班固的「造字之本」
解釋爲「造字方法」，那麼許慎的「本無其字，依聲託事」也應
該與其他五書平列，同樣視爲「造字之本」，否則視許慎的假借
理論爲用字假借，就會跟其他的五書，班固的「造字之本」產生
矛盾衝突，總之，個人仍認爲許慎的六書理論有他的時代背景，
師承淵源，稱假借爲造字方法時，須六書平列視之。

　　(2)　假借爲「用字之法」，與「造字之本」未必矛盾衝突。—
—本節前曾引章太炎、黃季剛先生之說，以爲六書之中，轉注與
假借爲正負相殊，互爲消長，調節文字的理論，簡單地說，它也
是說明文字與文字間關係的理論，它是「用字」的原則，不是造
字的方法，雖然學者視假借爲「以不造字爲造字」的手段，然而
實際上就文字的構形而言，並沒有新生的文字產生，嚴格說來，
只是透過語音的條件，使得原本沒有具體符號——形體的詞，因

寄託而有形體，這對原有被借的形體而言，只是增加了一個新義項而已，所以戴震說「一字具數用」，就是從這個被借的形體的角度來說的，因此，從整個文字的數量而言，字數沒有增加就是沒有造字，視假借爲一種「用字」的方法，在理論上是說得通的。王力主編《古代漢語》就明白地說：「至於轉注和假借，則是用字之法，因爲根據轉注和假借的原則並不能產生新字。」❸⃝至於班固所指出六書是「造字之本」，主張假借爲「造字方法」的學者，把「本」字解釋作「方法」，固然有其平列而論的理由，但是「本」更是可以指爲「根本」，可以解釋爲「原則」，所以章太炎先生說「造字之本」就是「造字之則」，而這個「造字之則」，誠如本師陳伯元先生的體會，以爲象形、指事、會意、形聲四者，正是造字的個別方法，而轉注、假借則屬於「字之關聯」，轉注爲「繁而不殺，恣文字之孳乳」，假借爲「志而如晦，節文字之孳乳」，二者具有調節文字的功能，是「平衡原則」。而黃季剛先生也嘗以爲班固「造字之本，至爲精碻」，只是「後賢識斯旨者，無幾人矣」，唯有戴震體用的說法，沒有迷誤。由上可見，班固「造字之本」與假借爲「用字之法」二者並不矛盾衝突。

（3）從字義系統言，「用字」的概念較具概括性。──字義可分成本義、引申義、假借義，三者各有其所含具的特質。本義爲造字時的初義，與本形、本音相應，引申義則是自本義派生，屬於意義的延伸和孳衍❸⃝，假借義則是透過語音的條件，寄託一個語詞或文字的意義於另外一個文字之上，屬於意義的寄生，跟原義沒有關聯。雖然假借的範疇有廣狹的區分，不過本文從字義

系統而言，採廣義的範疇❸，也就是包括狹義的假借與通假兩部分，這個狹義的假借，就是前一小節中所論及不涵蓋引申義的「本無其字，依聲託事」，而通假也就是段玉裁所謂「本有其字，依聲託事」或「訛字自冒」的假借，雖然狹義的假借與通假，在性質與使用上，有某些程度上的差異，但「依聲託事」，「以此代彼」的寄生特質是無二致，在整個字義系統裏，這個共同寄生的特質，正是與本義、引申義迥然不同的地方，因此，本文採廣義的假借範疇。而狹義的假借，前面已經討論得很清楚，如章、黃等先生所言，是一種「用字」的原則，「通假」則更是如王引之所說：「經典古字，聲近而通，則有不限於無字之假借者，往往本字見存，而古本則不用本字而用同聲之字。」的用字假借❹，既然都屬「用字」問題，自然本文主張的「用字」概念，較具全面性、概括性。

二　假借義的意義

㈠　假借的廣義與狹義

　　論及假借義的意義，在上一節曾提到假借的範疇有廣狹的區分。關於假借的範疇，追溯到漢代的許慎、鄭玄兩位學者，就有了概念上的歧異，許慎說：「假借者，本無其字，依聲託事，令長是也。」鄭玄則說：「其始書之也，倉卒無其字，或以音類比方假借爲之，趣於近之而已。」❹，同樣稱作「假借」，但是學者們或稱前者爲六書假借、造字假借、無本字假借、狹義假借，而稱後者爲「通假」、用字假借、有本字假借、廣義假借❹，而

清代段玉裁注《說文》時，以許、鄭二家的概念與《說文》內部
的現象，於《說文解字·敘》「假借」下，提出「假借三變」的
說法：

> 大氐叚借之始，始於本無其字，及其後也，旣有其字矣，
> 而多為叚借，又其後也，且至後代，譌字亦得自冒於叚借，
> 博綜古今有此三變。❹

文中雖然是在說明假借的三種歷時的演化，實際上它們也是共時
的類型，而且段氏在這裏也同時透露出假借有廣義與狹義的區別，
因為他認為從許慎「本無其字」的假借，後來衍變出「本有其字」
與「譌字自冒」的假借，顯然許慎的「假借」，在他的想法裏，
是屬狹義的，而整個「假借三變」的「假借」，則屬廣義的。在
這個狹義與廣義的範疇裏，個人從字義的立場來看，以為引申與
假借必須分途，所以認定的狹義假借，是指不包括意義有關聯的
「本無其字，依聲託事。」至於在段氏的廣義假借裏，他列舉許
慎釋有「古文以為」的洒、疋、丂、臤、炊、哥、詖、圝、爰、
駁等十字，認為屬「本有其字」的假借，也就是「假借在先，製
字在後」的假借，其實這個「假借在先，製字在後」的假借，個
人以為它仍然應該屬於「本無其字」的假借的範疇，而不屬於
「本有其字」的假借，因為許慎的「古文以為」，應該意指在古
文經，或上古的時代裏，沒有本字可用，而用假借字，後來另造
新字，則不再假借，所以視為「本無其字」比較合理。況且「本
有其字」的假借，應該是指已有本字，可是古人在臨文用字，或
因語文習慣，倉促之間，以一個語音相同或相近的字，來替代本
字的假借，因此，「古文以為」的「假借在先，製字在後」，自

然不屬「本有其字」的範疇。至於「訛字自冒」的假借，雖然段氏專就《說文》而列舉，其實它也是普遍存在各時代裏，例如現今常見「交代」作「交待」，「委屈」作「委曲」，「調劑」作「調濟」，「按部就班」作「按步就班」等❹，當然這也算是「本有其字」，而倉促之間寫白字了，自然也可以歸屬在「本有其字」的假借。

　　總之，假借有狹義與廣義兩大類，狹義的假借是指不具意義關聯的「本無其字，依聲託事」，它還包括「終古未嘗製正字」與「假借在先，製字在後」兩項。廣義的假借是指所有的「依聲託事」，不論是「本無其字」或是「本有其字」而因語文習慣、倉促用字、書寫訛錯，只要是通過語音的條件，沒有意義的關聯，而借別的字形以寄託字詞的意義，都屬於廣義的假借。

　　㈡　通假的歸屬

　　關於通假的歸屬問題，自來學者多有討論，有不少學者認為它那「本有其字，依聲託事」的性質，跟六書「本無其字，依聲託事」的假借不同，而主張通假應與假借分立，例如今人周藝與吳紹烈合撰〈通假字試論〉一文，就從分類學、共時系統、實際使用三方面來說明分立的理由，內容大致如下：

　　　1.從分類學的角度看，假借涉及語詞跟文字的關係，而通假則涉及文字之間的關係。

　　　2.從共時系統看，假借之封閉性，可列舉的，通假則是開放性不可列舉的。

　　　3.從實際使用看，假借往往始終沒有本字，久假不歸，因

而假借義必定變成專用義、常用義；而通假則是臨時性
的，所獲得的通假義也是臨時的，一旦離開特定的環境，
通假義就不復存在。❹

因此類似這樣看法的學者，在討論字義分類時，則在假借義之外，
增加通假義一項，而個人則以爲周、吳二人的說法，恐怕有些地
方可再斟酌。雖然「本無其字」的假借，涉及語詞跟文字的關係，
「本有其字」的通假，涉及文字間的關係，但是就個人來看，它
實際上也是語詞與文字間的關係，通假字產生的原因很多❹，儘
管鄭康成說是「倉卒無其字，或以音類比方叚借爲之」，這裏「倉
卒無其字」的意涵，我們如果只把它解釋作「寫白字」是不是合
理呢？個人以爲在先秦文獻裏，「通叚」的情形極爲普遍，例
如在《睡虎地秦簡》裏，便有一字單借，如借麋爲眉，借葆爲保，
借草爲艸，借人爲仞，借胃爲謂，借可爲何等；有一字多借的，
如借適爲謫、敵，借吏爲事、使，借環爲還、宥、鍰、茷；有多
字同借的，如侖、篇借爲闌，橋、僑借爲矯❹，像這樣的現象就
用「寫白字」來懷疑古人臨文用字的能力，恐怕是有欠妥當的，
其實，類似《睡虎地秦簡》的通假現象，在春秋戰國時期極爲普
遍，個人以爲這是那個時代的語文習慣，視文字爲記錄語言的符
號，也是文字發展的一個趨勢，正如劉又辛於《通假概說》裏說，
這個時期，漢字分兩條路線發展中，有一方面是以假借字表音的
文字發展的路線❹。既然把文字當作表音的符號使用，雖說是「本
有其字」，在臨文用字之際，所產生的通假現象也算是語詞跟文
字的關係。其次，說到可列舉與封閉性的問題，通假其實也未必
全然是開放非封閉性，這要看通假是否已達到約定俗成的地步，

例如「何」的本義指擔荷的意思，「荷」的本義爲「夫渠葉」的荷花，幾曾何時，擔荷的「何」已通假寫作「荷」，像這樣約定俗成的情形就非開放性了，而這「本有其字」的假借，也「久假不歸」，形成了專用義、常用義，而不是特定語境的臨時義。再如裘錫圭《文字學概要》論本有本字的假借字中有一類是「爲了簡化字形」，如「只」代「隻」、「斗」代「鬥」、「姜」代「薑」等，今大陸於 1956 年公佈〈漢字簡化方案〉，便全面使用這些爲簡化而通假的文字，顯然在大陸地區也已經「久假不歸」，形成專用義、常用義了，類似這些現象，都與周、吳的說法有矛盾衝突。個人以爲通假與假借有時並不十分容易區分，它們之間，從文字發展歷史的背景來看，有時會有一段相當大的模糊區域，例如經常會發生在上古時期，原是「本無其字」的假借，後來又造了本字，可是在有了本字之後，有時却仍然使用假借字的情形，如「胃」在春秋戰國時期假借爲「謂」，如春秋晚期，晉的〈吉日壬午劍銘〉有：「胃之少虞」，戰國《楚帛書》有：「是胃亂紀」，《包山楚簡》有：「胃殺其弟」，都是「謂」的假借❹，就目前所知，在甲骨文、金文之中，尚未見有「謂」字，而在《睡虎地秦簡》與《說文》裏就有「从言胃聲」，本義爲「報也」的「謂」字，按理這種情形應屬於「假借在先，製字在後」的「本無其字」假借，雖然有了「謂」字，可是在漢帛書裏，如馬王堆漢墓《帛書老子》，不論《甲本》、《乙本》，全書的「謂」字都仍然假借作「胃」，如《甲本》：「侯王自胃，孤寡不㯱」，《乙本》：「胃天毋已清將恐蓮」❺，甚至如馬王堆漢墓帛書《戰國策》第十五篇有：「臣聞魏長吏胃魏王曰」，第十

六篇有「謂魏王曰」❺，爲同一本書裏，本字、假借字同時並存使用的情形，諸如此類，究竟要視爲「本無其字」的假借，還是「本有其字」的通假呢？又如「早」字並不見於先秦，其造字時代應該較晚，所以在先秦文獻裏都假借作「蚤」，如《詩經·豳·七月》：「四之日其蚤」，《孟子·離婁下》：「蚤起，施從良人之所之。」，戰國末，秦《睡虎地秦簡》也作：「蚤至，不出三月」❺，到了《說文解字》就有釋爲「晨也」的「早（早）」字，所以我們可以把「早」作「蚤」，歸爲「本無其字」而「假借在先，製字在後」的假借，但在漢代，如銀雀山一號漢墓出土的《尉繚子》裏，還是作「發童（動）必蚤」❺， 馬王堆漢墓《帛書老子乙本》也作「蚤服是胃（謂）重積德」❺，甚至東漢班固撰《漢書》，更是經常把「早」作「蚤」，如〈文帝紀〉載：「正月有司請蚤建太子」，顏師古注：「蚤，古以爲早晚字也。」〈司馬遷傳〉載：「神形蚤衰」，顏注：「蚤，古早字」等，像這樣的情形，是否又得改稱爲「本有其字」的通假呢？又如「然」，《說文》釋爲「燒也」，在先秦則已假借爲語詞，如戰國〈中山王舋鼎〉作：「懼其忽然不可得」❺，戰國末《睡虎地秦簡》也作：「令居其衣如律然」❺，這裏的「然」應該就是《說文》釋爲「語聲」的「嘫」，既然「然」作語詞在小篆之前屬「本無其字」的假借，而在小篆裏有了本字之後，至今卻仍然是本字不用而用假借字。諸如此類，我們可以看出「本無其字」與「本有其字」之間，由於文字發展的歷史背景，產生了界限不清的模糊區域，我們究竟要以那一個時代來將它們歸類呢？況且黃季剛先生也曾說：

> 文字隨言語、音聲而變易；因聲音之變易而假借，遂亦有
> 變易。為時既遠，聲變日繁，其所假借之字竟與本字日遠
> 而不易推矣！❺⑦

不僅時間久了，本字難推，且「假借之用愈廣，而本字愈為難
求」，既然本字難以推求，就很難去判斷假借是屬「本無其字」，
還是「本有其字」，基於這些現象及本文所立足的字義觀點，因
此並不主張通假自假借分出，還是採廣義的假借來涵蓋通假。

(三) 假借義的意義

從前文的論述裏，我們已經逐漸地廓清狹義假借與廣義假借
的範疇，不過從本義、引申義、假借義這樣分類的字義系統而
言，假借義是必須採廣義假借的範疇，概念才能概括完整。在論
假借義的學者中，個人以為有部分學者即缺乏概括完整的描寫，
例如杜學知曾解釋說：

> 蓋假借之義，謂有正字，既臨文時，權取聲同之字用之；
> 假借之字，音雖同而義不必通，惟既以音同為同字，即亦
> 目為同義矣。❺⑧

顯然杜氏的假借義，旨在「本有其字」假借所寄生的意義，却不
包含「本無其字」的部分，這樣我們便無法瞭解「本無其字」假借
所寄生的假借義，當何所依歸呢？同樣的說法，如周秉鈞也認為：

> 假借義則是從音同音近的字假借而產生的意義。假借義同
> 本義引申義沒有任何聯繫。❺⑨

這裏的「從音同音近的字假借」，也是僅指「本有其字」假借的
部分。再如許威漢所說：

　　我們所説的「假借義」，實是破除假借，求其本字之義。⑥
文中的「求其本字之義」，當然更是明確地説明假借義只講「本
有其字」的寄生部分，這些説法，個人以爲從字義系統來看，都
是不夠周延的。至如黃季剛先生説：

　　　　於字之聲音相當，而形義皆無關者，謂之假借義。⑥
這段解説雖然很簡短，却沒有不周延之處。它指的是所寄的詞義
或字義，在讀音上必須跟被寄的文字讀音相應，而這個所寄生的
詞義或字義，跟被寄文字的字形、字義，是沒有任何關聯的，這
就是假借義。從黃季剛先生的解説，與本文各方面的論述，個人
於此也嘗試爲假借義作一個較詳盡地描述：

　　　　所謂假借義，就是一種字義，它與該字的本義，引申義沒
　　　　有關聯，純粹是透過語音的條件，使別的詞義或字義寄生
　　　　在這個文字之上，而所產生的新義，就是假借義。
詞義的寄生，可以視爲「本無其字」的假借，字義的寄生是屬
「本有其字」的假借，無論如何，這新字義的產生，是通過假借
的方式而來。例如：「其」，《説文》釋本義爲「所以簸者也」
，甲骨文作 🖾《乙》三四〇〇正象簸箕的形狀，可是上古另有一語音
與「其」同，表示擬議未定的語詞，却沒有文字，於是透過語音的
條件，把表示擬議未定的語詞，寄生在「其」字上，所以「其」
在「所以簸者」的本義之外，產生了一個與形、義無關的新生字
義，這就是「其」的假借義，而這個假借義，早在殷商甲骨卜辭
裏，便充分地被使用着，如「其惟今夕雨？」《丙》四二五，「戊
午卜，貞：今日王其田宮，不遘大風?」《後》上、三〇、八 。又例
如《説文》釋「策」的本義爲「馬箠」，也就是趕馬杖，與簡册的

「冊」，在形、義上是沒有關聯的，可是由於同音的關係，古人經常把簡冊的意義寄生在「策」字之上，如《史記·魯周公世家》：「周公藏其策金縢匱中」，所以「策」在「馬箠」的本義之外，又產生了一個新生意義，這就是「策」的假借義。總之，假借義是與文字的形義無關，爲透過聲音的條件寄生而來的意義。

三 假借義的特質

在上一節所論假借義的意義裏，個人以爲黃季剛先生從字詞形音義的關係上闡釋，最爲簡拕，茲將以其所釋爲基礎，析論假借義所含具的特質，大致說來，可分爲以下四項：

㈠ 假借義是以聲音為寄生條件

黃季剛先生認爲假借義形成的必要條件之一，就是「於字之聲音相當」，這句話的意思，個人前面曾解釋說：「所寄的詞義或字義，在讀音上必須跟被寄的文字讀音相應。」，不論是「聲音相當」或「讀音相應」，究竟這個「聲音」的範疇如何呢？王引之於《經義述聞·經文假借》裏，便提到「聲同聲近」❷，而俞樾《古書疑義舉例》中有〈以雙聲疊韻字代本字例〉、〈以讀若字代本字例〉二例，林景伊先生認爲這已包括雙聲、疊韻、同音三種聲音的型式❸，但是在這樣的範疇裏，王力先生則認爲在聲音上仍需要有較嚴格的限制，他在〈訓詁學上的一些問題〉一文裏便主張：

> 同音字的假借是比較可信的；讀音十分相近（或者是既雙

聲又疊韻，或者是聲母發音部位相同的疊韻字，或者是韻
母相近的雙音字）的假借也還是可能的，因為可能有方言
的關係；至於聲母發音部位很遠的疊韻字與韻母發音部位
很遠的雙聲字，則應該是不可能的。❻

所以假借義是以聲音為寄生條件的字義，但「依聲」的條件應該
是嚴格的，我們相信在假借義形成之初，同音的條件應該是最理
想的，不過我們也認為由於時空的轉移，後世或不同地域的人，
再審視假借義的語音條件時，而要求猶然保持不變的同音狀態，
這恐怕不是容易的，所以音近的條件，理應是可以容許的範疇。
王力先生所論的嚴格條件，誠然是最理想的，不過，個人以為正
紐雙聲與同部疊韻的音近條件，應該還是可以考慮接受的範疇，
然而有充分地證據加以證明，是絕對必要的，否則假借義憑何而
寄生呢？

㈡　假借義與本義、引申義無關

　　假借義是純粹由「依聲」而寄生的字義，所以它與被寄生文
字的本義、引申義是沒有任何的關聯，我們曾經討論許慎解釋
「假借」時所舉「令長」二字的例子，雖然是有意義的關聯，但
是彼一時也，此一時也，從字義系統而言，近代學者已將意義有
關聯的稱為引申義。而本義與引申義在意義上的聯繫，個人曾指
出引申義是從本義派生出來，它們之間有某種程度的內在聯繫，也
就是所謂的「遺傳義素」❻，可是假借義在「義素」上，跟它們
沒有任何瓜葛，茲列舉「策」字的部分義項為例，以說明假借義
的寄生特質。

(1) **馬箠**。《説文》：「策，馬箠也，从竹朿聲。」《禮記・
曲禮》：「君車將駕，則僕執策，立于馬前。」

(2) **手杖**。《淮南子・墜形》：「夸父弃其策。」

(3) **鞭馬**。《論語・雍也》：「策其馬曰：非敢後也，馬不
進也。」

(4) **執杖**。陶潛〈歸去來辭〉：「策扶老以流憩。」

(5) **簡冊**。《儀禮・聘禮》：「百名以上書於策。」〈鄭
注〉：「策，簡也。」

從例子裏，我們可以清楚地看出「策」的本義爲「馬箠」，也就
是趕馬杖，《禮記・曲禮》所用的正是本義。從這個本義發生詞
義的轉移，而派生出「手杖」的引申義，也同時發生詞性的變轉，
由名詞「馬箠」變爲動詞「鞭馬」的引申義。而引申義「手杖」
又進一步地詞性變轉，由名詞變爲動詞「執杖」的「二級引申
義」，就上述引申義的衍化方式，屬於個人所謂的「複式引申」
❻，至於「簡冊」這個義項，顯然地跟上述的本義、引申義沒有
任何關聯，它的本字原來就是「冊」字，可是「冊」、「策」二
字，在上古聲紐同屬精紐[$*ts$]，上古韻部同屬陳師新雄古韻卅
二部的錫部[$*-ek$]，由於聲韻全同，古人就把「冊」字的意義，
寄生在「策」字下，因此「策」便有了跟本義、引申義無關的假
借義了。

□ 假借義與字形無關

我們知道，在三種字義類型裏，本義是跟本形完全相應的，
引申義雖然跟本形不相應，但是由於它是由本義派生，內在具有

「遺傳義素」，所以引申之初仍與形符有關聯，至於假借義與假借字之間，是憑藉着聲音而寄生，因此假借字的字形，基本上與假借義是沒有關聯的。例如「而」，段注本《說文》釋形義爲「須也，象形」❻，可是在先秦即假借爲承接連詞，如《論語·學而》：「學而時習之，不亦說乎！」這個作承接連詞的假借義，自然與「須也，象形」的形構完全無關。又如「后」，段注本《說文》釋形義爲：「繼體君也，象人之形，从口，易曰：后以施令告四方。」可是在古書中經常爲副詞「後」的假借字，最常見的例子如《大學》：「知止而后有定」，而這個假借義至今大陸的簡體字正在使用，但它顯然與「繼體君也，象人之形，从口」的形義無關。

(四)　假借義爲古書中最難解讀的一種字義

假借義是憑藉音讀而寄生，因此追索一字的假借義，自然是在音讀上考求而不在形義，但形義較爲具體，富有脈絡系統，語音則較爲抽象，雖然也有脈絡系統，却因漢語多屬單音節，同音字多，方言複雜，且語言本隨時變異，因此要尋得假借義所確屬的本字，實際上並不是容易的事，所以宋鄭樵《通志·六書略》說：

> 六書之難明者，爲假借之難明也。……學者之患，在於識有義之義，而不識無義之義，假借者，無義之義也。假借者，本非己有，因他所授，故於己爲無義。❻

鄭樵詮釋許愼六書理論的假借，雖然並不完全獲致許氏的原意，但是對於我們所論「假借義」是一種難以解讀的字義却表達得十

分清楚，因此學者都認爲應該審愼推求，如王引之於《經義述聞·
經文假借》裏便說到經典古字多假借，如果依假借字解讀，則會
以文害辭，所以他撰述《經義述聞》遇到前人「以意逆之而得其
本字」，而「有改之不盡者，迄今考之文義，參之古音，猶得更
而正之，以求一心之安，而補前人之闕。」⑥王念孫、王引之父
子訓讀古籍，所以爲後人推崇，也就在對於假借義的考求，極爲
嚴謹，除了依據聲音的關係之外，並引用大量證據，舉出很多例
子，這個聲音關係，周師何稱之爲必要條件，證據與舉例，則爲
充分條件⑩。總之，假借義爲古書中最難解讀的，從聲音追索固
然是最根本的，但是經公認的驗證也是重要的憑據。

　　總而言之，假借在漢字的發展史上，具有相當重要的地位，
近代有不少學者從古文字論證形聲字是源自假借字，也就是假借
的廣泛運用，是在形聲字發展之前，而假借則象徵漢字由表意的
系統進入表音的系統，但由於人事的寖繁及單音節的漢語造成同
音字過多，發生表意功能不足，於是加上形符於表音的聲符上，
以區別事類，由此便發展出漢字的形聲系統，並成爲漢字構造的
主流。假借的運用很古，同形而異義——假借義的情形，普遍存
在於上古，可是當形聲系統的逐步建立，文字愈來愈多的情形
下，假借的現象並沒有因此減少，假借義仍然是普遍存在並運用
在各個時代裏，因此假借義成爲字義系統的一個重要類型。本文
雖然旨在論述假借義的意義及特質，但不免必須觸及假借的一些
基本問題，而提出部分個人的看法，至於古今字、同源字與假借
字的關係，近來也有不少學者多所注意，不過個人以爲那與討論
的角度有關，本文暫不予討論。

第二節　假借義的分類與舉例

一　假借義的分類

　　關於假借義的分類，學者多未直接論及，但是從其所論析假借的性質、方式的分類之中，經個人的分析、歸納，以為假借義的分類，可以有以下八種分類方式：

㈠　依造用性質分類

　　清侯康〈說文假借例釋〉曾分析假借有「無其字而依託一字之聲或事以當之」的「製字之假借」，與「旣有此字，復有彼字，音義略同，因而通假」的「用字之假借」二類，向夏《說文解字敍講疏》也有相同的分類❼，從這個假借的造用性質，我們似可以將假借義分成造字假借之假借義與用字假借之假借義。不過個人於上一節中曾認為，類如侯康所謂的「造字假借」，應該以章太炎先生的「造字原則」、「用字方法」的說法來論定，換句話說，實際上它仍屬於「用字」的性質，因此，本文不擬採用這樣的分類。

㈡　依廣狹範疇分類

　　林景伊先生《文字學槪說》嘗析假借為本無其字假借的假借正例，與本有其字假借的廣義假借二類❼，順着這樣的說法，可以進而分析假借義為狹義假借義與廣義假借義。不過個人對於假

借的廣狹，與林先生敢有所不同，以爲廣義假借指包含本無其字
與本有其字的假借，而狹義假借則指本無其字的假借，廣狹的觀
念係作：廣義假借⊃狹義假借，其範疇如下圖所示：

並非對立平行的兩類，而本文所討論分析的假借義，是以廣義假
借爲範疇，因此廣狹範疇的分類，並不合適作爲本文分類的依據。

㈢　依歷時演變分類

　　段玉裁於《說文解字注》裏，依假借的歷時演變提出「叚借
之始，始於本無其字，及其後也，旣有其字矣，而多爲叚借，又
其後也，且至後代譌字亦得自冒於叚借」的「假借三變」說⓻，
這是歷時性的分類，其實它也可以共時地存在着，我們自然也可
以依其三變分析假借義。不過，我們也了解段說基本上是針對許
愼《說文》而論，倘若我們就先秦古籍而言，事實上是不容易去
區別「旣有其字」與「譌字自冒」的假借，況且「譌字自冒於假
借」一類，正如同後世所謂的「寫白字」，然而嚴格說來，它仍
屬於「旣有其字」的假借，因此在分類上，個人也不採段說以分
析假借義。

㈣　依形體關係分類

　　呂思勉〈字例略說〉曾討論假借字的字形筆畫有與本字有

關，如借佳爲維的省借，借蓋爲盍的增借，也有純以聲爲借，假借字與本字形體無關如尗借爲豆❼。因此從形體的關係可以分成：假借字與本字形體有關的假借義及假借字與本字形體無關的假借義。但是從形體關係來分析假借義也有不能關照全面的缺點，也就是只能分析有本字的假借義，至於無本字的假借義，則無從說明形體的關係。

㈤　依字音遠近分類

朱駿聲《說文通訓定聲》論假借的字音遠近關係共有四類，他說：

> 假借之例有四：有同音者，如德之爲惪，服之爲𠬝；有疊韻者，如氷之爲棚，馮之爲淜；有雙聲者，如利之爲賴，答之爲對；有合音者，如荒蔚爲萑，蒺藜爲茨。❼

我們固然可依循這樣字音遠近的關係來爲假借義分類，但是如同依形體關係分類的情形，這也是只能就有本字的假借義分析，至於無本字的假借，自然也是無從說明字的遠近關係了。

㈥　依意義關聯分類

林景伊先生《文字學概說》裏分析假借正例爲有義的假借與無義的假借，林先生解釋說：

> 文字除本義外，又有「引申展轉而爲之」的假借義；無義的假借大都爲「語言假借」，僅借其字音，而不借其字義。❼

因此可以據此分假借義爲與本義有關聯的假借義與本義無關聯的假借義。不過，林先生的分類是從許慎「本無其字，依聲託事，令

長是也」的解釋出發，將許說分析得很清楚。但是就字義系統而言，現在引申義與假借義已趨分途，因此本文依據黃季剛先生所稱假借義與形義無關的看法，分析假借義僅就無意義關聯的角度討論。

(七)　依詞性不同分類

容庚《中國文字學義篇》曾將假借分成：專名之假借、代名之假借、形況字之假借、虛助字之假借四類❼，而高玉花撰〈假借爲造字法初探〉一文，也曾論及漢語有些詞只有語法意義而沒有實際意義，也有些爲抽象概念，無形可象，無意可會，所以只能以假借方式記錄實詞與虛詞，因此舉例分析假借字存在各詞類中，有名詞、動詞、形容詞、數詞、量詞、代詞、副詞、介詞、連詞、助詞、歎詞等❽，由此可知假借義可依詞性來分類。這樣的分類，固然可以全面而清楚地分析假借義，不過對於假借義是透過「依聲託事」的方式產生的特質，就不能彰顯出來，這也是這種分類方式不能週全的地方。

(八)　依本字有無分類

依本字的有無來分類，在前面述及「依歷時演變分類」就曾提到段玉裁的說法，不過段氏是從《說文》的立場、歷時的角度分析。另外，黃以周〈令長假借說〉一文則分析假借爲：有其本字、本無其字二類❾，唯黃氏無「譌字自冒爲假借」一類，與段氏小有不同。再者，如裘錫圭《文字學概要》也是依假借所表示的詞是否有本字，區分爲無本字、本字後起、本有本字三類。大

體說來，個人較贊成黃氏的分類，而段氏的「訛字自冒」一類則仍可歸入「本有其字」一類，裘氏的「本字後起」則也可以歸入「本無其字」一類，換言之，倘若要依本字有無分兩類，大致可行，這種分類的特色是可以照顧到假借義的來源。

本文的分類，也是擬以假借義是否有本字而分類，但小有不同，原因是古人假借固然可以用「有」、「無」二分，不過由於假借的來由並非單純，時空並無一致，因此假借義的本字是必須透過嚴格的語音條件與論證才能推尋得出，所以並不是所有原有本字的假借義都能追溯出它的本字，由是個人於《類篇》假借義的分類，則分為：一、有本字的假借義，二、無本字或不知本字的假借義兩大類。而同類之中，前者依假借字與本字的聲韻關係再予分析，後者則進而以詞性分析，以期能兼融上述具有特色的分類方式。

二 假借義的舉例

《類篇》所蒐字義甚為豐富，但也頗為蕪雜，而本節所甄錄的假借義，基本上是根據下列二項原則，審慎篩選而得的：

(1)以《說文》所載本義為基礎。《說文》所載本義雖然未必都是造字時的初義，但畢竟許氏「博采通人，至於小大，信而有徵」，且所釋乃屬隨體詰屈、去古未遠的古文字，因此討論假借義，仍應以此為基礎，否則就如施斧斤而無質碪，假借義則無從比對，無從辨認了。而本節所舉假借義的字例，是以《類篇》各字所列義項中，載有《說文》本義的為主，至於無《說文》本義的則暫不予討論。

(2)審慎論證以求本字。本文於本字的推求，是經審慎地運用

聲音條件推求的，所依據爲陳師新雄《古音學發微》與〈從詩經的合韻現象看諸家擬音的得失〉、〈黃季剛先生及其古音學〉的上古音韻系統。除了考之於上古音韻，並當旁求段玉裁《說文解字注》、朱駿聲《說文通訓定聲》、王念孫《廣雅疏證》等諸家論證以定。例如：

〈糸部〉綝　……癡林切，《說文》止也，一曰善也。「善也」一義，朱駿聲《說文通訓定聲》以爲假借義，假借爲良，他說：「《爾雅‧釋詁》綝，善也。按 令、類、綝一聲之轉，《廣雅》祿、良、賴、睞、戾、靈皆訓善，亦皆與綝爲雙聲，是《爾雅》、《廣雅》九字，良爲正字，其餘皆假借也。」❸而王念孫《廣雅疏證》則說：「《說文》綝，止也。止有安善之意，故字之訓爲止音，亦訓爲善。」顯然王念孫以爲「善也」一義是來自「止」的引申，類似這樣意見不一，而引申義却也可以說得通，本文則不列爲假借義。再者如有諸家對本字的看法有異的時候，本文則採論證較爲充分的一說以定。

茲依上述二項原則，及上一節裏所討論過的分類，舉例如下：

㈠ 有本字的假借義

1. 本字與假借字爲同音的假借義

〈艸部〉蕭　先彫切，《說文》艾蒿切，一曰肅也。　按：「肅」，《說文》釋義爲「持事振敬」與「蕭」義無關，《類篇》「肅」音「息六切」，與「蕭」上古同屬心紐[*s]、覺部[*-əuk]。段注以爲同音通用，朱駿聲以爲假借。

〈艸部〉蔚　紆胃切，《說文》牡蒿也 ❸。一曰艸木盛兒。

按：「艸木盛皃」，朱駿聲以為「鬱」字假借，
段注也以為蔚「多借為茂鬱字」。「鬱」《類篇》
作「紆勿切」，《說文》作「从林鬱省聲」，與
「蔚」字上古同屬影紐 [*ʔ]、沒部 [*-ət]。

〈艸部〉**芥**　居拜切，《說文》菜也。……小艸。　按：
「小艸」，段玉裁於《說文》「丰」下注云：「凡
言艸芥皆丰之假借也」，朱駿聲也以為如此。
「丰」《類篇》音「古拜切」，考其上古音，與
「芥」，都屬於見紐 [*k]、月部 [*-at]。

〈言部〉**詳**　余章切，詐也，又徐羊切，《說文》審議也。
　按：段注以為「詳」「又音羊，為詳狂字」，朱
駿聲也以為「佯」之假借，如《史記•殷本紀》：
「其子懼，乃詳狂為奴」，「佯」《類篇》讀作
「余章切」，與「詳」上古音都屬定紐 [*g]、
陽部 [*-aŋ]。

〈言部〉**詭**　古委切，《說文》責也。一曰詐也。　按：
「詐也」應如朱駿聲謂為「憰」的假借，《文選•
辯亡論》：「成敗貿理，古今詭趣，何也？」李
善注：「詭與憰同」而「憰」《說文》釋義「變
也」。《類篇》「憰」讀「古委切」，上古音同
屬見紐 [*k]，支部 [*-e]。

〈爻部〉**爾**　忍氏切，《說文》麗爾，猶靡麗也。……滿
也。　按：「滿」義的本字應為「濔」字，《說
文》濔，水滿也。《詩經•齊風•載驅》：「垂

轡濔濔」,《傳》:「濔濔,衆也。」,《經典
釋文》本作「爾爾」並注:「本亦作濔」。「濔」
《類篇》音「乃禮切」與「爾」上古音皆屬泥紐
[*n]、脂部[*-ɐi]。

〈邑部〉邪 ……緩也。……謂不正也。……又余遮切,
《說文》琅邪郡。 按:「緩」義的本字應爲
「徐」字,《詩•邶風•北風》:「其虛其邪」,
馬瑞辰《毛詩傳箋通釋》說:「箋之邪讀爲徐,
瑞辰按:……邪者,徐之同音假借」❷,「徐」
《類篇》讀作「祥余切」與「邪」上古音均屬定
紐[*g]、魚部[*-ɑ]。「謂不正也」一義,
朱駿聲以爲本字作「衺」,「衺」《類篇》讀作
「徐嗟切」,與「邪」上古音也都屬定紐[*g]、
魚部[*-ɑ]。

〈禾部〉租 ……包也,又宗蘇切,《說文》田賦。……
包裹也。 按:「包也」、「包裹也」二假借義
的本字應即「菹」字,據《周禮•春官•司巫》:
「菹館」鄭注:「菹館或爲租飽,……租飽,茅
裹肉也。」,《說文》:「菹,茅藉也」,「菹」
《類篇》讀作「子余切」,與「租」上古音同屬
精紐[*ts]、魚部[*-ɑ]。

〈衣部〉裎 ……一曰佩紟謂之裎。……又丑郢切,袒
也。 按:「佩紟」一義,朱駿聲以爲「綎」的
假借,《方言•卷四》:「佩紟謂之裎」注:

「所以系玉佩之帶也」，《說文》：「綎，系綬
也。」，《廣雅疏證》：「綎與裎，古字通」，
「綎」《類篇》音「他丁切」，與「裎」上古音
同屬透紐［*t'］、耕部［*-eŋ］。

〈次部〉羨　……溢也。……餘也。又似面切，《說文》
貪也。　按：「溢也」、「餘也」二義，段注、
朱駿聲均以爲「衍」的假借，段玉裁於「衍」下
注：「衍引伸爲凡有餘之義，假羨字爲之。」，
「衍」《類篇》音「以淺切」，與「羨」字上古
音同屬定紐［*d'］，　元部［*-an］。

〈心部〉意　……恨聲，……又於記切，《說文》从心察
言而知意也。……辭也。　按：朱駿聲以爲「恨
聲」與「辭也」二意均爲「噫」的假借，「噫」
《類篇》讀作「於其切」，與「意」字上古音同
屬影紐［*ʔ］、職部［*-ək］。

〈水部〉混　……又戶袞切，《說文》豐流也。一曰雜流。
按：「雜流」一義，段玉裁於「混」下注說《說
文》混溷義別，今人用混爲溷，朱駿聲也以爲
「溷」的假借，「溷」《類篇》讀作「胡昆切」，
上古音同屬匣紐［*ɣ］、諄部［*-ən］。

〈水部〉沾　……闞也，又他兼切，《說文》水出壺關東
入淇。　按：「闞」義，段注、朱駿聲均以爲
「覘」的假借，「覘」《類篇》讀作「癡廉切」，
與「沾」上古音都屬於透紐［*t'］、添部［*-em］。

〈水部〉滿　母伴切，《說文》盈溢也。……煩也。　按：
「煩也」一義，段玉裁於《說文》「懣」下注：
「古亦叚滿爲之」，「懣」《類篇》讀作「母本
切」，與「滿」上古音都屬於明紐 [*m]、諄部
[*-ən]。

〈水部〉洎　……巨至切，《說文》灌釜也。一曰及也。
按：「及也」一義，段注、朱駿聲均以爲「泉
」的假借。「泉」《類篇》讀作「其冀切」，與
「洎」上古音都屬於匣紐 [*ɣ]、質部 [*-et]。

〈魚部〉鮮　相然切，《說文》魚名，出貃國。一曰鳥獸
新殺曰鮮。……尠少也。　按：「鳥獸新殺」、
「尠少也」，段玉裁以爲「鱻」、「尟」二字的
假借，他在《說文》「鮮」字下注：「按此乃魚
名，經傳乃叚爲新鱻字，又叚爲尟少字，而本義
廢矣」，朱駿聲的說法同於段氏，「鱻」《類篇》
讀作「相然切」，「尟」讀作「思淺切」，與「鮮」
上古音都屬於心紐 [*s]、元部 [*-an]。

〈手部〉拾　寔入切，《說文》掇也。一曰射韝。　按：
「射韝」一義，朱駿聲疑爲「揸」字的假借，
《說文》：「揸，縫指揸也。……一曰韋韜」，
段注：「謂如射韝，韜於臂者。」，「揸」《類
篇》讀作「達合切」，與「拾」上古音皆屬定紐
[*d′]、緝部 [*-əp]。

〈金部〉鏑　……玉聲也。……又楚耕切，《說文》鍾聲

也。　按：「玉聲也」一義，段玉裁注《說文》，
於「瑲，玉聲也」下注作「鏘」爲假借，「瑲」
《類篇》讀作「千羊切」，與「鏘」上古音都屬
於清紐［*ts′］、陽部［*-aŋ］。

〈金部〉錄　……又龍玉切，《說文》金色也。……記也。
按：「記也」一義，朱駿聲以爲「彔」的假借，
「彔」《類篇》音「盧谷切」，與「錄」上古音
同屬來紐［*l］、屋部［*-auk］。

〈金部〉錪　……春穀去皮。……又測洽切，《說文》綴衣鍼
也。　按：「春穀去皮」一義的本字應即是「舂」
字，《說文》：「舂，春去麥皮也」，「舂」《類
篇》讀作「測洽切」，與「錪」上古音都屬於清
紐［*ts′］、帖部［*-ɐp］。

〈𨸏部〉防　符方切，《說文》隄也。……比也。　按：
朱駿聲以爲「比」義，「並」的假借，《說文通
訓定聲》引《詩・秦風・黃鳥》：「百夫之防」，
毛傳：「防，比也。」，「並」《類篇》讀作
「蒲迥切」，與「防」上古音同屬並紐［*b′］、
陽部［*-aŋ］。

2. 本字與假借字爲疊韻的假借義

〈艸部〉芘　頻脂切，《說文》艸也。……蔭也。　按：
「蔭也」一義，朱駿聲以爲「庇」字的假借，《說
文》釋「庇」義作「蔭也」可證，「庇」《類篇》
讀作「必至切」，上古音屬幫紐［*P］、脂部

［*-ɐi］，「芘」上古音則屬並紐［*b′］、脂部
［*-ɐi］，二字屬疊韻、旁紐雙聲的聲韻關係。

〈艸部〉苗　眉鑣切，《說文》艸生於田者。一曰夏獵曰
苗。　　按：「夏獵曰苗」一義，朱駿聲以爲「獠」
的假借，「獠」《類篇》讀作「憐蕭切」，與
「苗」上古韻部都屬於宵部［*-ɐu］，唯「獠」上
古聲紐屬來紐［*l］，「苗」則屬［*m］。

〈口部〉譏　居希切，《說文》小食也。一曰唏也，衬爲
象箸而箕子譏。　　按：《說文》：「唏，笑也，
从口希聲，一曰哀痛不泣曰唏。」，而「唏」《類
篇》讀作「香衣切」，與「譏」上古韻部同屬微
部［*-əi］，然「譏」上古聲紐屬見紐［*k］，「唏」
則屬曉紐［*x］，所以「唏」爲「譏」具聲母喉
牙音近，且有疊韻關係的假借義。

〈口部〉呈　馳成切，《說文》平也。……通也。　　按：
《說文》：「逞，通也」，《左傳・僖公・二十
三年》：「殺人以呈」，《經典釋文》：「本或
作逞」，而「逞」《類篇》讀作「丑郢切」，與
「呈」上古韻部都屬耕部［*-əŋ］，「逞」上古
聲紐屬透紐［*t′］、「呈」屬定紐［*d′］，由上
可證「通」義的本字爲「逞」，屬疊韻而旁紐雙
聲的假借。

〈辵部〉逢　符容切，《說文》遇也。一曰大也。　　按：
「大也」一義，朱駿聲以爲「豐」字的假借，

「豐」《類篇》讀作「敷馮切」，上古音屬滂紐
[*p']、東部 [*-auŋ]，「逢」上古音屬並紐
[*b']、東部 [*-auŋ]，所以二者屬於疊韻、
旁紐雙聲的假借關係。

〈言部〉**詩**　申之切，《說文》志也。一曰承也，持也。
按：「承也，持也」，段注、朱駿聲都以為「持」
的假借，「持」《類篇》讀作「澄之切」，上古
音屬定紐 [*d']、之部 [*-ə]，「詩」上古音屬
透紐 [*t']、之部 [*-ə]，二者為疊韻並旁紐雙
聲。

〈目部〉**䁑**　女利切……《說文》深目兒。一曰塞也。
按：「塞也」一義，朱駿聲以為「𦧲」的假借，
《說文》：「𦧲，塞口也」，《廣雅》：「𦧲，
塞也」，「𦧲」《類篇》讀作「乎刮切」，上古
音屬匣紐 [*ɤ]、月部 [*-at]，「䁑」上古音屬
泥紐 [*n]、月部 [*-at]。

〈羽部〉**翁**　烏公切，《說文》頸毛也。一曰老稱。　按：
「老稱」一義，段玉裁於「翁」下注：「俗言老
翁者，假翁為公也。」朱駿聲也有這樣的說法，
「公」《類篇》讀作「古紅切」，上古音屬見紐
[*K]、東部 [*-auŋ]、「翁」上古音屬影紐
[*ʔ]、東部 [*-auŋ]。

〈肉部〉**脩**　……中尊也，又思留切，《說文》脯也，一
曰長也。　按：「中尊」一義，朱駿聲以為「卣」

字的假借，《爾雅・釋器》：「卣，中尊也」郝
懿行《爾雅義疏》於「彝卣，罍器也」下也以爲
經籍「卣」作「脩」爲通借。「卣」《類篇》讀
作「夷周切」，上古音屬定紐［＊d′］、幽部［＊
-əu］，而「脩」上古音屬心紐［＊s］、幽部［＊
-əu］。「長也」一義，朱駿聲則以爲「鋚」的假
借，《說文》：「鋚，疾也，長也」，「鋚」
《類篇》音「丑鳩切」，上古音屬透紐［＊t′］、
幽部［＊-əu］，與「脩」也是叠韻。

〈曰部〉**沓** 達合切，《說文》語多沓也。遼東有沓縣。
一曰合也。 按：朱駿聲以爲「合也」一義爲
「佮」的假借，《說文》：「佮，合也。」，
「佮」《類篇》讀作「葛合切」，上古音屬見紐
［＊K］、緝部［＊-əp］，「沓」上古音屬定紐［＊d′］、
緝部［＊-əp］。

〈去部〉**朅** 丘竭切，《說文》去也。一曰武壯兒。 按：
「武壯兒」，朱駿聲以爲「趨」字的假借，《類
篇》「趨」音「居月切」，與「朅」上古韻部同
屬月部［＊-at］，而「趨」上古聲紐屬見紐［＊K］，
「朅」屬溪紐［＊K′］，二者爲旁紐雙聲，聲近。

〈貝部〉**贛** 古送切，《說文》賜也。……愚也。 按：
「愚也」一義應是「戇」的假借，《說文》：
「戇，愚也。」，「戇」《類篇》讀作「丑用切」，
上古音屬透紐［＊t′］、添部［＊-əm］，「贛」上

　　　　古音屬見紐［＊K］、添部［＊-ɐm］。

〈日部〉**時**　市之切，《說文》四時，一曰伺也。　　按：

　　　　「伺也」一義也是本字，考《廣雅・釋言》：「時，

　　　　伺也」，《論語・陽貨》：「孔子時其亡也，而

　　　　往拜之。」孔穎達《疏》：「謂伺虎不在家時，

　　　　而往謝之也。」，「伺」《類篇》讀作「相吏切」，

　　　　上古音屬心紐［＊s］、之部［＊-ə］，「時」上古

　　　　音屬定紐［＊dˊ］、之部［＊-ə］。

〈㫃部〉**旋**　旬宣切，《說文》周旋，旌旗之指麾也。一

　　　　曰疾也。　　按：「疾也」一義，朱駿聲以爲「趨」

　　　　字的假借，《說文》：「趨，疾也」，「趨」《類篇》讀

　　　　作「許元切」，上古音屬曉紐［＊X］、元部［＊-an］，

　　　　「旋」上古音屬定紐［＊dˊ］、元部［＊-an］。

〈人部〉**侵**　千尋切，《說文》漸進也。……一曰五穀不

　　　　升謂之大侵。　　按：「五穀不升謂之大侵」一義，

　　　　朱駿聲以爲「祲」的假借，《說文》：「祲，精

　　　　气感祥」，「祲」《類篇》讀作「咨林切」，上

　　　　古音屬精紐［＊ts］、侵部［＊-əm］，「侵」上古

　　　　音屬清紐［＊tsˊ］、侵部［＊-əm］，二者疊韻並

　　　　旁紐雙聲。

〈頁部〉**頓**　都困切，《說文》下首也。……不利也。

　　　　按：「不利」一義，段注、朱駿聲都以爲「鈍」

　　　　字的假借，《史記・屈賈列傳》：「莫邪爲頓兮」

　　　　司馬貞《索隱》：「頓讀爲鈍」。「鈍」《類篇》

讀作「徒困切」，上古音屬定紐［＊d′］、諄部
［＊-ən］，「頓」上古音屬端紐［＊t］、諄部［＊-ən］，
二者疊韻且旁紐雙聲。

〈馬部〉騃 ……又語駭切，《說文》馬行仡仡也。……
童昏也。　按：「童昏也」應為「騃」的假借，
《方言・第十》：「騃，騃也」，「騃」《類
篇》音「養里切」，上古音屬定紐［＊g］、之部
［＊-ə］，「騃」上古音屬疑紐［＊ŋ］、之部［＊-ə］，
二者上古聲紐同屬喉牙音，且具疊韻關係。

〈鹿部〉麃 ……麃麃，武皃。又蒲交切，《說文》麐屬。
按：「麃麃，武皃」，段玉裁以為「儦」的假借，
他在《說文》「麃」下注說：「《詩・鄭風》駟
介麃麃。《傳》云武皃，蓋儦儦之叚借字也。」，
「儦」《類篇》讀作「悲嬌切」，上古音屬幫紐
［＊p］、宵部［＊-ɐu］，「麃」上古音屬並紐［＊b′］、
宵部［＊-ɐu］，二者疊韻並旁紐雙聲。

〈水部〉洋 ……又徐羊切，《說文》水出齊臨朐高山東
北入鉅定，一曰洋洋，水盛貌。　按：朱駿聲以
為作「洋洋水盛貌」為「泱」字的假借，「泱」
《類篇》讀作「於良切」，上古音屬影紐［＊ʔ］、
陽部［＊-ɑŋ］，「洋」上古音屬定紐［＊g］、陽
部［＊-ɑŋ］，二者聲紐同屬喉牙音，且為疊韻關係。

〈手部〉拾 寔入切，《說文》掇也。……一曰劍削。
按：「劍削」一義，朱駿聲以為「拾」字的假借，

《說文》：「柙，劍柙也」，「柙」《類篇》讀
作「葛合切」，上古音屬見紐［*K］、緝部［*-əp］，
「拾」上古音屬定紐［*d′］、緝部［*-əp］。

〈弓部〉彊　渠良切，《說文》弓有力也。……界也……
死不朽也。　按：「界也」一義，朱駿聲以爲
「彊」的假借，《說文》：「畺，界也」，畺或
作壃，从土彊聲。「彊」《類篇》讀作「居良切」，
上古音屬見紐［*K］、陽部［*-aŋ］，「彊」上古
音屬匣紐［*ɣ］、陽部［*-aŋ］。又「死不朽」一
義，應即「殭」的假借，《廣韻·漾韻》：「殭，
屍勁硬也」，「殭」《廣韻》讀作「居良切」，
上古音屬見紐［*K］、陽部［*-aŋ］，與「彊」也
是疊韻關係。

〈虫部〉蟠　符袁切[83]，蟲名，《說文》鼠婦也。……曲
也。……一曰龍未升天謂之蟠。　按：作「曲也」
或「未升天的蟠龍」二義，段玉裁都以爲「般旋」
字的假借。《廣雅·釋詁一》：「蟠，曲也」，
《尚書大傳·虞夏傳》：「蟠龍賁信於其藏」，
《注》：「蟠，屈也」，「般」《類篇》讀作「逋
潘切」，上古音屬幫紐［*p］、元部［*-an］，
「蟠」上古音屬並紐［*b′］、元部［*-an］。

〈糸部〉纂　祖管切，《說文》文組而赤。一曰集也。
按：「集也」一義，朱駿聲以爲「欑」的假借，
《說文》：「欑，積竹杖。……一曰叢木。」段

注：「蒼頡篇云：欑，聚也。」，「欑」《類篇》
讀作「徂丸切」，上古音屬從紐［*dzʼ］、元部
［*-an］，「纂」上古音屬精紐［*ts］、元部
［*-an］。

〈辡部〉**辨**　……又皮莧切，《說文》判也。……匝也。
按：「匝也」一義為「徧」字的假借，《說文》：
「徧，帀也」，《廣雅·釋詁》：「周、帀、辨、
接、遍、延、徧也。」王念孫《疏證》：「定八
年左傳：子言辨舍爵於季氏之廟而出。杜預注云：
辨猶周徧也，辨、辯、徧並通。」「徧」《類
篇》音「卑見切」，上古音屬幫紐［*p］、眞部
［*-ɐn］，「辨」上古音屬並紐［*bʼ］、眞部［*
-ɐn］。

〈酉部〉**酢醋**　倉故切，《說文》醶也。或作醋，又並疾
各切，客酌主人也。　　按：《說文》「酢」的本
義為「醶」，「醋」的本義為「客酌主人」二者
原互不相關，然又互為假借，《爾雅·釋詁》：
「酢，報也」，段玉裁於「酢」下注：「今俗皆
用醋，以此為酬酢字。」朱駿聲於「酢」下說「酢
假借為醋」，而「醋」下說：「今以為酢醶字」。
「醋」上古音屬從紐［*dzʼ］、鐸部［*-ɑK］，
「酢」上古音屬清紐［*tsʼ］、鐸部［*-ɑK］，二
者叠韻並旁紐雙聲。

3.本字與假借字為雙聲的假借義

〈王部〉靈　郎丁切，《說文》靈巫以玉事神。一曰善也。
　　　　按：「善也」一義應為「令」字的假借，《爾雅·
　　　　釋詁》：「令，善也」，《廣雅·釋詁》：「靈，
　　　　善也」，《詩·鄘風·定之方中》：「靈雨既零」
　　　　鄭箋：「靈，善也」。「令」《類篇》讀作「力
　　　　正切」，上古音屬來母［*l］、眞部［*-ɛn］，
　　　　「靈」上古音屬來母［*l］、耕部［*-ɛŋ］，二者
　　　　聲紐相同為雙聲，韻部則主要元音相同，韻尾相
　　　　近屬旁轉關係。

〈臼部〉要　伊消切，《說文》身中也。……約也。　　按：
　　　　「約也」朱駿聲以為正是假借的本字。《淮南子·
　　　　原道》：「而柔弱者，道之要也。」注：「要，
　　　　約也」，「約」《類篇》讀作「乙却切」，上古
　　　　音屬影紐［*ʔ］、藥部［*-ɐuk］，「要」上古音
　　　　屬影紐［*ʔ］、宵部［*-ɐu］，二者聲紐相同，韻
　　　　部則屬陰入對轉的關係。

〈聿部〉肅　息六切，《說文》持事振敬也，从聿在⿰上，
　　　　戰戰兢兢也。一曰進疾也。　　按：段注、朱駿聲
　　　　都以為「進疾」一義為「速」字的假借，《說文》：
　　　　「速，疾也」，「速」《類篇》音「蘇谷切」，
　　　　上古音屬心紐［*s］、屋部［*-ɑuk］，「肅」上
　　　　古音也屬心紐［*s］、但屬覺部［*-əuk］，二者
　　　　雙聲，韻部則僅主要元音不同，為旁轉的關係。

〈缶部〉缺　傾雪切，《說文》器破也。……卷幘也。

按：「卷幘」一義應為「頯」字的假借。《儀禮·
士冠禮》：「緇布冠缺項」，鄭玄注：「缺讀如
有頯者弁之頯。緇布冠無笄者，著頯圍髮際，結
項中。⋯⋯今未冠笄者著卷幘，頯象之所生也。」
「頯」字《類篇》漏收，《集韻》讀作「犬絫切」，
上古音屬溪紐［*K′］、支部［*-ɐ］，「缺」上
古聲紐也屬溪紐［*K′］、但韻部則在月部［*-at］。

〈日部〉**時** 市之切，《說文》四時。⋯⋯一曰是也。

按：朱駿聲以為「是」即假借的本字，《爾雅·
釋詁》：「時，是也」，「是」《類篇》讀作「承
旨切」，上古音屬定紐［*d′］、支部［*-ɐ］，
「時」上古音屬定紐［*d′］、之部［*-ə］，二
者為雙聲並古韻旁轉。

〈禾部〉**稅** 輸芮切，《說文》租也。⋯⋯黑衣。 按：
「黑衣」一義應為「褖」字的假借。《禮記·雜
記》：「繭衣裳與稅衣」孔穎達疏：「稅衣者，
稅謂黑衣也。」又《禮記·玉藻》：「士褖衣」，
鄭玄注：「褖或作稅」，孔穎達疏：「鄭注士喪
禮，褖之言緣，黑衣裳以赤緣之。」，「褖」《類
篇》音「吐玩切」，上古音屬透紐［*t′］、元部
［*-an］，「稅」上古音屬透紐［*t′］、月部［*-at］，
二者雙聲並韻部陽入對轉。

〈人部〉**依** 於希切，《說文》倚也。⋯⋯譬喻也。 按：
「譬喻也」一義，陳師新雄〈禮記學記「不學博

依不能安詩」解〉一文考證爲「癮」字的假借❸❹，
「癮」《類篇》讀作「倚謹切」，上古音屬影紐
[*ʔ]、諄部 [*-ən]，「依」上古音屬影紐 [*ʔ]、
微部 [*-əi]，二者雙聲並韻部陰陽對轉。

〈仌部〉冶　以者切，《說文》銷也。一曰女態也。　按：
「女態也」一義，朱駿聲以爲「野」字的假借，
並引《易・繫辭傳》說：「冶容誨淫，陸、虞、
姚、王本皆正作『野』，台予雙聲。」，「野」
《類篇》讀作「以者切」，上古音屬定紐[*d′]、
魚部 [*-ɑ]，「冶」上古音屬定紐[*d′]、之部
[*-ə]。

〈金部〉錄　……又龍玉切，《說文》金色也。……寬省
也。　按：「寬省」一義，段注、朱駿聲都以爲
「慮」的假借，《荀子・修身》：「程役而不錄」
楊倞注：「錄，檢束也」，「慮」《類篇》讀作
「良據切」，上古音屬來紐 [*l]、魚部 [*-ɑ]，
「錄」上古音屬來紐 [*l]、屋部 [*-ɑuk]。

㈡　無本字或不知本字的假借義

　　1.名詞

〈艸部〉芮　儒稅切，《說文》芮，芮艸生兒。一曰國名。
〈艸部〉蔡　七蓋切，《說文》艸也，一曰國名。
〈艸部〉蒜　蘇貫切，《說文》葷菜，一曰山名。
〈艸部〉葛　……《說文》絺綌艸也，亦姓。

〈艸部〉薛　私列切,《說文》艸也。……一曰國名,亦姓。

〈彳部〉徐　祥余切,《說文》安行也。又州名,亦姓。

〈内部〉商　尸羊切,《說文》从外知內也。……一曰契
　　　　　　所封地名,亦姓。一曰徵音之所生。

〈肉部〉肉　胾肉,象形。……又如又切,錢璧之體。

〈旨部〉嘗　辰羊切,《說文》口之味也。……一曰秋祭
　　　　　　名,亦姓。

〈木部〉松　祥容切,《說文》木也,亦州名。

〈貝部〉賀　何佐切,《說文》以禮相奉慶也。亦姓。

〈日部〉暭　下老切,《說文》暭旰也,亦姓。

〈臼部〉舂　書容切,《說文》擣粟也,古者雝父初作舂,
　　　　　　一曰山名,日所入。……荊山別名。

〈水部〉滈　下老切,《說文》久雨也,一曰水名,在鄠。

〈門部〉開　丘哀切,《說文》張也,一曰姓也,亦州名
　　　　　　……山名,在雍州。

〈手部〉揚　余章切,《說文》飛舉也,又州名。

〈女部〉婺　亡遇切,《說文》不繇也,一曰星名、州名。

〈田部〉留　力求切,《說文》止也,……星名。

〈田部〉畤　而由切,《說文》和田也,一曰鄭地名。

〈水部〉混　……混夷,西戎名,又戶袞切,《說文》豐流也。

〈金部〉鑠　朱戍切,《說文》銷金也。一曰國名,亦姓。

〈𨸏部〉防　符方切,《說文》隄也。……邑里之名。

　　2.副詞

〈烏部〉焉　……於虔切,《說文》焉鳥黃色出於江淮,象形。

……一曰何也。

〈血部〉盍　轄臘切，《說文》覆也。一曰何不也。

〈富部〉良　呂張切，《說文》善也。一曰甚也。

〈木部〉柰　乃帶切，《說文》果也。一曰那也。……能也。

〈邑部〉邪　……又余遮切，《說文》琅邪郡，一曰疑辭。

〈火部〉然　如延切，燒也。一曰如也。

〈水部〉況　許放切，《說文》寒水也，一曰益也。

〈虫部〉雖　宣佳切，……《說文》似蜥蜴而大，一曰不定，一曰況辭❸。

3. 代名詞

〈爻部〉爾　忍氏切，《說文》麗爾，猶靡麗也。一曰汝也。

4. 動詞

〈心部〉意　……於記切，《說文》从心察言而知意也。……度也。

5. 量詞

〈卜部〉兆　直紹切，《說文》灼龜坼也，从卜兆，象形。一說十億曰兆。

〈黑部〉墨　……蜜北切，《說文》書墨也。……一曰度名，五尺曰墨。

〈頁部〉頃　去營切，《說文》頭不正也。……田百畝也。

6. 歎詞

〈口部〉咨　津夷切，《說文》謀事曰咨，一曰嗟也。…

…歎聲。

第三節 《類篇》假借義的幾個現象析論

在上一節所甄錄的 91 一條字例裏，我們看出意義在經假借之後，所生成幾個形音義上的現象，茲分別論述如下：

一 假借義所屬本字的諧聲現象

在上一節的 91 條字例裏，其中有本字的假借義有 55 條，而這 55 條裏，有 5 條是在同一條內載有二個假借義字例，因此實際上是 60 個字例。這當中假借字跟本字之間，具有諧聲關係的，則有 26 個字例，茲依它們的諧聲的三種情形列舉如下：

㈠ 假借字與本字諧聲相同而形符不同

例如：詳：佯❽、詭：恑、邪：衺、裎：裎、沾：覘、泊：㲋、芘：庇、詩：持、脩：餚、楬：趨、頓：鈍、拾：枱、彊：殭。

㈡ 假借字為本字的諧聲

例如：爾：灟、租：菹、意：噫、滿：㵼、呈：逞、韻：戀、侵：祲❿、麃：儦、彊：疆。

㈢ 本字為假借字的諧聲

例如：蕭：蕭、錄：彔、錘：舌、翁：公。

其餘的字例雖然不具有諧聲關係，但是有的却形符相同，這樣的字例有 7 例：

混：涽、嘰：唏、洋：泱、鮮：魚、拾：揢、酢：醋、醋：酢。

另外還有形符雖然不同但有些關聯，如：蔚：鬱，从艸與从林，在意義上相近，又如：芥：丰，从艸與艸蔡，在意義上也相近。諸如此類，似乎顯示有一半以上的字例，它們的本字跟假借字在形構上，具有某種程度的關聯，可是不能就認定它們在意義上必然也有某種程度的關聯，因為這些假借義跟本義之間，並不存在有具引申特質的「遺傳義素」。而本字跟假借字的諧聲關係，之所以會佔有較高的比例，其原因在於同聲符的字，必然是「依聲託事」最便於使用的假借字，而其所重原本就在「聲音」的條件，而不在「意義」的關聯，因此，即使恰巧有關聯，也應如裘錫圭《文字學概要》所說「應該有很多是無意中造成的」❸，至於形符上的不免相關，也是由於假借義與本義的範疇相近，意象相關的緣故，像這樣也不能視為假借義與本義有形義上的關聯。

二　假借義所屬本字的聲韻現象

由於個人考求假借義所屬的本字時，採取較嚴格的「依聲」條件，因此，有本字假借義的 60 個字例裏，本字與假借字的聲韻關係情形，大抵如下表：（見下頁）

由表中可見本文純粹為雙聲或疊韻的例字，只有 12 例，僅佔全部的 20 %，其餘為同音、或疊韻並聲紐相近、或雙聲並韻

聲　韻　關　係	例數
同　音	23例
叠韻並旁紐雙聲	16例
叠韻並同位雙聲	1例
叠　韻	11例
雙聲並韻部旁轉	4例
雙聲並韻部對轉	4例
雙　聲	1例

部相近的例字。

　　另外，在無本字或不知本字的假借義，屬副詞一類的例字中，有一個急讀、緩讀的例字值得注意，它是：

　　　　〈血部〉衋　轄臘切，《說文》覆也。一曰何不也。
這類的假借，爲王筠《說文釋例》所謂「二合音」，朱駿聲《說文通訓定聲》所謂「合聲」的「依聲」方式❸。「衋」與「何不」的聲韻關係十分接近，「衋」上古音屬匣紐、盍部，其音值可以擬作[*ɣap]，而「何不」則需由兩字結合而成，前者「何」字上古音屬匣紐、歌部，音值可擬作[*ɣɑ]以作爲聲紐、主要元音，後者「不」字則取其上古聲紐幫紐[*p]以作爲韻尾塞音，將「何不」急讀則結合作[*ɣap]。這一類的假借，已不是單純假借字與本字的問題，它已是語詞的問題，值得另外深入探究。

三　假借義與本字意義的關聯現象

當假借義通過聲音的條件而寄生在假借字上，然而它在寄生之時，究竟是屬於本字的本義、引申義、假借義的那一種字義呢？其實從上一節所載的例字裏，我們可以清楚地看出，這三種字義都有，茲分別舉例如下：

㈠　假借義為本字的本義

例如：芥：丰、裎：綎、沾：觇、鮮：鱻、芘：庇、杳：佮、贛：戇、脩：侳、肅：速、旋：趡、頓：鈍、辨：徧、酢：醋、醋：酢、拾：揸。

㈡　假借義為本字的引申義

例如：蔚：鬱、混：溷、詭：恑、泊：㤉、睊：𣅦、侵：祲、纂：欑。

㈢　假借義為本字的假借義

例如：意：噫。

在上列的例字裏，由於上一節舉例推證本字時多已涉引《說文》，所以屬本字的本義，暫不贅論，略作參照自可明白，至於引申義，則再從裏面取數例進一步說明，例如：《類篇》載「詭」的本義為「責也」、假借義「詐也」，我們也論證「詐也」的本字為「恑」，然《說文》釋「恑」的本義為「變也」，我們可以說「詐也」是從本義「變也」引申而來的引申義。又如：「泊」字

有本義「灌釜也」、假借義「及也」，今已論證「及也」一義的本字爲「㑙」，「㑙」《說文》釋義爲「眾與詞也」，所以「及也」一義爲從「眾與詞」引申而來的引申義。再如：「纂」字的本義爲「文組而赤」，假借義爲「集也」，今已證「集也」的本字爲「欑」，《說文》釋「欑」義爲「叢木」，所以「集也」是從「叢木」引申而來的引申義。至於本字的假借義，也當進一步說明，《類篇》載有「意」字的本義爲「从心察言而知意也」，並有假借義「恨聲」、「辭也」，我們已論證假借義的本字爲「噫」字，而「噫」《說文》釋義爲「飽出息也」，而作「恨聲」、「辭也」，則當是「本無其字」的假借義，因爲假借而有了本字，而後再度被假借而寄於「意」字，像這種假借再假借的假借義，實在特殊，但有可能是第一次假借之後，「噫」作「恨聲」、「辭也」已是一種常用義，而因此再被假借。

四 假借義的常用現象

在字義的類型裏，本義爲所有字義的根基，引申義爲充滿生命力的字義運動主體，而假借義在表面上是與本義、引申義無關，純粹是透過語音的條件而寄生的，雖然有些假借義，只是一種臨時性的替代，但是有的竟然成爲約定俗成的常用義，它取代了本字的地位，成爲假借字的重要義項，這也就是古人所謂「久假不歸」的現象。在上一節所載《類篇》有本字的假借義一類的例字裏，屬於臨時性假借義的，例如：詳：佯、芘：庇、頓：鈍、辦：徧、贛：戇、肅：速、時：伺、沾：覘等，而無本字或不知本字的假借義，其例字則如：蒜、肉、嘗、松、鑄、防、墨……等，

基本上這些例字裏的假借義，它是不能取代本字，或假借字原有
常用義的地位。至於「久假不歸」成為約定俗成常用義，在有本
字的假借義例字裏，例如：鮮：鱻、脩：修、詭：恑、混：溷、
篡：攢、洦：泉、邪：衺……等，這假借義已取代了本字的地
位，成為假借字的常用義，在無本字或不知本字的假借義例字
裏，例如：蔡、薛的借作姓氏；爾的借作朝代名、姓氏、音律；
焉、盍、奈、邪、然、雖的借作副詞；爾的借作代名詞；咨的借
作歎詞；也都是假借義為常用義的情形。

五　假借字義的互借現象

在所舉《類篇》的假借義例字當中，有一互借的例字值得注
意，這個例字即是。

〈酉部〉**酢醋**　倉故切，《說文》醶也，……客酌主人也。
酢與醋在《說文》裏原本就各有本義，各互不相干，然而由於二
者的音韻關係為疊韻並旁紐雙聲，語音極為接近，因此互為假借，
然而從《類篇》排列為同一字條的情形看來，編者已視這兩字為
意義完全相同的異體字了，這種由於音近而互為假借，最後竟然
形成異體字的特殊現象，值得注意。不過，就中古時期而言，視
為異體字，我們無法說它不對，然而時至今日，「酢」字二義並
都常用，而「醋」字則以「醶」義為常用，原來「客酌主人」的
本義，已成為罕用義了，二字在音義上並沒有完全相等，因而可
以不必再視為異體字了。

六　訛字造成的假借現象

在有本字的假借義的叠韻假借例字裏，有如下一例：

〈手部〉拾　實入切，《說文》掇也。……一曰劍削。

我們推考「劍削」一義的本字爲「栣」，「拾」「栣」二字的形義，其實原本是互不相關的，但是由於它們具有叠韻的聲韻關係，我們稱之爲假借。然而若仔細地推敲起來，「栣」之所以會假借作「拾」，形近而訛俗的可能性，也許更大一些。漢字於魏晉隋唐間，俗寫流行，據潘師重規〈敦煌卷子俗寫文字與俗文學之研究〉一文，歸納唐代敦煌俗寫中有偏旁無定、木才偏旁混用不別的情形❾，可見得中古時期是有可能將「栣」寫作「拾」，而造成了假借的現象。

註　釋

❶ 參見王力《龍蟲並雕齋文集》第三集，pp.6-10。

❷ 參見第五章，〈論引申義的特質〉一節的論述。

❸ 參見章太炎先生《國故論衡》p.52。

❹ 參見呂思勉《字例略說》，載於其《文字學四種》p.201引。

❺ 參見商務印書館印四部叢刊本《戴東原集》p.40。

❻ 參見同註❸，p.47。

❼ 參見潘師重規《中國文字學》p.84。

❽ 參見陸先生《說文解字通論》p.64，或黃建中·胡培俊合著《漢字學通論》pp.213-214所引。

❾ 參見商務印書館印四庫全書本戴侗《六書故·六書通釋》pp.6-7。

❿ 參見《說文通訓定聲·通訓》p.8。

⓫ 參見《說文通訓定聲·轉注》p.12。

⓬ 參見該書p.32。

⓭ 參見唐蘭《中國文字學》p.72。

⓮ 參見高亨《文字形義學概說》p.82；龍宇純《中國文字學》pp.90-91；向夏《說文解字敘講疏》pp.122-123；劉又辛《通假概說》p.10；裘錫圭《文字學概要》p.103；黃建中·胡培俊合著《漢字學通論》p.214；陳振寰〈六書說申許〉一文，刊載於《語言文字學月刊》，1992:2, p.137。

⓯ 參見該書p.121。

⓰ 參見林尹先生《文字學概說》p.185。

⓱ 參見《文字學音篇·文字學形義篇》pp.134-135。

⓲ 參見顧炎武《音論》下所引。

⓳ 參見同註❷。

⓴ 參見章太炎先生《國學略說·小學略說》p.16；《國故論衡·轉注假借說》p.52。

㉑ 該文載於臺灣師大《國文學報》21 期，參見該文 p.232。

㉒ 參見同注 ❾。

㉓ 楊說參見同注 ⓰ p.56所引。

㉔ 參見同注 ❺。

㉕ 段說參見《說文解字注》p.762；王說參見《說文釋例·六書總說》，載於《說文解字詁林正補合編》1 冊，p.1345；朱說參見《說文通訓定聲·自敍》，p.5。

㉖ 參見汪榮寶〈轉注說〉，載於《說文解字詁林正補合編》1 冊，p.879；戴君仁《中國文字構造論》p.107；高師仲華〈許慎之六書說〉，載於《高明小學論叢》p.163；潘師石禪《中國文字學》p.84；向夏《說文解字敍講疏》p.125；周秉鈞《古漢語綱要》p.64；馬敍倫《說文解字六書疏證》29 卷，p.3750；顧正《文字學》p.40；高玉花〈假借爲造字法初探〉，載於《古漢語研究》二輯，p.98。

㉗ 參見《高明小學論叢》p.163。

㉘ 章太炎先生說參見其《國故論衡》p.47、《國學略說》p.16；黃季剛先生說參見陳師伯元〈章太炎先生轉注假借說一文之體會〉一文所引；林先生說載於其《文字學概說》pp.185-186；陳師伯元說載錄臺灣師大《國文學報》pp.229-234。

㉙ 參見魯實先先生《假借遡原》、李國英《說文類釋》p.333。

㉚ 參見《假借遡原》p.30。

㉛ 參見《說文類釋》p.401。

㉜ 參見同注 ㉚ pp.66-69。

㉝ 參見同注 ❼ p.80。

㉞ 參見同注 ㉚ p.34。

㉟ 參見常宗豪〈楊魯交誼及其叚借說〉，載於《第二屆中國文字學國際學術研討會論文集》，pp.427-445。

㊱ 參見同注 ㉚ p.27。

㊲ 參見《古代漢語》p.158，不過《古代漢語》認爲班固《漢書·藝文志》是不夠全面的說法，與本文的看法不同。

㊳　關於意義的分類與本義、引申義的特質，參見本書第一章、第四章、第五章的論述。

㊴　參見本節〈假借義的意義〉一小節的論述。

㊵　參見廣文書局印王引之《經義述聞·經文假借》，p.765。

㊶　參見鄧仕樑·黃坤堯校訂·索引的陸德明《經典釋文·敍錄》p.2引。

㊷　六書假借與通假的區分，可參見章太炎先生《國故論衡·轉注假借說》、黃季剛先生〈說文研究條例〉、胡楚生《訓詁學大綱·通假字問題》；造字假借與用字假借的區分，如清侯康〈說文假借例釋〉；無本字假借與有本字假借的區分如黃以周《六書通故》；狹義與廣義的區分，如林景伊先生《文字學概說》。

㊸　參見《說文解字注》p.764。

㊹　參見周師何〈通叚字的來由〉一文，載於《人文及社會學科教學通訊》1：2，p.9。

㊺　參見楊劍橋〈通假研究述略〉一文所載。楊文載於《中國語文通訊》18：pp.15-18。

㊻　如周師何〈通叚字的來由〉一文提出產生的來由有四項，裘錫圭《文字學概要》提出「本有本字的假借字」的產生至少有六項原因。

㊼　參見洪燕梅《睡虎地秦簡文字研究》pp.102-125。

㊽　另一方面則是形聲字的比例大幅上升，這是形音文字發展的路線。參見該書 p.25。

㊾　參見馬承源主編《商周青銅器銘文選》㈠ p.637、㈣ pp.593-594 考釋，而曾憲通於〈楚帛書文字表〉「胃」字下說：「帛文胃字皆借為謂」，參見饒宗頤·曾憲通編著《楚帛書》p.263；而《包山楚簡》中「胃」字共出現 14 次，從內容看也都是「謂」的假借，參見張光裕·袁國華《包山楚簡文字編》pp.318-319。

㊿　參見嚴靈峰《馬王堆帛書老子試探》所載錄《甲本》、《乙本》的圖版·釋文。

51　參見《戰國策》後所附〈馬王堆漢墓出土帛書《戰國策》釋文〉。

52　參見《雲夢睡虎地秦墓·圖版》，1030號簡。

(53) 參見〈銀雀山簡本《尉繚子》釋文〉，載於《文史集林》二輯，p.14。

(54) 參見同注㊿。

(55) 參見馬承源主編《商周青銅器銘文選》㈡ p.612、㈣ p.569。

(56) 參見同注(52)，205號簡。

(57) 參見黃季剛先生口述、黃焯筆記《文字聲韻訓詁筆記》p.53。

(58) 該文載於《成功大學學報》1期，參見 p.82。

(59) 參見周秉鈞《古漢語綱要》pp.258-259。

(60) 參見許威漢《漢語詞滙學引論》p.121。

(61) 參見同注(57) p.47。

(62) 參見同注㊵。

(63) 兪樾二例，參見漢京文化公司重編本《皇淸經解續編》20 冊，pp. 15960-15961，林先生說參見《訓詁學概要》p.92。

(64) 參見同注❶，1 冊，p.339。

(65) 參見同注❷。

(66) 關於引申義依遠近關係以「級別」的分類方式及「複式引申」的名義，參見第五章〈類篇引申義析論〉的論述。

(67) 大徐本《說文》釋作：「而，頰毛也，象毛之形。」與段注本有別，此處採段注本，不過，二說均不影響本文的討論。

(68) 參見《四庫全書》373 冊《通志・六書略》p.402。

(69) 參見同注㊵。

(70) 參見周師何《訓詁學導讀》，《國學導讀叢編》p.1196。

(71) 侯文收錄於《說文解字詁林正續合編》一冊，p.931；向夏說參見該書 pp.134-135。

(72) 參見同注⓰，pp.187-200。

(73) 參見同注㊸。

(74) 參見同注❹ pp.197-198。

(75) 參見《說文通訓定聲》p.210。

(76) 參見同注⓰，p.187。

(77) 參見王初慶《中國文字結構析論》p.193 所引。

㊆⑧ 高文載於河南大學出版《古漢語研究》第二輯，pp.84-99。

㊆⑨ 該文載於《說文解字詁林正補合編》一冊，p.950。

⑧⓪ 參見同注㊆⑤，p.151。

⑧① 四庫全書本《類篇》作「牡蒿切」，「切」字應爲「也」字的形訛，汲古閣影宋鈔本、姚刊三韻本、段注《說文》等均作「牡蒿也」，茲據正。

⑧② 該書收錄於《皇淸經解續編》，參見《皇淸經解續編》4 冊，p.2366。

⑧③ 四庫全書本、姚刊三韻本《類篇》原作「符遠切」，汲古閣影宋鈔本《類篇》、述古堂影宋鈔本《集韻》均作「符袁切」，今據正。

⑧④ 參見《錣不舍齋論學集》pp.405-421。

⑧⑤ 「況辭」，四庫全書本、姚刊三韻本《類篇》原作「汎辭」，汲古閣影宋鈔本作「況辭」，「汎」爲「況」的形訛，茲據正。

⑧⑥ 本節所舉例字，前者爲假借字，後者爲本字，如詳：佯，「詳」爲假借字，「佯」爲本字，下同。

⑧⑦ 「祲」，《說文》釋形構爲「从示侵省聲」。

⑧⑧ 參見裘氏《文字學概要》p.190。

⑧⑨ 參見《說文釋例》，載於《說文解字詁林正補合編》1 冊，p.1468；《說文通訓定聲》p.13。

⑨⓪ 該文載於《木鐸》9 期，pp.25-40。

第七章　類篇破音別義析論

　　破音別義在漢語、音義的研究上，是一個十分重要的問題，它是漢語的重要特徵之一。《類篇》為北宋一部蒐羅音義非常豐富的字書，書中所載錄的字義，有部分是源自陸德明的《經典釋文》❶，據周祖謨〈四聲別義釋例〉一文所稱，《經典釋文》為晉宋以來破音別義集大成的著作❷，因此《類篇》理應承錄不少破音別義的材料。再者仁宗時丁度等修撰的《集韻》，其音義的甄收，也參酌了同為《集韻》修撰的國子監直講賈昌朝所撰的《群經音辨》。據《群經音辨》卷首載錄仁宗寶元二年的牒文云：

　　　翰林學士丁度等劄子奏：昨刊修《集韻》曾奏取賈昌朝所
　　　撰《群經音辨》七卷，參酌修入，備見該洽。……

而《群經音辨》為我國首先集結破音別義例字分類的第一部著作，又《類篇》為與《集韻》「相副施行」的字書，內容大抵相同，由此更可以推見《類篇》所含破音別義的資料豐富，頗值得深入分析探論。

第一節　破音別義的幾個基本問題

　　由於破音別義是一個重要的問題，因此自來頗受學者們的重視與討論。在我們探論《類篇》破音別義的種種現象之前，對於破音別義的幾個基本問題，個人以為有必要先做一番討論，以作

爲後面論述的基礎，以下則分名義與範圍、興起的時代兩方面逐一論述。

一、名義與範圍

㈠ 名 義

　　所謂「破音別義」，指的是文字的意義，發生了某種程度的轉化，於是破讀字音，以爲區別。而意義的轉化，有意義的引申，與文法上虛實動靜的變化等情形；至於破讀字音則是指字音改變了原來的本讀，這音讀的改變，通常多半是在聲調的變轉，特別是變讀爲去聲，但也有少部分是在聲或韻方面的變化。這種「破音別義」的現象，它來源得很早，且至今猶然普遍存在著，例如國語裡的：縫（ㄈㄥˊ）合：衣縫（ㄈㄥˋ），爲平聲：去聲的聲調變化，爲動詞：名詞的轉化。降（ㄐㄧㄤˋ）落：降（ㄒㄧㄤˊ）伏，爲舌面聲母塞擦音：擦音的變化，爲意義的引申。善惡（ㄜˋ）：厭惡（ㄨˋ），爲舌面後元音展唇半高：圓唇最高的變化，爲形容詞：動詞的轉化。像這樣的例子非常多，不勝枚舉。不僅在國語裡如此，即使在其他方言裡也存在著這類現象。例如江蘇六合一地的人，「鋼」又有去聲一讀，如作「鋼刀」、「鋼一鋼刀口」，意思是「給用得不鋒利了的刀加上鋼，使之鋒利」；「養」也同樣有去聲一讀，如「養鬍子」，意思是「不把鬍子剃掉，表示進入老年。」❸ 這種破讀字意以區別意義的現象，是漢語的語文特質之一❹，然而學者們自來所付與它的名稱頗爲分歧，茲就已知的名稱，大致的歸納爲以下兩大類：

　　(1)著重音變者。如作「讀破」、「破讀」、「破音異讀」等名稱。採用這類名稱的學者諸如：王力《漢語史稿》、高名凱《漢語語法論》、洪心衡〈關于「讀破」的問題〉、殷煥先〈關於方言中讀破的現象〉等，採「讀破」或「破讀」的名稱❺。而呂冀平、陳欣向〈古籍中的「破音異讀」問題〉、任銘善〈「古籍中的『破音異讀』問題」補義〉，則稱作「破音異讀」或「破讀」❻。

　　(2)強調音變義異者。如作「四聲別義」、「變音別義」、「殊聲別義」、「歧音異義」、「異音別義」等名稱，採用這類名稱的學者如周祖謨〈四聲別義釋例〉、齊佩瑢《訓詁學概論》、胡楚生《訓詁學大綱》、梅祖麟〈四聲別義中的時間層次〉等，稱為「四聲別義」❼；呂叔湘〈說「勝」和「敗」〉則稱為「變音別義」❽；竺家寧〈論殊聲別義〉一文稱為「殊聲別義」❾；張正男〈國字今讀歧音異義釋例〉稱為「歧音異義」❿；吳傑儒《異音別義之源起及其流變》一文則稱為「異音別義」⓫。關於「讀破」、「破讀」或「破音異讀」這類的名稱，基本上它是有「本讀」或「如字」這個前題的，而且其著眼點在音的轉化，王力在《漢語史稿》中曾說：

　　　　凡是字用本義，按照本音讀出的，叫做「如字」，凡用轉化後的意義，按照變化後的聲調讀出的，叫做「讀破」。⓬

任銘善氏也說：

　　　　謂之「破讀」，就該有一個「本讀」，這個本義本讀在古代的音義家名曰「如字」。⓭

雖然名稱的著眼點在音不在義，其涵蓋性有不足的缺憾，卻頗能

凸顯出古人在意義轉化之後，以音的變讀來辨識，而有別於音義的自然分化衍變，此為這類名稱的優點。至於強調音變義異這一類的名稱中，「四聲別義」與「殊聲別義」是特別著重這種特殊的語言現象，主要是以聲調的轉變來區別意義的不同，但它是比較不能兼顧到實際上意義的不同，也有因聲母、韻母的變化而區別的，周祖謨在〈四聲別義釋例〉中論析「四聲別義」語詞聲音的變轉，就分出：(a)聲調變讀，(b)變調兼變聲母，(c)變調兼變韻母，(d)調值不變僅變聲韻等四類❶，顯而易見，「四聲別義」或「殊聲別義」這樣的名詞，其涵蓋性，仍有不夠周延的地方。再如「變音別義」、「歧音異義」、「異音別義」諸名詞，它們的優點是較能照顧到以聲、韻、調等語音的轉變，來區別意義的轉化，但「變音」、「歧音」、「異音」這類的名詞，卻容易與語音字義自然地分化衍變這一類，產生混淆，而不如「破音」、「破讀」更能凸顯出這種特殊辨義的語音性格，因此在這些分歧的名稱之中，個人辨析其名義，取長去短，而別立「破音別義」這個名稱。

　　㈡　範　圍

　　至於「破音別義」的範圍，據殷煥先〈上古去聲質疑〉一文的分法，有「同字破讀」與「異字破讀」兩類❶，基本上，古人講「如字」、「破讀」通常是指「同字破讀」，而近代學者如周祖謨、周法高、梅祖麟、高本漢（Bernhard Karlgren）、包擬古（Nicholas C. Bodman）、唐納（G. B. Downer）等先生，則是進而擴大「破讀」研究的範圍，從語言學同源詞的基礎去分析探論，

而產生了「異字破讀」❶。今《類篇》是一部中古的字書，文字
的音義均是「據形系聯」的，因此要討論其「破音別義」，當以
古人「破讀」－「同字破讀」的觀念來討論會比較方便。況且據
殷煥先〈上古去聲質疑〉一文所論，從語言學觀點出發的「異字破
讀」，很難確定它倒底是聲訓的作用呢？還是破讀的字形分化成
爲兩個「字」呢？這實在是不容易弄清楚的事❶。

二、興起的時代

㈠ 諸家見解簡述

論及破音別義興起的時代，首先有兩段重要的文獻必須交
待，其一爲顏之推於《顏氏家訓・音辭篇》中說：

> 夫物體自有精麤，精麤謂之好惡；人心有所去取，去取謂
> 之好惡。此音見於葛洪、徐邈。而河北學士讀《尚書》云
> 好生惡殺，是爲一論物體，一就人情，殊不通矣！❶

又說：

> 江南學士讀《左傳》，口相傳述，自爲凡例，軍自敗曰敗，
> 打破人軍曰敗，諸記傳未見補敗反，徐仙民讀《左傳》唯
> 一處有此音，又不言自敗、敗人之別，此爲穿鑿耳。❶

其二爲陸德明於《經典釋文・序》裡說：

> 夫質有精麤，謂之好惡（並如字），心有愛憎，稱爲好惡
> （上呼報反，下烏路反）。當體卽云名譽（音預），論情則曰毀
> 譽（音餘）。及夫自敗（蒲邁反）敗他（補敗反）之殊，自壞（平
> 怪反）壞撤（音怪）之異，此等或近代始分，或古已爲別，

相仍積習，有自來矣，余承師說，皆辯析之。❸⓪

顏之推是最早把破音別義現象提出來的學者，在上面引述的文字裡，他指出當時河北、江南各地如徐邈、葛洪等學者，其破讀字音以區別字義的方式，是穿鑿而不通，而這種不贊成讀破的說法，對後世發生了一定程度的影響。而比顏氏稍後的陸德明，他的態度則不同於顏氏，他不僅不否定當時學者流行的讀破現象，甚至在《經典釋文》中加以廣輯辯析，以爲這種破音別義不是「近代始分」便是「古已爲別」。如今漢語漢字中的破音別義現象，學者們已承認其爲語文的重要特徵之一，然而這種特徵，它除了流行於顏之推、陸德明所指的魏晉南北朝時期之外，究竟興起於何時呢？陸氏曾指出有的是「古已爲別」，而又是「古」到什麼時代呢？這是近代以來，學者所關心而頗有爭議的問題。歸納學者們的意見，大致可分爲以下的幾種看法。

1.主張起於魏晉南北朝時期——主此說者以顧炎武、錢大昕爲代表，他們可以說都是受到顏之推的影響。顧氏於《音論》卷下〈先儒兩聲各義之說不盡然〉一文中，以「惡」爲例，作愛惡之惡則去聲，爲美惡之惡則入聲，據顏之推說惡分去入兩音是始於葛洪、徐邈，這類先儒所指的「兩音各義」的說法是不盡可信的，因爲顧氏主張上古聲調是「四聲一貫」，四聲之論是起於永明，而定於梁陳之間，因此否定上古有破音別義，而這類讀破爲晉宋學者所爲 ❸①。錢大昕《十駕齋養新錄》卷一於「觀」條下說：

> 古人訓詁，寓於聲音，字各有義，初無虛實動靜之分。好惡異義，起於葛洪《字苑》，漢以前無此別也。觀有平去兩音，亦是後人強分。

於卷四「長深高廣」條下又說：

> 長深高廣，俱有去聲。陸德明云：凡度長短曰長，直亮反。
> 度深淺曰深。尸鴆反。度廣狹曰廣，光曠反。度高下曰高，
> 古到反。相承用此音，或皆依字讀（見《周禮釋文》）。又《周
> 禮》前期之前，徐音昨見反，是前亦有去聲也。此類皆出
> 于六朝經師，強生分別，不合于古音。❷

錢氏不僅指出興起時代是六朝，甚而指明爲當時經師「強生分別」
而產生的，另外如盧文弨、段玉裁亦同此說❷，又今人陳紹棠在
〈讀破探源〉一文中以爲「利用聲調不同以別義，在魏晉時去聲
分化之後才產生的」，但是陳氏不同意錢大昕「六朝經師，強生
分別」的說法，以爲必須是在語言中先有利用聲調別義的現象，
經師才能據之以推廣的❷。

2.主張起於東漢時期——主此說者以周祖謨、王力爲代表，
周氏於〈四聲別義釋例〉一文中曾論述說：

> 以余考之，一字兩讀，決非起於葛洪、徐邈，推其本源，蓋遠自
> 後漢始。魏晉諸儒，第衍其緒餘，推而廣之耳，非自創也。惟
> 反切未興之前，漢人言音只有讀若譬況之說，不若後世反語之
> 明切，故不爲學者所省察。清儒雖精究漢學，於此則漫未加意。
> 閒嘗尋繹漢人音訓之條例，如鄭玄《三禮注》，高誘《呂
> 覽》《淮南》注，與夫服虔、應劭《漢書音義》，其中一
> 字兩音者至多，觸類而求，端在達者。❷

隨後並舉十九字例，一一加以說明，並以東漢初杜子春音《周禮》「儺讀
爲難問之難」一例爲最早。而王力則在《漢語史稿》中推論說：

> 顧炎武等人否認上古有「讀破」。但是依《釋名》看來（傳，
> 傳也；觀，觀也），也可能在東漢已經一字兩讀。❷

雖然王力與周祖謨之說都以為破音別義始於東漢，但王氏的語氣較不確定，為推測之辭，不若周氏肯定，所舉劉熙《釋名》為東漢晚期文獻，顯然所推論的時代較周氏為晚。主此說其後尚有胡楚生先生《訓詁學大綱》贊同周氏說 ❷。另外洪心衡〈關於「讀破」的問題〉一文，力主王氏之說，唯將破音別義興起的時代擴大為東漢至六朝這一段時間 ❷。

　　3. 主張起於上古時期——主此說者以高本漢（Bernhard Karlgren）、周法高、唐納（G. B. Downer）、梅祖麟、殷煥先為代表。瑞典高本漢（Bernhard Karlgren）著 Word Families in Chinese（《漢語詞類》）認為在中國的古文字中，常常有一字兩讀而表示詞類不同的情形 ❷。其後他在 The Chinese Language（《中國語言概論》）中又提出這個問題：

> 上古中國語是否具備一些詞，牠們經由特別的標記，一種特別的語法形式，特別指示牠們為動詞和別的形式上標記為名詞的詞相對比？換言之，我們能否找到一對不同但語音很相似的詞，二者明顯地屬於同一語幹（Word Stem），其一為名詞，和另一為動詞者相對？倘若我們能找到這些情形，我們便證明了上古中國語具備按照最嚴格的語法含義的詞類（Word Classes），形式上彼此區別。❸

因此高本漢分成：(1)不送氣清聲母與送氣濁聲母的轉換，(2)介音與無介音之轉換，(3)清韻尾輔音與濁韻尾輔音之轉換三類，舉列一些音轉而詞類區別的例字，證明中國上古時期有以語音區別詞類的情形。周法高先生於《中國語法札記·語音區別詞類說》曾詳加舉證論述破音別義非後起的，它應該是上古就有而遺留下來

的，該文的結論是：

> 根據記載上和現代語中所保留的用語音的差異（特別是聲調）
> 來區別詞類或相近意義的現象，我們可以推知這種區別可
> 能是自上古遺留下來的；不過好些讀音上的區別（尤其是漢以
> 後書本上的讀音），卻是後來依據相似的規律而創造的。⓷

另外，英國的唐納（G. B. Downer）也是主張語音區別詞類是在上
古時期，但是在上古晚期或是秦代，他在 Derivation by Tone-
Change in Classical Chinese（《古代漢語中的四聲別義》）一文
中第三節 the Date of Chiuhseng Derivation（〈去聲轉化的時代〉）
曾論述說：

> 事實上，關於音變的時代有別的證據。這個證據被入聲字
> 及其去聲轉化字的音韻上的關係所供給。在 PP.271-90 的
> 字表中，下列的基本形式為入聲的字出現了。（中略）幾乎在每
> 一個例子中，上古漢語中基本形式和轉化形式間音韻上的
> 關係適合上古的諧聲系統，上溯到秦代或更早的時代。著
> 者本人的觀點是：雖然去聲轉化的出現不能精確地斷定時
> 代。大概發生在上古晚期，或者是秦代。⓸

至於梅祖麟，他在〈四聲別義中的時間層次〉一文裡，也確認四
聲別義為上古時期漢語構詞的一種方式，他甚至更進一步將其中
的名詞與動詞互變，從去入的通轉及漢藏的比較兩方面，加以分
析觀察，而得出名動互變兩型的時間層次，即：

> ……動變名型在上古漢語早期（《詩經》以前）已經存在，而
> 名變動型到去入通轉衰退時期才興起，絕對年代大概在戰
> 國跟東漢之間。⓹

可見得梅氏認爲破音別義最早在《詩經》以前就已經有了,最後必須提及的就是殷煥先的看法,殷氏於〈上古去聲質疑〉一文中指出「破讀」是反映語言之自然,而讀破的現象,其以爲早在殷商甲骨,西周金文中就有跡可循,他說:

> 我們很難斷定「破讀」僅只是「魏晉經師」的「臆造」。因爲西周金文供給我們聲調範圍內的「破讀」的跡象,殷商甲骨文也供給我們聲調範圍內的「破讀」的跡象,這都不容我們忽視。

> 我們的原始語言「尚矣」,難爲乎其確鑿言之,但以有文字記載爲證,我們似乎可以說,殷商甲骨文時代,我們的漢語就有了「破讀」的「苗頭」。

在上述主張上古時期的諸家當中,高本漢與周法高則稱「上古」,所指的時間範圍較大,即一般概念中的周秦時期,而唐納所推斷的時代,則較晚一些,指爲上古晚期或秦代,梅祖麟推測的時代較早,早到《詩經》以前,而殷煥先則以爲早在殷商甲骨已見「苗頭」,所以,同樣是屬於上古時期,細分之下,仍有早晚的不同。

㈡ 起於上古殷商時期的推論

在上述諸說當中,我們可以看出破音別義的研究趨勢,即從早期學者的發現,至清代學者不承認其爲語音現象,以爲純是魏晉學者「嚮壁虛造」,而發展到近代中外學者的肯定其爲漢語特有的語文現象,且推論興起的時代,則有愈晚近而時代愈古,層次愈來愈細密的趨勢。究竟破音別義興起於何時呢?個人以爲起

於周朝時期應無問題。因為在西周康王時期的〈大盂鼎〉銘文中❸，已有如後代破音別義的現象，銘文中有「畏天畏」，第一個「畏」字作動詞，為敬畏的意思，第二個「畏」字作名詞，其義同于「威」，在古籍中有不少兩字互通的例子，例如《尚書・洪範》作「威用六極」，《史記・宋微子世家》作「畏用六極」，《尚書・呂刑》：「德威惟畏」，《墨子・尚賢下》作「德威惟威」。由此我們似乎可以推知「畏」為動詞時讀去聲，作名詞時，與「威」同音讀平聲。然而這個例子的成立，則有一個問題存在，就是我們必須承認在西周時，「畏」字作名詞與動詞時，它的讀音不同，甚至我們說它的聲調，有平去的不同，說到這裡，則又涉及語音史上另外一個重大而有爭議性的問題——上古的聲調。

　　論及上古的聲調，近來的學者，除了有少部分主張中古的平上去入四聲，是源自上古的韻尾不同❸，也就是說根本否定上古漢語為聲調的語言，不過，對這個說法，丁邦新先生曾撰〈漢語聲調源於韻尾說之檢討〉一文，已作了有力的反駁❸。除此之外，學者們多主張上古有「四聲」的存在，只是上古的四聲與中古以後的四聲不盡相同。目前主張上古「四聲」的理論，大致可分成兩大派：一派為高本漢（Bernhard　Karlgren）、董同龢、丁邦新所主張的「四聲三調說」❸。一派為王力、林景伊先生、陳師伯元等所主張的「舒促各分長短說」❸。我們暫且不去討論古人是以韻尾與聲調來區別四聲，還是韻尾與元音長短來區別四聲，畢竟調值易變，而上古時代又那麼邈遠，但是我們可以確定上古有四聲的「類」，在這四聲中，去聲是學者們討論的重點，因為它在《詩經》時代，有不少與平上入三聲相通押，在張日昇〈試論

上古四聲〉一文中❸，統計四聲同調獨用各佔其用韻的百分比，分別是平聲85％、上聲76％、去聲54％、入聲85％，當中的去聲，顯然其同調獨用的百分比較低，而去聲與其他三聲合用的情形則有46％，似乎這個百分比顯示去聲這一類的性質，不如其他三個聲調來得明確穩定，但是我們也可以由於去聲與平上入三聲互押的比例差不多，而凸顯出去聲這54％的獨用，已經足以證明去聲的存在了。《詩經》為周朝時期的詩歌總集，歸納分析它的用韻，自然代表著西周到東周間的語音現象。所以，上古西周時期四聲辨別的方式，也許與中古時期的辨別不盡相同，但破音別義的存在應可以想見。尤其重要的，個人以為破音別義不僅存在於西周，其實更有可能存在於西周之前的殷商時期，因為按理聲調的變化與意義的轉換，也應該是存在於殷商時期。在聲調方面，董同龢先生在《漢語音韻學》中曾推論說：

> 自有漢語以來，我們非但已分聲調，而且聲調系統已與中古的四聲相去不遠了！❹

雖然趙誠在所撰〈商代音系探索〉一文中❹，曾分析殷商甲骨文字的諧聲字，而得到「四聲不分，無入聲韻」這樣的結論，個人對這個結論，認為仍需要採取保留的態度，畢竟分析四聲的界域，從韻文裡歸納分析其用韻現象，應該是較諧聲系統來得清楚，僅用諧聲恐未必能完全獲致事實真相。其次，周朝的四聲頗為明確，平入兩聲更是斷然有別，語言本是順遞而變，並非突變，倘若商代沒有入聲，則周朝入聲又從何而來呢？在意義轉換方面，值得我們注意的是，在我國目前現存最早的書面文獻，已具備完整體系的上古漢語記錄——殷商甲骨刻辭裡，其字義的引申假借與文

法詞性的轉變，已發展得相當成熟了。於文法詞性方面，陳夢家於所著《殷虛卜辭綜述》中，有文法專章論述，而分成卜雨之辭、名詞、單位詞、代詞、動詞、狀詞、數詞、指詞、關係詞、助動詞、句形、結語等十二個小節。由此可見得，在卜辭裡，詞類已經發展到相當完備的階段。他在〈結語〉中歸納了14條文法上的結論，與王力《中國文法初探》中春秋文言資料裡的九項漢語詞序的規律比較，發現僅僅只有第八條不相合，因此陳氏以爲：

> 我們說甲骨文字已經具備了後來漢文字結構的基本形式，同樣的卜辭文法也奠定了後來漢語法結構的基本形式。周秦的文字文法，都繼承了殷代文字文法而繼續一貫的發展下去，顯然不是和殷文殷語有著基本上的不同的。㊷

既然在殷商時代，詞類、語法形式已經發展得頗爲成熟，然而在殷商的卜辭當中。是否已經發生與破音別義一樣的同形詞的語法轉化呢？答案是肯定的，而且有名詞與動詞的變化、內向動詞與外向動詞的變化等情形，茲分別列舉數例於下：

1. 名詞變動詞

(1)　目

a．貞王其疒目。《合》一六五正㊸

b．貞乎目𢀛方。《前》四，三二，六㊹

前者爲本義，指人眼，名詞；後者爲引申義，指偵伺或望見，作動詞。

(2)　黍

a．甲子卜𣪊貞我受黍年。《續》二、二九、三　㊺

b．貞婦姘黍受年。《續》四、二五、三

c．戊寅卜賓貞王往㠯衆黍于冏。《前》、五、二〇、二

  d．庚辰卜夬貞黍于䨿。《續》五、三四、五

a．b．中「黍」爲本義，即《說文》：「黍，禾屬而黏者也。」作名詞，c．d．中「黍」作動詞，即種黍也。

  (3)　水

    a．癸丑卜貞今歲亡大水。《金》、三七七 ❻

    b．丙卜貞弱自在𢆶不水。《前》二、四、三

    c．壬子卜亡水。《南》輔九〇❼

a．中「水」爲名詞，指水災，b．c．則轉變爲動詞，指發大水的意思。

  (4)　雨

    a．王固曰吉辛庚大雨。《乙》、三三四四 ❽

    b．甲申卜夬貞茲雨隹我禍。《乙》、四七四二

    c．丁卯卜貞今夕雨之夕允雨。《續》四、一七、八

    d．壬寅卜㲋貞自今至于丙午雨。《丙》、一一二 ❾

a．b．的「雨」爲名詞，爲本義風雨的雨，c．d．的「雨」爲動詞，指下雨。

  (5)　魚

    a．丙戌卜貞疒用魚。《庫》一二一二 ❺⓪

    b．戊寅……王狩京魚芉。《前》一、二九、四

    c．貞今……其雨在甫魚。《合集》七八九六 ❺①

    d．貞其風十月在甫魚。《前》四、五五、六

a．b．的「魚」爲本義「水蟲」，名詞，c．d．的「魚」爲動詞，爲捕魚的意思。

  (6)　田

a. 大令衆人曰劦田其受年。《合集》一

b. 王其省田不冓大雨。《粹》一〇〇二 [52]

c. 壬子卜貞王其田向亡𢦏。《合集》三三五三〇

d. 庚午卜出貞翌辛未王往田。《合集》二四四九六

a.b. 的「田」爲本義，指爲農耕之田，名詞，c.d. 的「田」爲動詞，指田獵[53]。

(7) 官

a. 戊戌卜侑伐父戊用牛于官。《乙》五三二一

b. 貞帝官。《乙》四八三二

c. 辛未卜亘貞乎先官。《存》二、四八四[54]

a.中的「官」爲本義，據徐中舒《甲骨文字典》說即「館」的初文[55]，館舍的意思，爲名詞，而b.c.爲動詞，指駐於館。

2. 動詞變名詞

(1) 俘

a. ……昔甲辰方□不□俘人十有五人，五日戊甲方亦□俘人十有六人六月在。《菁》六[56]

b. 貞我用羅俘《乙》六六九四

c. 克俘二人……又□女我王□……《合》三五九

俘字，甲骨文作□《菁》六、□《乙》六六九四、□《合》三五九從其字形知其象驅逐或擄獲敵人的意思，而a.中的「俘」正是作擄獲，動詞，而b.c.則爲由動詞擄獲，引申變轉爲名詞，被擄獲的人。

(2) 先

a. 丁巳卜夬貞勿乎衆人先于𩏼。《新》一〇三〇[57]

b. 丁酉卜馬其先弗每。《南》明六八二

c． 癸卯王卜貞其祀多先祖余受又〓王🀄曰弘吉佳……
《佚》八、六〇㊹

其a．的「先」爲《說文》的本義「前進」的意思，爲動詞，b.的
「先」爲引申義，作「爲前驅」的意思，c.「先」則再引申爲先世
祖先的意思，爲名詞㊺。

3． 內向動詞變外向動詞

(1) 御

a． 貞卸帚好于高。《續》四、三〇、五

b． 岳卸才茲。《摭續》一九㊿

c． 其乎戊御羌方于義🀄戋羌方不喪衆。《人》二一四
二㉑

其中a.b.「卸」字，據聞宥〈殷虛文字孳乳研究〉言甲骨文从卩
卩 从午，或增彳偏旁，指主客迎逆會晤㉒，所以爲客由外迎
於內的內向動詞，c.「御」字則作抵禦，則爲由內抵抗於外，爲
外向動詞。

(2) 🀄

a． ……🀄二人。《新》一四〇二

b． ……五日丁未，在韋🀄羌。《前》七、一九、二

a.🀄爲囚禁的意思，甲骨文作🀄、🀄，象人囚禁於囹圄之中，爲
內向動詞，而b.🀄據趙誠〈甲骨文行爲動詞探索㈠〉則作抵禦的
意思㉓，爲外向動詞。

4． 外向動詞變內向動詞

(1) 受

a． 丙辰卜，爭貞，沚啟，王從帝受我又。《丙》四〇九

　　b.　甲午卜𠱾貞王貞王伐𠱾方我受又。《續》三、七、五

a.　受卽授，授予的意思，受的本義，《說文》云：「相付也」，正是授予的意思，爲外向動詞，有了授予，則有領受，b.受爲領受的意思，爲內向動詞。

　　(2)　次

　　　　a.　乙卯卜貞今𣲷泉來水次《存》二、一五四

　　　　b.　洹不次《存》二、一五三

　　　　c.　次王入《明》七三三❻

次的本義原是指人的口水外流，後引申如a.b.指水流泛濫，爲外向動詞，再引申如c.，爲由外而迎接入內的意思，轉爲內向動詞。

　　(3)　収

　　　　a.　貞勿乎収羊。《續》一、三五

　　　　b.　貞我収人伐尸方。《藏》二五九、二❻

a.「収」爲本義卽拱乎，貢納、奉獻的意思，爲外向動詞，而b.卽由貢納引申爲徵集、召致的意思，是內向動詞。

　　(4)　彝

　　　　a.　丙子卜其彝黍于宗。《綴》四三八❻

　　　　b.　辛巳卜貞彝婦好三千彝旅萬乎伐……《庫》三一〇

a.「彝」爲本義，該文字形構正象人兩手捧食器以進獻，所以這是外向動詞，而b.「彝」與「収」作內向動詞的情形相同，爲徵集的意義。

　　至於意義的引申、假借，在前述文法的舉例之中，已可以看到不少因詞性的轉化，而意義已跟著發生變化的情形，這種意義的變化，通常是引申義，至於假借，古人字少，多用假借，在殷

商的甲骨文中，假借的情形是非常普遍的，隨手舉兩個例子，就可以了解：

    (1) 鳳

        a．貞翌丙子其有鳳（風）。《前》四、四三、一

        b．其冓大鳳（風）。《粹》九二六

「鳳」本來是神鳥名，甲骨文作，象頭上有叢毛冠的鳥，殷人以為知時的神鳥，而卜辭中多借為「風」字。

    (2) 亦

        a．旬壬寅雨甲辰亦雨。《乙》二六九一

        b．癸巳卜殼貞……二邑方亦侵我西鄙田。《合集》

          六〇五七

「亦」甲骨文作「」，《說文》言其本義為「人之臂亦也」，今則如a．b．假借作「又」、「再」的副詞。

    在上面所舉的同形而詞性或意義變化的例子當中，有一些正是後世學者所舉典型破音別義的例子，如「受」、「魚」、「雨」，因此，個人愈信破音別義早在殷商時期就已經發生了。而梅祖麟於〈四聲別義中的時間層次〉一文中，曾將破音別義的名詞與動詞互變一類分成「動變名型」與「名變動型」兩型，在討論它們的時間層次，曾有這樣的結論：

    根據以上所說，可見動變名型在上古漢語早期（《詩經》以前）已經存在，而名變動型到去入通轉衰退時期才興起，絕對年代大概在戰國跟東漢之間。⑰

然而，就個人自殷商卜辭中所蒐得的例子，不僅有其所謂《詩經》以前的動變名型，而且還有更多梅氏以為時代晚至戰國以後的名

變動型，可見得梅氏所區分的類型層次，仍值得再商榷，不過其以爲內向動詞變成外向動詞爲極古老的一型，這在前述的例子中也可以得到驗證，但外向動詞變內向動詞一型，恐怕也是不容忽視它在上古存在的事實。

總之，個人以爲破音別義起源的時代應該是很早的，早在上古的殷商時期就有了，不過論及它的流變，則周法高先生於〈語音區別詞類說〉說得很眞切，他說：

> 根據記載上和現代語中保留的，用語音上的差異（特別是聲調）來區別詞類或相近意義的現象，我們可以推知這種區別可能是自上古遺留下來的；不過，好些讀音的區別（尤其是漢以後書本上的讀音），卻是後來依據相似的規律而創造的。⑩

是的，破音別義應該原本只是一種自然的語言現象，上古的人很自然地使用著，自漢代章句之學發展至極之後，開始有經師依據古人破讀字音以區別字義的規律，而加以類比，作人爲刻意的區別，也因爲有刻意爲之的情形，所以有南北朝的顏之推、清季以來的顧炎武等學者反對，而以爲穿鑿。然而，這種破音別義的現象既已形成漢語的特殊語徵，自然需要重視與研究了。

第二節　破音別義的分類與舉例

一、甄錄與分類原則

《類篇》於文字字形之下，列舉所屬的諸多音義，在這些音義當中，含存著一些破音別義的現象。但這種現象，《類篇》的編

者，並沒有刻意去凸顯它，因此若要探討《類篇》的破音別義，
首先必須經過一番地甄別篩選的工夫，否則找到的只是一般多音
多義的字例，而非破音別義。概念上，多音多義的範疇較寬，而
破音別義僅是多音多義的一部分，二者的界域不是很明確的，經
常容易混淆，因此在甄錄之際，有幾種音義的現象不得視爲破音別
義，一是由於通假所生成的多音多義，例如：

〈米部〉**氣**　許氣切，《說文》饋客芻米也，引《春秋傳》
　　　　齊人來氣諸侯。……丘旣切，雲气也。

〈雨部〉**震**　之刄切，《說文》劈歷振物者，引《春秋傳》
　　　　震夷伯之廟。……升人切，女妊身動也。

〈手部〉**括**　古活切，《說文》絜也，一曰撿也，……苦
　　　　活切，箭末曰括。

〈系部〉**孫**　思魂切，子之子曰孫，从系，系續也，又蘇
　　　　困切，遁也。

在上列諸例中「氣」原是廩氣，而後假借爲氣體之氣，音義不同；
「震」原是震動之意而假借爲女妊，音義不同；「括」原是絜束
的意思，而假借爲檃括，音義不同；「孫」原是子孫的意思，而
假借爲遜，匿遁的意思，音義不同。像這類因假借而形成的多音
多義，不得視爲破音別義。二是作爲姓氏、地名、國名、星宿等
專有名詞而形成的多音多義，例如：

〈艸部〉**葉**　弋涉切，《說文》艸木之葉也，又失涉切，
　　　　縣名。

〈貝部〉**費**　芳未切，《說文》散財用也，又父沸切，姓。

〈金部〉**鋁**　常隻切，鑢鋁以石葉冶銅，又作木切，姓也。

〈黽部〉黽　莫杏切，鼀黽也，……又眉耕切，地名，在
　　　　　秦。

〈本部〉皋　古勞切，气皋白之進也，……又攻乎切，櫜
　　　　　皋，地名，在壽春。

〈土部〉壞　古壞切，毀也，……乎乖切，壞隤，地名。

〈氏部〉氏　承旨切，巴蜀山名岸脅之旁箸，欲落墮者曰
　　　　　氏，氏崩，聲聞數百里。……又章移切，月支，
　　　　　西域國名。

〈龜部〉龜　居逵切，舊，外骨內肉者也。……又袪尤切，
　　　　　龜茲，國名。

〈自部〉降　古巷切，《說文》下也。……胡降切，星名，
　　　　　《爾雅》降婁，奎婁也。

在上列字例中，因姓氏、地名、星宿而變讀的，或許是因為相沿
既久，約定俗成，或許是為一地方言，其來源渺遠，不容易考證。
至於作「龜茲」、「月支」這類名稱所產生的變讀，則是西域國
名的譯名對音，像這些也是多音多義，不算是破音別義。

　　於確定多音多義與破音別義的不同之後，本文則以周祖謨〈四
聲別義釋例〉、周法高先生〈語音區別詞類說〉、王力《漢語史
稿》、賈昌朝《群經音辨》等字例為基礎，經參證比較，抽繹出
《類篇》152 條破音別義的字例，並加以分類條舉。但將如何來
予分類呢？檢諸早期《群經音辨》，賈氏雖有辨字音清濁、辨彼
此異音、辨字音疑混等分類方式，但其條例不清、界域含糊，不適
於今日。周祖謨氏的分類，以「別義」為經，以「四聲」為緯，

「四聲」一詞，卻又不能完全賅括聲母、韻母的破音現象，不免仍有缺憾。而王力氏與周法高先生則以語音變化配合詞性轉換而分類，但是他們的分類，只重在語法的變化，而不討論意義的引申變轉，也不適合作爲本文分類的依據。本文以爲破音別義既然是古代以字音的破讀區別意義的轉化，「破音」與「別義」是構成這類語言現象，同時必須具備的兩項要件，而「破音」包括聲調、聲母、韻母的破讀，「別義」包括詞性與意義的區別，因此將這些條件，可作如下圖的交叉組合。

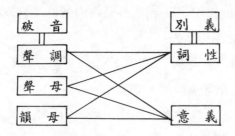

而再將抽繹《類篇》152條破音別義字例，分成以下的13類，各類之中，再依據聲調的平上去入，聲母的清濁部位、韻母的陰陽洪細的破音方式，與詞性的名詞、動詞、形容詞、副詞、介詞、量詞、意義引申的擴大、縮小、轉移等別義情形，再作細目的分類，雖然不免於瑣碎，然於破音別義可進一步作微觀析論。

二、分類與舉例

（一）聲調破讀而詞性轉變

1. 平聲破讀爲上聲而名詞用爲動詞

〈糸部〉綤 祖叢切（平東），《爾雅》綤罟謂之九罭。
郭璞曰今百囊罟。（名）……祖動切（上董），
束也。（動）

2. 平聲破讀爲上聲而名詞用爲形容詞

〈衣部〉袘 唐何切（平歌），裾也。（名）……佗可切
（上哿），長皃。（形）《論語》：朝服袘紳。

3. 平聲破讀爲上聲而動詞用爲形容詞

〈辵部〉迂 邕俱切（平虞），《說文》避也。（動）……
委羽切（上噳），曲皃。（形）

4. 平聲破讀爲上聲而形容詞用爲動詞

〈㫃部〉施 商支切（平支），《說文》旗皃。（形）……
賞是切（上紙），捨也。（動）

5. 平聲破讀爲去聲而名詞用爲動詞

〈王部〉王 于方切（平陽），天下所歸往也。（名）…
于放切（去漾），興也。（動）

〈足部〉蹄 田黎切（平齊），《說文》足也，（名）……
大計切（去霽），蹝也。（動）

〈臼部〉要 伊消切（平宵），《說文》身中也。（名）……
一笑切（去笑），約也。（名）⑲

〈木部〉棺 沽丸切（平桓），《說文》關也，所以掩尸。
（名）……古玩切（去換），以棺斂曰棺。（動）

〈禾部〉稱 蚩承切（平蒸），《說文》銓也。（名）……
昌孕切（去證），權衡也。（動）

〈宀部〉冠 古丸切（平桓），《說文》絭也，所以絭髮

弁冕之總名也。（名）……古玩切（去換），男
子二十加冠曰冠。（動）

〈衣部〉**衣**　於稀切（平微），依也，上曰衣下曰裳。（名）
……於旣切（去未），服之也。（動）

〈毛部〉**麾**　吁爲切（平支），旗屬。（名）《周禮》建
大麾以田。……況僞切（去寘），招也。（動）
《春秋傳》周麾而呼。

〈文部〉**文**　無分切（平文），錯畫也，象交文。（名）
……文運切（去問），飾也。（動）❼⓪

〈門部〉**間**　居閑切（平山），《說文》隙也。（名）❼①
……居莧切（去襉），厠也。（動）

〈女部〉**妻**　千西切（平齊），《說文》婦與夫齊者也。
（名）……七計切（去霽），以女嫁人。（動）

〈糸部〉**紨**　馮無切（平虞），《說文》布也。（名）……
符遇切（去遇），縛繩。（動）

6. 平聲破讀爲去聲而名詞用爲形容詞

〈火部〉**煆**　虛加切（平麻），火氣。（名）……虛訝切
（去禡），《博雅》爇也。（形）

〈言部〉**譹**　郎刀切（平豪），聲也。（名）……郎到切
（去号），聲多也。（形）

〈車部〉**輕**　牽盈切（平清），《說文》輕車也。（名）
……牽正切（去勁），疾也，《春秋傳》戎輕而
不整。（形）❼②

〈穴部〉**空**　枯公切（平東），《說文》竅也。（名）……

　　　　　苦貢切（去送），窮也，缺也。（形）

7.　平聲破讀爲去聲而動詞用爲名詞

　〈示部〉禁　居吟切（平侵），勝也，制也。（動）……
　　　　　居廕切（去沁），《說文》吉凶之忌也。（名）

　〈艸部〉藏　慈郎切（平唐），《說文》匿也。（動）……
　　　　　才浪切（去宕），物所畜曰藏。（名）

　〈行部〉行　戶庚切（平庚），人之步趨也。（動）……
　　　　　下孟切（去敬），言迹也。（名）

　〈号部〉號　乎刀切(平豪)，《說文》呼也。（動）……
　　　　　後到切（去号），教令也。（名）

　〈毋部〉貫　沽丸切（平桓），穿也（動）。《易》貫魚
　　　　　以宮人寵。……古玩切（去換），《說文》錢貝
　　　　　之貫。（名）

　〈重部〉量　呂張切（平陽），《說文》稱輕重也。(動)
　　　　　……力讓切（去漾），斗斛曰量。（名）

　〈石部〉磨　眉波切（平戈），治石謂之磨。（動）……
　　　　　莫臥切（去過），石磑也。

　〈耳部〉聞　無分切（平文），《說文》知聞也。（動）
　　　　　……文運切（去問），聲所至也。（名）

　〈手部〉操　倉刀切（平豪），《說文》把持也。（動）
　　　　　……七到切（去号），持念也。（名）

　〈糸部〉縫　符容切(平鍾)，《說文》以鍼紩衣也。（動）
　　　　　……房用切(去用)，衣會也。(名)《周官》有縫人。

8.　平聲破讀爲去聲而內動詞用爲外動詞

〈先部〉**先**　蕭前切（平先），前進也。（內動）……先見切（去霰），相導前後曰先。（外動）

9. 平聲破讀爲去聲而動詞用爲形容詞

〈皿部〉**盛**　時征切（平清），《說文》黍稷在器中以祀者也。（動）……時正切（去勁），多也。（形）

10. 平聲破讀爲去聲而形容詞用爲名詞

〈女部〉**媛**　于元切（平元），……美皃（形），……于願切（去願），……美女（名）。

11. 平聲破讀爲去聲而形容詞用爲動詞

〈肉部〉**膏**　居勞切（平豪），《說文》肥也。（形）……居号切（去号），潤也。（動）《詩》陰雨膏之。

〈口部〉**嘈**　財勞切（平豪），《廣雅》嘈呐聲也。（形）……在到切（去号），喧也。（動）

〈高部〉**高**　古牢切（平豪），崇也。（形）……居号切（去号），度高曰高。（動）

〈長部〉**長**　直良切（平陽），久遠也。（形）……直亮切（去漾），度長短曰長。（動）(73)

〈水部〉**深**　式針切（平侵），……邃也。（形）……式禁切（去沁），度深曰深。（動）

〈力部〉**勞**　魯刀切（平豪），《說文》劇也。（形）……郎到切（去号），慰也。（動）

〈自部〉**陰**　於金切（平侵），《說文》闇也。（形）……於禁切（去沁），瘞藏也。（動）《禮》陰爲野土。

12. 平聲破讀爲去聲而副詞用爲動詞

〈心部〉**應**　於陵切（平蒸），《說文》當也。（副）……
於證切（去證），荅也。（動）

13.　平聲破讀爲去聲而介詞用爲名詞

〈糸部〉**緣**　余專切（平僊），因也。（介）……俞絹切
（去綫），《說文》衣純也。（名）

14.　平聲破讀爲去聲而數詞用爲量詞

〈三部〉**三**　蘇甘切（平談），天地人之道也。（數）……
蘇暫切（去闞），《論語》三思而後行。（量）

15.　上聲破讀爲平聲而動詞用爲名詞

〈水部〉**溲**　所九切（上有），浸茨也。（動）……疎鳩
切（平尤），溺謂之溲。（名）

16.　上聲破讀爲平聲而動詞用爲形容詞

〈門部〉**闡**　齒善切（上獮），《說文》開也。（動）引
《易》闡幽……稱延切（平僊），明也。（形）

17.　上聲破讀爲去聲而名詞用爲動詞

〈舁部〉**與**　演女切（上語），《說文》黨與也。（名）
……羊茹切（去御），及也。（動）

〈屮部〉**左**　子我切（上哿），屮手也。（名）❼⃝……子
賀切（去箇），《說文》手相左助也。（動）

〈禾部〉**種**　主勇切（上腫），類也。（名）……朱用切
（去用），蓻也。（動）

〈米部〉**粉**　府吻切（上吻），《說文》傅面者也。（名）
……方問切（去問），飾也。（動）

〈宀部〉**守**　始九切（上有），《說文》守官也。（名）

......舒救切（去宥），諸侯爲天子守土，故稱守。（動）

〈首部〉**首**　書九切（上有），同古文百也，巛象髮謂之

　　　　　髻，（名）……舒救切（去宥），嚮也。（動）

　　　　　《禮》寢嘗車首。

〈雨部〉**雨**　王矩切（上噳），水从雲下也。（名）……

　　　　　王遇切（去遇），自上而下曰雨（動）

〈女部〉**女**　碾與切（上語），婦人也。（名）……尼據

　　　　　切（去御），以女妻人也。（名）《書》女于時。

〈水部〉**瀋**　昌枕切（上寑），汁也。（名）引《春秋傳》

　　　　　猶拾瀋。……鴟禁切（去沁），置水於器。（動）

18. 上聲破讀爲去聲而動詞用爲名詞

〈辵部〉**遣**　去演切（上獮），《說文》縱也。（動）……

　　　　　詰戰切（去綫），祖奠也。（名）

〈攴部〉**數**　爽主切（上噳），《說文》計也。（動）……

　　　　　雙遇切（去遇），枚也。（名）

〈木部〉**采**　倉宰切（上海），捋取也。（動）……倉代

　　　　　切（去代），臣食邑。（名）

〈言部〉**詁**　果五切（上姥），《說文》訓故言也。（動）

　　　　　……古慕切（去莫），通古今之言也。（名）

〈弓部〉**引**　以忍切（上軫），《說文》開弓也。（動）

　　　　　……羊進切（去震），牽車紖也。（名）

19. 上聲破讀爲去聲而內動詞用爲外動詞

〈又部〉**叚**　舉下切（上馬），《說文》借也。（內動）⑳……

　　　　　居迓切（去禡），以物貸人也。（外動）

20.　上聲破讀爲去聲而形容詞用爲動詞

　　〈丄部〉丅　亥雅切（上馬），底也。（形）……亥駕切
　　　　　（去禡），降也。（動）

　　〈辵部〉遠　雨阮切（上阮），《說文》遼也。（形）……
　　　　　於願切（去願），離也。（動）

　　〈人部〉假　舉下切（上馬），《說文》非眞也。（形）
　　　　　……居訝切（去禡），以物貸人也。（動）

　　〈广部〉廣　古晃切（上蕩），濶也。（形）……古曠切
　　　　　（去宕），度廣曰廣。（動）

　　〈黑部〉點　多忝切（上忝），小黑也。（形）……都念
　　　　　切（去柝），郭璞曰以筆滅字爲點。（動）

　　〈女部〉好　許皓切（上皓），《說文》美也。（形）……
　　　　　虛到切（去号），愛也。（動）❼⑥

21.　去聲破讀爲平聲而形容詞用爲副詞

　　〈重部〉重　柱用切（去用），厚也。（形）……傳容切
　　　　　（平鍾），複也。（副）

22.　去聲破讀爲平聲而副詞用爲名詞

　　〈正部〉正　之盛切（去勁），是也。（副）……諸盈切
　　　　　（平清），歲之首月。（名）

（二）　**聲調破讀而意義引申**

1.　平聲破讀爲上聲而意義轉移

　　〈糸部〉編　卑眠切（平先），《說文》次簡也。……補
　　　　　典切（上銑），絞也。

〈糸部〉繬　余廉切（平鹽），續也。……以冉切（上琰），
　　　　《方言》未續也。

　2.　平聲破讀爲去聲而意義擴大

〈攴部〉敲　丘交切（平爻），《說文》橫擿也。……口
　　　　教切（去效），擊也。

〈肉部〉胡　戶孤切（平模），牛頷垂也。……胡故切（去
　　　　莫），頸也。《漢書》捽胡。

〈㫃部〉旋　旬宣切（平僊），《說文》周旋旌旗之指麾
　　　　也。……隨戀切（去綫），遶也。

〈手部〉披　攀糜切（平支），《說文》從旁持曰披。……
　　　　披義切（去寘），散也。

〈女部〉奴　農都切（平模），《說文》奴婢皆古之辠人。
　　　　引《周禮》其奴男子入于罪隸女子入于舂藁……
　　　　奴故切（去莫），賤稱。

〈弓部〉張　中良切（平陽），《說文》施弓弦也。……
　　　　知亮切（去漾），陳設也。《周禮》邦之張事。

〈田部〉當　都郎切（平唐），《說文》田相值也。……
　　　　丁浪切（去宕），……中也。

〈糸部〉緇　莊持切（平之），《說文》帛黑也。《周禮》
　　　　七入爲緇，……側吏切（去志），黑色。

　3.　平聲破讀爲去聲而意義縮小

〈辵部〉迎　魚京切（平庚），《說文》逢也。……魚慶
　　　　切（去映），迓也。

〈攴部〉收　尸周切（平尤），《說文》捕也。……舒救

　　　切（去宥），穫也。

〈衣部〉袪　丘於切（平魚），《說文》衣袂也。……丘
　　　據切（去御），袂末也。

〈衣部〉袍　蒲襃切（平豪），《說文》襺也。引《論語》
　　　衣敝縕袍……薄報切（去号），衣前襟。

〈糸部〉緘　居咸切（平咸），《說文》所呂束篋也⑰。
　　　……公陷切（去陷），棺旁所以繫者。

〈車部〉輜　莊持切（平之），《說文》輜軿，衣車也。
　　　軿車前衣也，車後爲輜⑱。……側吏切（去志），
　　　車輞入牙曰輜。

4.　平聲破讀爲去聲而意義轉移

〈王部〉環　胡關切（平刪），《說文》璧也，肉好若一
　　　謂之環。……胡慣切（去諫），《周官》有環人，
　　　劉昌宗讀。

〈辵部〉遺　夷佳切（平脂），《說文》亡也。……以醉
　　　切（去至），贈也。鄭康成讀。

〈言部〉調　田聊切（平蕭），《說文》和也。……徒弔
　　　切（去嘯），賦也。

〈爪部〉爲　于嬀切（平支），……《爾雅》作造爲也。
　　　……于僞切（去寘），助也。

〈目部〉相　思將切（平陽），《說文》省視也。……
　　　《詩》曰：相鼠有皮。……息將切（去漾），助
　　　也。

〈木部〉檮　徒刀切（平豪），《說文》斷木也，……大

到切（去号），《博雅》棺也。

〈巾部〉帊　披巴切（平麻），殘帛。……普駕切（去禡），

《博雅》帳也。

〈手部〉揉　而由切（平尤），以手挻也。……如又切

（去宥），順也。《詩》云揉此萬邦。

〈力部〉勝　識蒸切（平蒸），《說文》任也。……詩證

切（去證），克也。

〈疋部〉疏　所菹切（平魚），通也，……所據切（去御），

《博雅》條陳也。

5.　上聲破讀爲去聲而意義擴大

〈攴部〉斂　力冉切（上琰），《說文》收也。……力驗

切（去豔），聚也。

〈羴部〉羼　初限切（上產），羊相厠也。……初莧切

（去襇），一曰傍入曰羼。

〈人部〉仵　阮古切（上姥），偶也。……五故切（去莫），

同也。《莊子》騎偶不仵。

〈人部〉倒　都老切（上皓），仆也。……刀号切（去号），

顛倒也。

6.　上聲破讀爲去聲而意義縮小

〈人部〉佐　子我切（上哿），助也。……子賀切（去箇），

手相左助也。

7.　上聲破讀爲去聲而意義轉移

〈小部〉少　尸沼切（上小），不多也。……始曜切（去

笑），幼也。

〈邑部〉**邸** 典禮切（上薺），《說文》屬國舍也。……
丁計切（去霽），本也。《周禮》四圭有邸。

〈人部〉**仰** 語兩切（上養），《說文》舉也。……魚向
切（去漾），《廣雅》恃也。

〈心部〉**恐** 丘勇切（去腫），《說文》懼也。……欺用
切（去用），疑也。

〈乙部〉**乳** 而主切（上噳），人及鳥生子曰乳，獸曰產，
……儒遇切（去遇），育也。

8. 去聲破讀爲平聲而意義轉移

〈辵部〉**造** 七到切（去号），《說文》就也。譚長說，
造上士也。……倉刀切（平豪），进也。

〈言部〉**詔** 諸曜切（去笑），告也、教也、道也。……
之遙切（平宵），言誘也。

〈教部〉**教** 居效切（去效），上所施下所效也。……居
肴切（平爻），令也。

9. 去聲破讀爲上聲而意義轉移

〈辵部〉**近** 巨謹切（上隱），迫也。……巨靳切（去焮），
《說文》附也❼。

10. 入聲破讀爲上聲而意義轉移

〈面部〉**靨** 益涉切（入葉），頰輔也。……於琰切（上
琰），面上黑子。

（三）**聲母破讀而詞性轉變**

1. 清聲破讀爲濁聲而動詞用爲名詞

〈尾部〉屬　之欲切（照 tɕ）⑳，連也。（動）……殊玉
　　　　切（禪 ʑ），……類也。（名）

〈糸部〉紬　丑鳩切（徹 ƫ‘），引絲緒也。（動）……陳
　　　　留切（澄 ȡ‘），《說文》大絲繒也。

2.　濁聲破讀爲淸聲而名詞變爲形容詞

〈弓部〉弧　洪孤切（匣 ɣ），《說文》木弓也。（名）
　　　　……汪胡切（影 ʔ），曲也。（形）《周禮》無
　　　　弧深，杜子春讀。

3.　濁聲破讀爲淸聲而內動詞變爲外動詞

〈攴部〉敗　薄邁切（並 b′），毀也。（內動）……北邁切
　　　　（幫 p），毀之也，（外動）陸德明曰：毀佗曰敗。

4.　濁聲破讀爲淸聲而動詞變爲形容詞

〈冎部〉別　皮列切（並 b′），《說文》分解也。（動）
　　　　……筆別切（幫 p），異也。（形）

5.　濁聲破讀爲淸聲而形容詞變爲副詞

〈皿部〉盡　在忍切（從 dzʻ），《說文》器中空也。（形）
　　　　……子忍切（精 ts），極也。（副）

6.　塞音破讀爲擦音而名詞變爲動詞

〈田部〉畜　勑六切（徹 ƫ‘），《說文》田畜也。（名）
　　　　許六切（曉 X ），養也。（動）

(四)　聲母破讀而意義引申

1.　淸聲破讀爲濁聲而意義擴大

〈艸部〉著　陟略切（知 ƫ），被服也。……直略切（澄

ȡʻ），附也。

〈比部〉比　必志切（幫 p），密也。……毗志切（並 bʼ），
　　　近也。

　2.　清聲破讀為濁聲而意義縮小

〈刀部〉剄　將侯切（精 ts），斷也。……徂侯切（從 dzʼ），
　　　《字林》細斷也。

　3.　清聲破讀為濁聲而意義轉移

〈頁部〉頯　若猥切（溪 kʼ），《說文》頭不正也。……
　　　五賄切（疑 ŋ），《廣雅》大兒。

〈角部〉解　舉蟹切（見 k），《說文》判也。……下買
　　　切（匣 ɣ），曉也，教也。

　4.　濁聲破讀為清聲而意義縮小

〈會部〉會　黃外切（匣 ɣ），合也。……古外切（見 k），
　　　總合也。

(五)　韻母破讀而詞性轉變

　1.　四等破讀為三等而名詞用為動詞

〈糸部〉繫　吉詣切（霽開四，-iɛi），《說文》繫繈也。
　　　（名）……吉棄切（至開三，-ji），聯也。（動）

　2.　-i 尾破讀為開尾而形容詞用為副詞

〈大部〉大　徒蓋切（太開一，-ai），天大地大人亦大。
　　　（形）……佗佐切（箇開一，-a），太也。（副）

(六)　聲調聲母破讀而詞性轉變

〈口部〉謑　希佳切(曉X，平佳)，《廣雅》笑也。(動)……
　　　　倚蟹切（影？，上蟹），笑聲。（名）

(七)　**聲調聲母破讀而意義引申**

　　1.　聲調聲母破讀而意義擴大
　〈㔉部〉齊　前西切（從 dz，平齊），禾麥吐穗上平也。
　　　　……子計切（精 ts，去霽），和也。

　　2.　聲調聲母破讀而意義縮小
　〈口部〉嘽　他干切（透 t′，平寒），《說文》喘息也。
　　　　……黨旱切（端 t，上旱），慄也。

　〈人部〉償　辰羊切（禪ʑ，平陽），《說文》還也。
　　　　……始兩切（審ɕ，上養），報也。《莊子》世俗
　　　　之償。

　〈人部〉傍　蒲光切（並 b′，平唐），《說文》近也。
　　　　……補朗切（幫 p，上蕩），左右也。

(八)　**聲調韻母破讀而詞性轉變**

　　1.　平聲韻破讀為去聲韻而名詞用為動詞
　〈口部〉咽　因連切（平僊開三，-jɛn），《說文》嗌也，
　　　　　　謂之咽喉也。(名)……伊甸切(去霰開四,-iɛn)，
　　　　　　《博雅》吞也。（動）

　〈禾部〉稬　讓還切（平刪合二，-uan），稻名(名)。……
　　　　　　莫半切（去換合一，-uan），種也。（動）

　〈水部〉波　逋禾切（平歌開一，-ɑ），《說文》水涌流

也。（名）……彼義切（去寘開三，‐ji），循水
行也。（動）《漢書》傍南山，北波河。

2. 平聲韻破讀爲去聲韻而主動詞用爲被動詞

〈走部〉趨　宗蘇切（平模合一，‐u），走也。（主動）
……則幹切（去翰開一，‐ɑn），逼使走。（被動）

3. 去聲韻破讀爲入聲韻而名詞用爲動詞

〈又部〉度　徒故切（去莫合一，‐u），《說文》法制也。(名)
……達各切（入鐸開一，‐ɑk），謀也。（動）

〈人部〉舍　式夜切（去禡開三，‐ja），《說文》市居曰
舍。（名）……施隻切（入昔開三，‐jɐk），置
也。（動）

4. 去聲韻破讀爲入聲韻而內動詞用爲外動詞

〈貝部〉貸　他代切（去代開一，‐Ai），《說文》施也。
（內動）……惕德切（入德開一，‐ək，从人求
物也。（外動）

5. 入聲韻破讀爲平聲韻而名詞變爲動詞

〈巾部〉幦　莫狄切（入錫開四，‐iɛk），《說文》幔也。
（名）……民堅切（平先開四，‐iɛn），覆也。
（動）《儀禮・士喪》幦目用緇。

6. 入聲韻破讀爲去聲韻而名詞用爲動詞

〈厂部〉厝　倉各切（入鐸開一，‐ɑk），《說文》厲石也。
引《詩》他山之石，可以爲厝。（名）……倉故
切（去莫合一，‐u），置也。（動）

〈心部〉惡　遏鄂切（入鐸開一，‐ɑk），《說文》過也。

（名）……烏故切（去莫合一，-u），恥也，憎

也。（動）

7. 入聲韻破讀爲去聲韻而動詞用爲名詞

〈宀部〉宿　息六切（入屋開三，-jok），《說文》止也。

（動）……息救切（去宥開三，-jəu）。……舍也。

（名）

8. 入聲韻破讀爲去聲韻而動詞用爲副詞

〈彳部〉復　房六切（入屋開三，-jok），《說文》往來也。

（動）……扶富切（去宥開三，-jəu），……又也。

（副）

（九）　聲調韻母破讀而意義引申

1. 平聲韻破讀爲去聲韻而意義轉移

〈人部〉偵　知盈切（平清開三，-jɐŋ），卜問也。……豬

孟切，去映開二，-ɐŋ），廉視也。

〈辵部〉遲　陳尼切（平脂開三，-ji），徐行也。引《詩》

行道遲遲。……直吏切（去志開三，-ji），待也。

2. 入聲韻破讀爲去聲韻而意義縮小

〈糸部〉織　質力切（入職開三，-jək），《說文》作布帛

之總名也。……脂利切（去至開三，-ji），織文

也。

3. 入聲韻破讀爲去聲韻而意義轉移

〈肉部〉肉　如六切（入屋開三，-jɑk），裁肉。……如又

切（去宥開三，-jəu），錢璧之體。

㈩　**聲韻破讀而詞性轉變**

　　1.　濁聲合口破讀爲清聲開口而名詞變爲動詞

〈木部〉**柱**　重主切（澄 ȡˊ，上麌合三，-ju），《說文》
　　　　　楹也。（名）……展呂切（知 ȶ，上語開三，-jo），
　　　　　支也。（動）

　　2.　鼻音二等破讀爲邊音一等而名詞變爲動詞

〈木部〉**樂**　逆角切（疑 ŋ，入覺開二，-ɔk），《說文》
　　　　　聲，八音總名。（名）……歷各切（來 l，入
　　　　　鐸開一，-ɑk），娛也。（動）

㈩一　**聲韻破讀而意義引申**

〈虫部〉**閩**　眉貧切（明 m，平眞開三，-jen），《說文》
　　　　　東南越蛇種。……蒲官切（並 bˊ，平桓合一，-
　　　　　uɑn），蠻別種。《周禮》七閩。

㈩二　**聲韻調破讀而詞性轉變**

　　1.　濁聲通攝平聲破讀爲清聲江攝去聲而名詞變爲形容
　　　　詞

〈目部〉**瞳**　徒車切（定 dˊ，平東開一，-oŋ），目瞳子。
　　　　　（名）……丑降切（徹 ȶˊ，去絳開二，-ɔŋ），未
　　　　　有知兒。《莊子》瞳然如新生之犢。（形）

　　2.　濁聲脂韻平聲破讀爲清聲紙韻上聲而動詞變爲名詞

〈食部〉**餈**　才資切（從 dzˊ，平脂開三，-ji），飯也。

（動）……蔣氏切（精 ts，上紙開三，-ji），惡
食也。《管子》曰：鮆食不肥。（名）

(生) **聲韻調破讀而意義引申**

1. 擦音曾攝入聲破讀爲塞擦音止攝去聲而意義擴大

〈食部〉**食**　乘力切（禪ẑ，入職開三，-jən），一米也。

❽……疾二切（從 dzʻ，去至開三，-ji），糧也。

2. 唇齒音通攝平聲破讀爲雙唇音曾攝去聲而意義轉移

〈土部〉**封**　方容切（非 pf ，平鍾合三，-juŋ），《說
文》爵諸侯之土也。……逋鄧切（幫 p，去開隥
一，-əŋ），喪葬下土也。

第三節　類篇破音別義現象析論

如果將上一節裡所列舉的 13 類 152 條字例，加以觀察分析，
我們可以從中發現以下的四種破音別義的現象：

一、破音以聲調爲主而兼及聲母韻母

論及破音別義其語音上的變轉，周祖謨〈四聲別義釋例〉一
文歸納有：(a)聲調變讀；(b)變調兼變聲母；(c)變調兼變韻母；(d)
調值不變僅變聲韻四端，而周法高〈中國語法札記·語音區別詞
類說〉則歸納有：(a)平上聲和去聲的差別；(b)入聲和去聲的差別，
包括韻尾輔音的差別；(c)清聲母和濁聲母的差別三型。但顯然地，
《類篇》破音的方式比二周所分析的，又較爲複雜，它除了以聲

調破音爲主，而兼及聲母、韻母的破讀，甚至兼合聲韻調兩種以上，因此若分析《類篇》的破音方式，大致可分成單純式破音與兼合式破音兩大類，在152條字例中，單純式的破音佔絕對多數，而當中聲調的破音也是佔了大部分，茲配合詞性、引申等別義方式，列表如下〈表一〉、〈表二〉便可了解：

〈表一〉

例＼別義＼數＼單純破音	詞　性	引　申	小　計
聲　調	68	41	109
聲　母	7	6	13
韻　母	2	0	2
小　計	77	47	124

〈表二〉

例＼數＼別義＼兼合破音	詞　性	引　申	小　計
聲調聲母	1	4	5
聲調韻母	12	4	16
聲母韻母	2	1	3
聲韻調	2	2	4
小　計	17	11	28

表中單純式的聲調讀破，高達 109 條之多，從這個現象，可以讓我們了解爲什麼有不少學者稱破音別義爲「四聲別義」的原因了，但我們必須強調的是，大部分仍不等於全部。從《類篇》的音韻系統去分析聲調的破讀，有 109 條字例，可是如果再以《類篇》依承《集韻》通用韻，這類在實際語言中韻值相同的角度辨析❽，則可以將兼合式破音的「偵」、「咽」、「遲」三條例字，併入聲調破讀一類中，蓋：

偵　知盈切（平清）：豬孟切（去映）

咽　因連切（平僊）：伊甸切（去霰）

遲　陳尼切（平脂）：直吏切（去志）

映爲庚韻相承的去聲韻，但庚清爲通用韻，霰韻爲先韻相承的去聲韻，但僊與先爲通用韻，志韻爲之韻相承的去聲韻，但脂與之爲通用韻，這類通用韻在實際語言中，主要元音與韻尾相同的，換言之「偵」、「咽」、「遲」三字，可以不視爲聲調兼合韻母的破讀。旣然如此，在這 112 條聲調破音的範圍裡，其破音的方式有：平：上、平：去、上：平、上：去、去：平、去：上、入：上等，茲再將各式字例的數目列於〈表三〉

〈表三〉

數目　別義 聲調	詞　性	引　申	小　計
平：上	4	2	6
平：去	40	26	66
上：平	2	0	2

上：去	21	10	31
去：平	2	3	5
去：上	0	1	1
入：上	0	1	1
小　計	69	43	總計 112

從表中，我們可以發現去聲與非去聲的破音，凡 103 條字例，因此不難想見去聲在聲調的破音裡，所處的重要地位，但是由表中顯示四聲破讀的現象裡，個人以爲殷煥先於〈破讀的語言性質及其審音〉與〈上古去聲質疑〉二文中❽，所提出「離去無破」的主張，不盡可信。我們承認去聲與非去聲的破音，爲聲調破音的主體，但殷氏對於平：上間的破音，以爲：

> 這種聲調「破讀」是沒有的，如果有，那也是「絕無僅有」的。❽

這樣大膽的說法，在《類篇》中，我們至少可以舉出 8 個例字證明它「有」，而且不是「絕無僅有」的。至於上：入間的破音現象，殷氏也以爲是不存在的，但至少本文還能舉出一例來，因此殷氏之說，不免稍嫌武斷了。

二、別義則詞性變轉略多於意義引申

從上一小節〈表一〉、〈表二〉列舉詞性與引申兩類別義的例數，詞性的 94 例略多於引申的 58 例。在名詞、動詞、形容詞、副詞、介詞、數詞、量詞等詞性變轉的各種類型當中，名詞與動詞的互轉，是最爲普遍的一種，茲列舉詞類互轉各類型的例數如

〈表四〉：

〈表四〉

詞性變轉	例　數	詞性變轉	例　數
名詞：動詞	34	形容詞：名詞	1
名詞：形容詞	7	形容詞：動詞	14
動詞：名詞	21	形容詞：副詞	3
內動詞：外動詞	4	副詞：名詞	1
主動詞：被動詞	1	副詞：動詞	1
動詞：形容詞	4	介詞：名詞	1
動詞：副詞	1	數詞：量詞	1
總　　　　計		94	

表中的名詞、動詞互轉計有55例，佔了所有例字將近60％，由此可見名詞變轉為動詞，或者動詞變為名詞，在破讀字音以區別詞性的情形裡，它是具有重要的地位。個人甚至認為動詞在詞性轉變的地位，正如去聲在破音中的地位，實在因為在94例字當中，與動詞相關的變轉就高達80個例字，這種偏重在動詞的現象，或許是因為動詞在語法上的運用、變轉，較其他詞類來得靈活的緣故，為了區別這種變轉，而發生了字音的破讀。總之，這個問題，在破音別義的研究上，是值得再進一步深究的。

再者，梅祖麟於〈四聲別義中的時間層次〉一文中，曾認為王力氏「就動詞來看，基本詞讀非去聲，轉化出來的派生詞讀去聲，……此外《說文》下定義一般是把基本義歸給非去聲的讀

法。……」的論點是應該肯定的，因此以去入聲通轉的標準，論證「動變名型」早於「名變動型」，本文於第一節二小節中，曾依據殷商甲骨證明其說仍值得商榷，而本節若就《類篇》去：入破音別義的例字看來，確實有不少例字可證成王力之說，但如「度」、「舍」二例，則為去聲破讀為入聲，名詞用為動詞，且歸《說文》的基本義於去聲，與前說恰巧不合，因此梅氏以此論證「動變名型」早於「名變動型」，至少從《類篇》破音別義的現象看來，也是有漏洞的。

　　至於以意義引申的別義方式，本章第二節第二小節中曾據德國赫爾曼‧保羅（Hermann Paul）的〈語言史原理〉（〈Prinzipien der Sprachges chichte〉）一文析詞義的變遷為擴大、縮小、轉移三類舉例析述，茲再將意義引申這三類型的例數，例如〈表五〉：

〈表五〉

字義引申	例　　數
擴　　大	16
縮　　小	13
轉　　移	29
總　　計	58

在例字上字義引申是較少於詞性的變轉。

　　另外「別義」一名，本文區分成詞性變轉與意義引申兩類，若就當今語法學、詞滙學的立場而言，似乎二者是不能混為一談的，然而就古代漢語、漢字系統而言，這二者間的關係，往往又

不能分割得那麼清楚，例如前面第二節二、㈠節目中所舉〈車部〉
「輕」字一例，讀作平聲清韻「牽盈切」，作「輕車」一義，屬
名詞，讀作去聲勁韻「牽正切」時，作「疾也」一義，屬動詞，事
實上這破音別義的例字，它既區別詞性，也顯示其意義的轉移。
更何況在中古時期，古人根本沒有如今的詞性概念與名義，這些
詞性的差異，在字書中仍屬於意義的範疇。

　　另外還有一個值得注意的別義現象，即在意義引申一類中，
有意義相反的情形，在前文第二節二、㈡節目中，〈糸部〉「繻」
字，其讀平聲鹽韻「余廉切」，爲「續也」一義，而讀上聲琰韻
「以冉切」，則作「未續也」一義。這種情形，在訓詁學中，部
分學者以爲這是一種釋義的方式－「反訓」，不過，個人以爲若
站在意義演變的立場而言，則是心理學聯想的結果。基本上，意
義的引申與心理的聯想，是有密切關聯的，杜學知在〈意義引申
與聯想法則〉一文❽。曾提出「引申的作用，是根據於聯想的法
則的」的說法，這是可以相信的，在思考心理學的發展史中，希
臘的亞里斯多德（Aristotle）曾提出聯想的三原理：一爲「接近律」
（Principle of Contiguity），二爲「類似律」（Principle of Simi-
larity），三爲「對比律」（Principle of Contrast）❽，而「繻」字
之所以產生相反的引申義，正是聯想的「對比律」，所謂「對比
律」是指兩個觀念相互對立或相互對比時，則其中一個觀念產生
時，容易聯想到另一個相對的觀念，如由白而想到黑，由大而想
到小，由美而想到醜，由有而想到無，自然地，「繻」字的意義，
可以由「續」而聯想引申到「未續」了，但是這種意義相反的引
申，《類篇》也有以破音的方式加以區別，十分特殊，值得注意。

三、説文本義多屬非去聲而派生義多屬去聲

　　論及破音與別義間的互動關係，王力氏於《漢語史稿》中曾就語法在動詞方面，以《説文》與《廣韻》參照，論述本義多讀非去聲❸，而轉化出來的派生義多讀去聲❸。王力的論點，我們在《類篇》破音別義的例字裡可以得到證實，甚至我們擴充別義的範圍，不僅是在動詞方面，舉凡其他詞性或意義的引申，也多呈現這樣的趨勢，也就是在「別義」上，《説文》的本義多屬於非去聲，而轉化的派生義多屬去聲。我們將第二節二小節裡所列具單純式與兼合式的破音例字觀察，則去聲與非去聲破音的例字中，載及《説文》本義者，共有99條，其中袘、王、衣、文、行、先、媛、高、長、溲、首、雨、女、瀋、采、丁、點、重、正、胡、疏、羼、少、乳、教、齊、遲、肉、食等29字，雖未注明其本義載自《説文》，而經查檢屬實，《類篇》則於載列音義之時，將《説文》本義大多數屬於非去聲，總計平聲有55例，上聲26例，入聲7例，共是88例字，而只有禁、貫、媛、緣、左、造、教、近、度、合、貸等11個例字，將《説文》本義歸屬於去聲。這種現象。王力氏曾就語法範疇指出，這是爲區別本義與派生義，而從非去聲衍化出去聲來，形成對立現象以區別，而這也正是去聲形成較晚的原因。個人以爲去聲的形成應當不會如此單純，中古的去聲，應該不完全是純粹因爲破音別義而產生，依照本章第一節二小節中，對上古四聲發展大勢的看法，先秦詩經的時代，就有去聲的產生，而破音別義的產生，個人也以爲在商周時期，也可能已經發生，則誠如周法高先生所說，破音別義

的現象原本應是自然的語音現象，因此應該有不少例字是上古遺留下來的，「不過，好些讀音的區別，卻是後來依據相似的規律而創造的。」❸所以造成漢、魏之後，有大量的破音別義產生，於是在這類原本屬非去聲的本義，爲了區別轉化的派生義，就產生了去聲一讀，因此這類一字兩讀的去聲，我們相信它發生的時代較晚，是爲了別義而破音形成的，當然，並不是指所有的去聲，都是如此產生的。

四、引典籍爲例證有範圍文學語言的目的

《類篇》的編纂，據〈附記〉記載，固然是爲了跟《集韻》「相副施行」，然而唐宋以來的字書、韻書的刊修，本來就有爲科舉考試訂定音義標準的目的，而破讀字音以區別詞性的變轉或意義的引申，原本是不容易掌握的音義現象，因此《類篇》也時時於辨音析義之後，徵引典籍例證，以供學者參稽。在前文第二節二小節中，我們可以看見「麾」下引《周禮》、《春秋傳》、「貫」下引《易》、「縫」下引《周官》、「膏」下引《詩》、「陰」下引《禮》、「三」下引《論語》、「女」下引《書》、「胡」下引《漢書》、「伃」下引《莊子》、「幎」下引「儀禮」、「鐕」下引《管子》……等，可見《類篇》編者其範圍文學語言的目的。這種文學語言的規範，除了有一部分可能早期的自然語文現象，一部分爲後來六朝學者依其規律創造，但是流傳既久，約定俗成，至北宋而爲《類篇》所收錄，這些破音別義的現象，有的流傳的時空廣大，影響深遠，甚至到現今都仍然在使用，例如在第二節二小節例字中的好、惡、冠、文、倒、與等諸字，在今

曰國語仍有美好（ㄏㄠˇ）：好（ㄏㄠˋ）惡、作惡（ㄜˋ）：厭惡（ㄨˋ）、衣冠（ㄍㄨㄢ）：冠（ㄍㄨㄢˋ）軍、文（ㄨㄣˊ）章：文（ㄨㄣˋ）飾、顛倒（ㄉㄠˇ）：倒（ㄉㄠˋ）頭、給與（ㄩˇ）：參與（ㄩˋ）等破音別義的情形，也有因時空的轉移，而逐步消失，或廢置不用，例如在《類篇》中〈貝部〉「貸」字以韻異調別而區分貸借、求貸這內動詞、外動詞的不同，今日則由於國語入聲韻的消失而不因詞性的變轉有讀音上的差異，再如〈糸部〉「紵」讀平聲虞韻「馮無切」為名詞「布也」，讀去聲遇韻「符遇切」為動詞「縛繩」，或〈火部〉「煆」讀平聲麻韻「虛加切」為名詞「火氣」，讀去聲禡韻「虛訝切」為動詞「熱也」等，這些則可能因文字的罕用而僵化棄置。又由於破音別義的形成，有摻入人為的因素，因此一字的破音別義，儘管時代相同，可是見解有別，定出規範文學語言的標準不同，例如《類篇》的內容大抵同於《集韻》，而《集韻》編者之一的賈昌朝撰《群經音辨》，《類篇》的破音別義固然多有參稽於《群經音辨》，但如〈大部〉「大」字以去聲泰韻「徒蓋切」為「天大地大人亦大」，廣大的意義，以去聲箇韻「佗佐切」為「太也」的意思，而《群經音辨》〈辨字音清濁〉則云：「凡廣曰大，徒蓋切；其極曰大，土蓋切。」⑳在《群經音辨》是聲母破音，在《類篇》則是韻母破音。又如〈角部〉「解」字，《類篇》以見母「舉蟹切」為「判也」，以匣母「下買切」為「曉也，教也」，其以清濁相變以別其意義的引申，而《群經音辨》〈辨字音清濁〉云：「解，釋也，古買切；既釋曰解，胡買切」㉑，則以清濁的破音區別動詞是否為完成式。總之，《類篇》的破音別義是有範圍當時

代文學語言的目的，也作為科舉考試的標準，但這範圍文學語言
的標準，會因著時空轉變的差異，人為觀點的不同，而其內容與
範圍而不同，這是一個必須注意的現象。

綜上所論我們對於《類篇》破音別義的現象，大致可以獲得
一些粗概的認識。然而由於《類篇》本身材料蕪雜，音義的來源
多方，再加上編排體例上的限制，有時反而徵顯不出破音別義的
現象。尤其有一些字典意義，僅僅是以一二文詞詮解，所幸尚能
徵引典籍，作為例證，而有助於從其脈絡中判斷意義與詞性，但
是多半是缺乏例證的，因此含義的廣狹，與詞性的變轉，總是不
容易遽作判定，而產生甄別與研究上的困難，殊為可惜。雖然如
此，我們仍然從《類篇》中紬繹部分破音別義的例字，作如上的
分析，於字音、意義、文法等彼此相互連屬的關係，作一相當程
度探論，以就教於方家學者。

註　釋

❶　參見本書第二章〈類篇字義探源〉所述。

❷　參見周祖謨《問學集》p. 91 所論。

❸　參見殷煥先〈關於方言中讀破的現象〉一文，發表於 1987 年《文史哲》雜誌 1 期 PP. 62 - 67。

❹　除了漢語之外，我國西南地區在貴州省境內，屬於侗傣語族，侗水語支的水語，壯傣語支的佈依語，也有「破音別義」的現象。參見 1982 年《民族語文》6 期中， PP. 31 - 38，倪大白〈水語的聲調別義〉一文。

❺　見王力《漢語史稿》p. 217、高名凱《漢語語法論》P. 45、 洪心衡〈關于「讀破」的問題〉發表於 1965 年《中國語文》1 期 PP. 37 - 43.、殷煥先〈關於方言中讀破的現象〉 一文參見注❶，且殷氏之說又見於〈上古去聲質疑〉，該文發表於《音韻學研究》第二輯 PP. 52 - 62。

❻　呂冀平、陳欣向的〈古籍中的「破音異讀」問題〉一文發表於《中國語文》1964 年 5 期，任銘善〈「古籍中的『破音異讀』問題」補義〉一文，發表於《中國語文》1965 年 1 期 PP. 44 - 48。

❼　周文收錄於其《問學集》一書中， PP. 81 - 119，齊氏之說見其《訓詁學概論》P. 79，胡氏則見其書中 PP. 39 - 55，〈四聲別義簡說〉一章，梅氏之文則發表於《中國語文》1980 年 6 期 PP. 427 - 443。

❽　呂文收錄於其《語文近著》之中， PP. 110 - 117。

❾　竺文發表於《淡江學報》27 期， PP. 195 - 206，又殷煥先〈關於方言中讀破的現象〉一文中，有時也稱「破讀」爲「殊聲別義」。

❿　張文發表於師大《國文學報》創刊號 PP. 219 - 226。

⓫　吳文爲 1982 年師範大學國文研究所碩士論文。

⓬　見王力《漢語史稿》P. 217。

⓭　參見注❻。

⓮　參見《問學集》P. 119。

⑮ 參見《音韻學研究》第二輯 P. 52。

⑯ 周祖謨〈四聲別義釋例〉、梅祖麟〈四聲別義中的時間層次〉均已見上述，而周法高先生說見其《中國古代語法・構詞編》PP. 5-96，與其《中國語法札記》中〈語音區別詞類說〉，（收錄於《中國語言學論文集》PP. 349-364）。瑞典高本漢（Bernhard Karlgren）撰 Word Families in Chinese，（張世祿有譯本，名為《漢語詞類》）BMFER，NO. 5（1935）PP. 9-120 及其 The Chinese Langeuage（《中國語言概論》）（1949）PP. 89-95。包擬古（Nicholas C. Bodman）之說見其評 The Chinese Language，Language，Vol. 26. No, 2（1950），P. 345。英國唐納（G. B. Downer）Derivation by Tone-Change in Classical Chinese（梅祖麟譯作《古代漢語中的四聲別義》，而周法高《中國古代語法・構詞篇》譯作《古代漢語中由於聲調變化所形成了「轉化」》），Bulletin of the School of Oriental and African Studies 22（1959）PP. 258-290。

⑰ 參見殷煥先〈上古去聲質疑〉一文，《音韻學研究》第二輯 P. 59。

⑱ 參見王利器《顏氏家訓集解》P. 498。

⑲ 同註⑱ P. 503。

⑳ 參見鄧仕樑、黃坤堯《新校索引經典釋文》P. 3。

㉑ 參見顧炎武《音論》卷下 PP. 2-4。

㉒ 「觀」條參見《皇清經解》卷 439，P. 4，「長深高廣」條見同書卷 441，P. 7。

㉓ 盧氏說見所著《鍾山札記》卷一，段氏則見其《六書音均表》。

㉔ 參見《中國語文研究》第 7 期，PP. 131-132。

㉕ 參見《問學集》PP. 83-91。

㉖ 參見《漢語史稿》P. 217。

㉗ 參見所著《訓詁學大綱》P. 41。

㉘ 參見《中國語文》1965 年第 1 期，P. 27。

㉙ 參見聯貫出版社印行張世祿譯本。

㉚ 本段譯文是根據周法高先生《中國語法札記・語音區別詞類說》，參見所著《中國語言學論文集》P. 351。

㉛　參見周法高先生《中國語言學論文集》 PP. 363-364。

㉜　參見周法高先生《中國古代語法・構詞編》 PP. 46-47 譯述。

㉝　參見《中國語文》1980 年第 6 期 P. 429。

㉞　郭沫若於所著《兩周金文辭大系考釋》〈大盂鼎〉下說：「本鼎乃康王時器，下〈小盂鼎〉言『用牲啻褅周王、囗王、成王』，其時代自明。」，參見該書 P. 34。

㉟　主張這個說法，最早有法國的歐第國（Haudricourt）Comment reconstraire le chinois archaique，Word 10, PP. 351-364 馬學進曾翻譯成中文，篇名作〈怎樣擬測上古漢語〉，發表於《中國語言學論集》PP. 198-226，其後尙有蒲立本（Pulley blank E.G.）於 1963、1973 、1978 連續發表 The consonantal system of old Chinese, Part 2, Asia Major 9, PP. 205-265; Some Further evidence regarding Old Chineses and its time of disappearance, Bulletin of the School of Oriental and African Studies, University of London, 36, Part 2, PP. 368-373; The nature of the Middle Chinese tones and their development to Early Mandarin, Journal of Chinese Linguistics 6, 2. pp. 173-203。還有梅祖麟於 1970 發表 Tones and prosody in Middle Chinese and the Origin of the rising tone HJAS 30, pp. 86-110。

㊱　參見中央研究院《第一屆國際漢學會議論文集》 PP. 267-283。

㊲　參見高本漢（Bernhard Karlgren）1960 Tonesin Acharic Chinese （〈論中國上古聲調〉）BMFEA32, PP. 121-127。董同龢《上古音韻表稿》或《漢語音韻學》 PP. 312-313 ，丁邦新〈漢語聲調源於韻尾說之檢討〉。

㊳　參見王力《漢語史稿》 PP. 64-65，或《漢語語音史》 PP. 89-99 林尹《中國聲韻學通論》P. 113。陳師新雄《古音學發微》 PP. 1257-1278。其中林、陳先生不稱「舒促」而稱爲「入平」。

㊴　參見香港中文大學《中國文化研究學報》1 期 PP. 113-170。

㊵　參見《漢語音韻學》P. 306。

(41) 參見《音韻學研究》第一輯，P.265。

(42) 參見《殷虛卜辭綜述》PP. 132 - 134。

(43) 《合》爲郭若愚等《殷虛文字綴合》簡稱，下同。

(44) 《前》爲羅振玉《殷虛書契前編》簡稱，下同。

(45) 《續》爲羅振玉《殷虛書契續編》簡稱，下同。

(46) 《金》爲方法斂《金璋所藏甲骨卜辭》簡稱，下同。

(47) 《南》爲胡厚宣《戰後南北所見甲骨錄》簡稱，下同。

(48) 《乙》爲董作賓《小屯・殷虛文字乙編》簡稱，下同。

(49) 《丙》爲張秉權《小屯・殷虛文字丙編》簡稱，下同。

(50) 《庫》爲方法斂《庫方二氏藏甲骨卜辭》簡稱，下同。

(51) 《合集》爲郭沫若等《甲骨文合集》簡稱，下同。

(52) 《粹》爲郭沫若《殷契粹編》簡稱，下同。

(53) 自王國維《戩壽堂所藏殷虛文字》考「田」的本義爲田獵，一反許愼《說文》以來，不乏信其說之學者，文中引到今《合集》一中「劦田其受年」，該片卜辭，徐仲舒《甲骨文字典》以爲是殷商最早期，也就是第一期的甲骨片，這兒「田」指農田，而殷氏以爲「田」作田獵，動詞解，其義應在農田之先，個人以爲從甲骨文字形構觀察，其反有「田野」之形，實無動詞「打獵」的意構，因此以爲許說農田爲田的本義爲是。田獵則是從農田的詞義擴大轉變而來。

(54) 《存》爲胡厚宣《甲骨續存》的簡稱，下同。

(55) 參見《甲骨文字典》P. 1502。

(56) 《菁》爲羅振玉《殷虛書契菁華》簡稱，下同。

(57) 《新》爲胡厚宣《戰後京津新獲甲骨集》之簡稱，下同。

(58) 《佚》爲商承祚《殷契佚存》簡稱，下同。

(59) 徐仲舒《甲骨文字典》以爲「先」字的本義爲先世，《說文》的「前進」爲後起意，個人以爲古文字中凡加「」形符，多半有行動的意思，例如（之）指人足於地，有所往也。（各）指人由外而來於坎，（出）指人由內而出於坎，因此甲骨文象一立於人之前，應指某人舉足前進的意思，所以《說文》的說解應屬可信，而作祖先則爲引申義。

⑥　《摭續》爲李亞農《殷契摭佚續編》簡稱，下同。

⑥　《人》爲貝塚茂樹《京都大學人文科學研究所藏甲骨文字》簡稱，下同。

⑥　聞文發表於《東方雜誌》25 卷 3 號。

⑥　趙文發表於《古文字研究》第 17 輯　PP.324 - 337。

⑥　《明》爲明義士《殷虛卜辭》簡稱，下同。

⑥　《藏》爲劉鶚《鐵雲藏龜》簡稱。

⑥　《掇》爲郭若愚《殷契拾掇》簡稱。

⑥　參見 1980《中國語文》6 期 P.429。

⑥　參見周法高先生《中國語言學論文集》 PP.363 - 364。

⑥　《說文》：「約，纏束也。」

⑦　《類篇》「文」字「文運切」下原無字義，蓋其字義同於「眉貧切，飾也」今音義旣在「眉貧切」之後而義與之同，依《類篇》書例，則省略不贅。

⑦　汲古閣影宋鈔本、文淵閣四庫全書本、姚刊三韻本等《類篇》「隙」均作「隟」，形訛，玆據徐鍇《說文繫傳》正。

⑦　汲古閣影宋鈔本、文淵閣四庫全書本、姚刊三韻本等《類篇》於「牽正切」下均漏「疾也」一義，而述古堂影宋鈔本《集韻》有之，玆據補。

⑦　汲古閣影宋鈔本、文淵閣四庫全書本、姚刊三韻本等《類篇》原作「度長短曰丈」，考述古堂影宋鈔本四部備要本等《集韻》「丈」皆作「長」，玆據正。

⑦　汲古閣影宋鈔本、文淵閣四庫全書本、姚刊三韻本等《類篇》「左」下原缺「广手也」一義，考述古堂影宋鈔本《集韻》有，玆據補。

⑦　諸本《類篇》原作「偕也」、考大徐本《說文》、徐鍇《說文繫傳》均作「偕也」，玆據正。

⑦　諸本《類篇》「好」下均脫「愛也」一義，考述古堂影宋鈔本、四部備要本《集韻》〈号韻〉「虛到切」「好」下有之，玆據補。

⑦　《類篇》所據的大小徐本《說文》，「緘」字下作「束篋也」，段注《說文》以爲應增益作「所吕束篋也」，玆從之。

78 《類篇》諸本載《說文》原作「軒車前 衣車後也」，考段注《說文》作「輜軒，衣車也，軒，車前衣也，車後爲輜。」茲據正。

79 《類篇》諸本原缺意義，考述古堂影宋鈔本《集韻》〈焮韻〉「近」下有《說文》附也。」一義，茲據補。

80 本節的擬音是依據拙作《類篇研究》。

81 《類篇》諸本「食」下「一米」一義，是據大小徐《說文》，然段注《說文》以爲「△米」之誤，蓋「△，集也，集衆米而成食也。」

82 參見拙作《類篇研究》〈類篇字音研究〉所論。

83 〈破讀的語言性質及其審音〉一文，見1963年《山東大學學報》，〈上古去聲質疑〉參見注❺。

84 參見《音韻學研究》第二輯 pp. 56 - 57。

85 參見《大陸雜誌》20卷12期， pp．1 - 4。

86 參見葉重新《心理學》P.243 所述。

87 此處的「本義」，王力於注文中指「能生出其他意義來的本來意義。」也就是一般所謂的「基本義」，本章言「本義」也同是這個意義。

88 參見《漢語史稿》pp．213 - 217。

89 參見注68。

90 參見商務印書館景四部叢刊本《群經音辨》P.60。

91 同注90 p．56。

參考引用書目

丁　山

1956，《甲骨文所見氏族及其制度》，1988，中華書局，
北京。

丁佛言

1924，《說文古籀補補》，1988，中華書局，北京。

丁邦新

1981，〈漢語聲調源於韻尾說之檢討〉，《第一屆國際漢
學會議論文集》，中央研究院，台北。

丁　度

1939，《集韻》，1970，中華書局四部備要本，台北。
《集韻》，1986，學海出版社影述古堂影宋鈔本，
台北。

于省吾

1940，《雙劍誃殷契駢枝》，1975，藝文印書館印《殷
契駢枝全編》本，台北。

1941，《雙劍誃殷契駢枝續編》，1975，藝文印書館印《殷
契駢枝全編》本，台北。

王　力

1944，《中國語法理論》，1984，山東教育出版社，濟南。

1957，《漢語史稿》，1970，泰順書局，台北。

1962,《古代漢語》,1989,藍燈文化事業公司,台北。

1980,《龍蟲並雕齋文集》,中華書局,北京。

1985,《漢語語音史》,中國社會科學出版社,北京。

王引之

1797,《經義述聞》,1979,廣文書局,台北。

孔仲溫

1987a,《類篇研究》,學生書局,台北。

1987b,〈宋代的文字學〉,《國文天地》27:73-79。

1989,〈類篇字義探源〉,《靜宜人文學報》1:121-146。

1990,〈類篇字義的編排方式析論〉,《興大中文學報》
　　　3:123-137。

1991a,〈類篇破音別義研析〉,《漢語言學國際學術研討
　　　會論文集㈡》,19-52,武漢華中理工大學,武漢。

1991b,〈段注說文牡妹二字形構述論〉,《第二屆清代學
　　　術研討會論文集》,577-599,中山大學,高雄。

1993a,〈論字義的分類及本義的特質〉,《中山人文學報》
　　　1:39-50。

1993b,〈論引申義的特質〉,《林尹教授逝世十週年學術
　　　論文集》,231-242。

1993c,〈類篇引申義析論〉,中國海峽兩岸黃侃學術研討
　　　會,1-14,華中師大,武漢。

1993d,〈類篇假借義析論〉,《第一屆中國訓詁學學術研
　　　討會論文初稿》95-121,輔仁大學,台北。

1993e,〈類篇本義析論〉,排印中。

1993f,〈論假借的意義與特質〉，排印中。

王先謙

1891，《荀子集解》，1973，藝文印書館，台北。

毛亨傳・鄭玄箋・孔穎達疏

642，《毛詩正義》，1974，藝文印書館十三經注疏本。

王初慶

1980，《中國文字結構析論》，文史哲出版社，台北。

王利器

1978，《顏氏家訓集解》，1982，明文書局，台北。

王恒餘

1961，〈說祝〉，《中央研究院史語所集刊》32：99-118。

王念孫

1796，《廣雅疏證》，1978，香港中文大學，香港。

王國維

1921，《觀堂集林》，1975，河洛圖書出版社，台北。

王　筠

1837，《說文釋例》，1977，鼎文書局印《說文解字詁林正補合編》本，台北。

王應麟

《玉海》，1983，商務印書館印文淵閣四庫全書本，台北。

史存直

1989，《漢語詞滙史綱要》，華東師大出版社，上海。

司馬光等主編

1066，《類篇》，1983，商務印書館文淵閣四庫全書本，

北京。

《類篇》，1984，中華書局印清姚刊三韻本，北京。

《類篇》，1988，上海古籍出版社印汲古閣影宋鈔本，上海。

司馬遷

《史記》，藝文印書館印廿五史武英殿本，台北。

丘雍・陳彭年等

601，《大宋重修廣韻》，1975，聯貫出版社影澤存堂本，台北。

任大椿

1782，《字林考逸》，藝文印書館百部叢書集成影式訓堂叢書本，台北。

向　夏

1974，《說文解字敘講疏》，台灣翻印本。

任銘善

1965，〈古籍中的破音異讀問題補義〉，《中國語文》1：44－48。

朱　熹

1189，《四書集註》，1974，學海出版社，台北。

朱駿聲

1833，《說文通訓定聲》，1975，藝文印書館，台北。

吳大澂

1833，《說文古籀補》，1990，中國書店，北京。

束世澂

1956，〈夏代和殷代的奴隸制度〉，《歷史研究》1。

李孝定

1965，《甲骨文字集釋》，中央研究院史語所專刊之五十，
台北。

1977，《漢字史話》，聯經出版公司，台北。

呂叔湘

1989，《呂叔湘自選集》，上海教育出版社，上海。

何秀煌

1965，《記號學導論》，1990，水牛出版社，台北。

呂思勉

1987，《文字學四種》，藍燈文化事業公司，台北。

李國英

1981，《說文類釋》，南嶽出版社，台北。

吳傑儒 1982，《異音別義之源起及其流變》，台灣師大國研所，
碩士論文。

杜預注・孔穎達疏

《左傳注疏》，1973，藝文印書館十三經注疏本，台北。

貝塚茂樹

1959，《京都大學人文科學研究所藏甲骨文字》，京都大
學人文科學研究所，日本。

呂冀平・陳欣向

1964，〈古籍中的破音異讀問題〉，《中國語文》5：
368 - 377。

杜學知

1960，〈意義引申與聯想法則〉，《大陸雜誌》20：12：1-4。

1961，〈字義之類型〉，《成功大學學報》1：71-87。

1970，《訓詁學綱目》，1974，商務印書館，台北。

周大璞

1983，《訓詁學要略》，新文豐出版社，台北。

林 尹

1936，《中國聲韻學通論》，1982， 林炯陽注釋，黎明文化公司，台北。

1975，《文字學概要》，正中書局，台北。

1975，《訓詁學概要》，正中書局，台北。

周 何

1985，《訓詁學導讀》，《國學導讀叢編》，康橋出版公司，台北。

1990，〈通叚字的來由〉，《人文及社會學科教學通訊》1：2：6-10。

林明波

1975，《唐以前小學書之分類與考證》，東吳大學學術著作委員會，台北。

周法高

1955，《中國語文研究》，華岡出版部，台北。

1972，《中國古代語法，構詞編》，台聯國風出版社，台北。

1974，《金文詁林》，香港中文大學，香港。

1975，《中國語言學論文集》，聯經出版公司，台北。

周秉鈞

1981，《古漢語綱要》，湖南教育出版社，湖南。

金祖同

1939，《殷契遺珠》，1974，藝文印書館影孔德圖書館本，台北。

拉耶芙斯卡雅（N.Rayevskaya）

1957，《英語詞滙學引論》（English Lexicology），1960，商務印書館，北京。

周祖謨

1950，《方言校箋》，1972，鼎文書局，台北。

1966，《問學集》，1979，河洛圖書出版社，台北。

1992，《語言文史論集》，五南出版公司，台北。

金祥恒

1959，《續甲骨文編》，1990，藝文印書館印《金祥恆先生全集》本，台北。

竺家寧

1980，〈論殊聲別義〉，《淡江學報》27：195-206。

屈萬里

1961，《殷虛文字甲編考釋》，中央研究院史語所，台北。

洪心衡

1965，〈關于讀破的問題〉，《中國語文》1：37-43。

段玉裁

1807，《說文解字注》，1982，學海出版社影經韻樓藏板，台北。

《段玉裁遺書》，1986，大化書局，台北。

洪成玉

1991,〈說本義〉,《漢字漢語學術研討會論文集》下冊：292 - 309，北京。

《古漢語詞義分析》，天津人民出版社，天津。

紀昀等

1782,《欽定四庫全書總目》,1974，藝文印書館，台北。

胡厚宣

1944,《甲骨學商史論叢初集》,1972，大道書局，台北。

姚振宗

《補三國藝文志》,1974，開明書店二十五史補編輯印本，台北。

《隋書經籍志考證》,1974，開明書店二十五史補編輯印本，台北。

胡楚生

1972,《訓詁學大綱》,1980，蘭臺書局，台北。

俞樾

《古書疑義舉例》,1974，漢京文化公司印重編本皇清經解續編本，台北。

范曄

《後漢書》，藝文印書館廿五史武英殿本，台北。

胡樸安

1937,《中國訓詁學史》,1976，商務印書館，台北。

洪燕梅

1993,《睡虎地秦簡文字研究》，政大碩士論文，台北。

倪大白

1982，〈水語的聲調別義〉，《民族語文》6：31 - 38。

晁公武

1151，《郡齋讀書志》，1968，商務印書館景宋淳祐袁州刊本，台北。

徐中舒

1932，〈士王皇三字探原〉，《中央研究院史語所集刊》4：4：441 - 446。

1980，《漢語古文字字形表》，1982，文史哲出版社，台北。

1988，《甲骨文字典》，四川辭書出版社，成都。

高玉花

1989，〈假借爲造字法初探〉，《古漢語研究》2，河南大學出版社，河南。

高本漢（Bernhard Karlgren）

1923，《中國語與中國文》（Sound and Symbol in Chinese），1978，張世祿譯，長安出版社，台北。

1935，《漢語詞類》（Word Families in Chinese, BMFEA. NO 5：9 - 120），1974，張世祿譯，聯貫出版社，台北。

高名凱

1946，《漢語語法論》，1985，台灣開明書店，台北。

高 亨

1963，《文字形義學概論》，1980，齊魯書社重印。

高 明（仲華）

1978，《高明小學論叢》，黎明文化事業公司，台北。

高 明

1980，《古文字類編》，1986，大通書局，台北。

馬承源主編

1986，《商周青銅器銘文選》，文物出版社，北京。

梁東漢

1981，《漢字的結構及其流變》， 上海教育出版社，上海。

馬宗霍

1956，《說文解字引群書考》，1973，學生書局，台北。

孫海波

1934，《甲骨文編》，1959重編，中華書局，北京。

馬敍倫

1975，《說文解字六書疏證》，鼎文書局，台北。

徐 復

1992，《廣雅詁林》，江蘇古籍出版社，上海。

孫詒讓

1904，《契文舉例》，1963，藝文印書館印《孫籀廎先生集》本，台北。

1905，《名原》，1963，藝文印書館印《孫籀廎先生集》本，台北。

殷煥先

1963，〈破讀的語言性質及其審音〉，《山東大學學報》，山東。

1986，〈上古去聲質疑〉，《音韻學研究》2：52－62。

1987，〈關於方言中讀破的現象〉，《文史哲》1：62－67。

馬瑞辰

《毛詩傳箋通釋》，1978，中華書局四部備要本，台北。

徐　鍇

974?，《說文繫傳》，1971，華文書局景道光祁刻本，台北。

高鴻縉

1960，《中國字例》，三民書局，台北。

唐　蘭

1934，《殷虛文字記》，1981，中華書局，北京。

1969，《中國文字學》，臺灣開明書店，台北。

1979，〈殷虛文字二記〉，《古文字研究》1：55－62。

郝懿行

《爾雅義疏》，1974，河洛出版社影沛上重刊本，台北。

《山海經箋疏》，1979，中華書局四部備要本，台北。

陳五云

1985，〈字無引申義詞無假借義說〉，《上海師大學報》1985：4：142－145。

張日昇

1969，〈試論上古四聲〉，《中國文化研究學報》1：113－170，香港中文大學。

張仁立

　　　1988，〈詞義演變的心理因素初探〉，《山西師大學報》
　　　　　社科版 1：77-80。

張永言

　　　1982，《詞滙學簡論》，華中工學院，武昌。

張正男

　　　1972，〈國字今讀歧音異義釋例〉，《國文學報》1：219
　　　　　-226，台灣師大。

張　有

　　　1110，《復古編》，1983，商務印書館印四庫全書本，台北。

張光裕・袁國華合編

　　　1992，《包山楚簡文字編》，藝文印書館，台北。

畢　沅

　　　1789，《釋名疏證》，1971，廣文書局影靈巖山館藏板，
　　　　　台北。

商承祚

　　　1923，《殷虛文字類編》，1979，文史哲出版社，台北。

郭沫若

　　　1931，《兩周金文辭大系考釋》，大通書局，台北。
　　　1933，《卜辭通纂》，1976，大通書局，台北。
　　　1952，《甲骨文字研究》，民文出版社，台北。
　　　1982，《甲骨文合集》（主編），中華書局，北京。

陸宗達・王　寧

　　　1983，《訓詁方法論》，中國社會科學出版社，北京。
　　　1985，〈說文解字與本字本義的探求〉，《詞典和詞典編

纂的學問》，上海辭書出版社。

常宗豪

1992，〈楊魯交誼及其叚借說〉，《第三屆中國文字學國
際學術研討會論文集》，427 - 450，輔仁大學，台
北。

許威漢

1992，《漢語詞滙學引論》，商務印書館，北京。

章炳麟

《國故論衡》，1977，廣文書局，台北。
《國學略說》，1987，文史哲出版社，台北。

梅祖麟

1970，Tones and Prosody in Middle Chinese and the
Origin of the rising tone HJAS, 30:86 - 110。
1980，〈四聲別義中的時間層次〉，《中國語文》6：
427 - 443。

陳振孫

《直齋書錄解題》，1968，商務印書館國基本，台
北。

陳振寰

1992，〈六書說申許〉，《語言文字學月刊》1922：2：
113 - 139。

陳紹棠

1985，〈讀破探源〉，《中國語文研究》7：119 -134，
香港。

張揖撰·黃奭揖

   《埤倉輯本》，藝文印書館印黃氏逸書考本，台北。

陳彭年等

  1013，《大廣益會玉篇》，1987，中華書局影張士俊澤存
   堂本，北京。

許慎撰·徐鉉等校定

  100，《說文解字》，1982，華世出版社影靜嘉堂藏宋刊本台北。

陳新雄

  1971，《古音學發微》，文史哲出版社。

  1984，《鍥不舍齋論學集》，學生書局，台北。

  1992，〈章太炎先生轉注假借說一文之體會〉，《國文學
   報》21：229 - 234。

  1993 ，〈黃季剛先生及其古音學〉，《中國學術年刊》
   14：399-438。

陳夢家

  1956，《殷虛卜辭綜述》，科學出版社，台灣翻印。

陸德明撰·黃坤堯、鄧仕梁新校索引

  583，《經典釋文》，1988，學海出版社印新校索引本，台北。

郭璞注·邢昺疏

   《爾雅注疏》，1973，藝文印書館十三經注疏本，
   台北。

許學仁

  1979，《先秦楚文字研究》，台灣師大碩士論文。

張聯榮

1992，〈詞義引申中的遺傳義素〉，《北京大學學報》哲
　　　社版，北京。

黃侃口述·黃焯筆記

1983，《文字聲韻訓詁筆記》，木鐸出版社，台北。

黃建中·胡培俊

1990，《漢字學通論》，華中師大出版社，湖北。

程俊英·梁永昌

1989，《應用訓詁學》，華東師大出版社，上海。

雲夢睡虎地秦墓編寫組

1981，《雲夢睡虎地秦墓》，文物出版社，北京。

葉玉森

1933，《殷虛書契前編集釋》，1966，藝文印書館，台北。

董同龢

1944，《上古音韻表稿》，台聯國風出版社，台北。

1965，《漢語音韻學》，學生書局，台北。

1974，《董同龢先生語言學論文選集》，丁邦新編，食貨
　　　出版社，台北。

董作賓

1933，〈帚矛說〉，《安陽發掘報告》4：635－676，1978，
　　　南天書局，台北。

1948，《殷虛文字甲編》，商務印書館。

1950，《殷虛文字乙編》，中央研究院史語所，台北。

賈昌朝

1039，《群經音辨》，1981，商務印書館影四部叢刊本，

台北。

齊佩瑢

《訓詁學概論》，1983，華正書局，台北。

葉重新

1983，《心理學》，華泰書局，台北。

楊家駱編

1975，《說文解字詁林正補合編》，鼎文書局，台北。

賈　誼

《新書》，1978，中華書局四部備要本，台北。

楊劍橋

1992，〈通假研究述略〉，《中國語文通訊》18：15－18。

裘錫圭

1988，《文字學概要》，商務印書館，北京。

楊樹達

1951，《積微居金文說》，1974，大通書局，台北。

1963，《積微居甲文說》，1974，大通書局，台北。

趙元任

1959，《語言問題》，1968，商務印書館，台北。

1980，《中國話的文法》(A Grammar of Spoken Chinese, 1968)，丁邦新譯，中文大學出版社，香港。

趙世舉

1989，《古漢語易混問題辨析》，陝西人民出版社，西安。

趙岐注・孫奭正義

《孟子注疏》，1973，藝文印書館十三經注疏本，

台北。

聞 宥

〈殷虛文字孳乳研究〉,《東方雜誌》25：3。

銀雀山漢臺竹簡整理小組

1980,〈銀雀山簡本尉繚子釋文〉,《文史集林》2：
108-128,木鐸出版社,台北。

趙 誠

1984,〈商代音系探索〉,《音韻學研究》1：259-265,
中華書局,北京。

1989,〈甲骨文行爲動詞探索㈠〉,《古文字研究》17：
324-337。

劉又辛

1988,《通假概說》,巴蜀書社,四川。

劉文典

1921,《淮南鴻烈集解》,1968,商務印書館,台北。

鄭玄注・賈公彥疏

《周禮注疏》,1973,藝文印書館十三經注疏本,
台北。

《儀禮注疏》,1973,藝文印書館十三經注疏本,
台北。

鄭玄注・孔穎達疏

642,《禮記正義》,1973,藝文印書館十三經注疏本,
台北。

劉向集錄

《戰國策》，1978，九思出版公司，台北。

潘重規

1977，《中國文字學》，東大圖書公司，台北。

1980，〈敦煌卷子俗寫文字與俗文學之研究〉，《木鐸》
9：25-40。

劉師培

1934，《劉申叔先生遺書》，1975，華世出版社，台北。

歐第國（Haudricourt）

1977，〈怎樣擬測上古漢語〉，（Comment reconstraire le
chinois archaique, Word 10：351-364），馬學進
譯，《中國語言學論集》，幼獅文化公司，台北。

魯實先

1959，〈卜辭姓氏通釋之一〉，《東海學報》1：1

1973，《假借遡原》，1978，文文出版社，台北。

1993，《文字析義》，魯實先全集編輯委員會，台北。

鄭　樵

《通志》，1983，商務印書館影文淵閣四庫全書本，
台北。

錢大昕

《十駕齋養新錄》，1980，漢京文化公司，重編本
《皇清經解》本，台北。

盧文弨

《鍾山札記》，1980，漢京文化公司，重編本《皇
清經解》本，台北。

錢玄同 · 朱宗萊

　1921，《文字學音篇 · 文字學形義篇》，1969，學生書局，
　　　台北。

錢　繹

　1851，《方言箋疏》，1991，中華書局，北京。

龍宇純

　1968，《中國文字學》，1982，學生書局，台北。

戴君仁

　1979，《中國文字構造論》，世界書局，台北。

戴　侗

　1320，《六書故》，1983，商務印書館影文淵閣四庫全書
　　　本，台北。

謝啓昆

　1802，《小學考》，1974，商務印書館，台北。

應裕康

　1989，〈概念改稱與詞義變遷〉，《高雄師院學報》17：
　　　1-19。

戴　震

　1792，《戴東原集》，1967，商務印書館四部叢刊初編本，
　　　台北。

羅振玉

　1913，《殷虛書契前編》，1970，藝文印書館，台北。

　1915，《增訂殷虛書契考釋》，1981，藝文印書館，台北。

　1916，《殷虛書契後編》，1970，藝文印書館，台北。

蕭 統

523?,《昭明文選》,1974,藝文印書館影宋淳熙重雕胡刻本,台北。

饒宗頤・曾憲通編著

1985,《楚帛書》,中華書局,香港。

嚴靈峯

1976,《馬王堆帛書老子試探》,河洛出版社,台北。

顧 正

1992,《文字學》,甘肅教育出版社,蘭州。

顧炎武

1643,《音論》,1966,廣文書局印音學五書本,台北。

顧野王

543,《玉篇零卷》,1970, 力行書局影日舊鈔卷子本,台北。

G. B. Downer

1959,Derivation by Tone-Change in Classical Chinese,Bulletin of the school of Oriental and African Studies 22：258 - 290。

Pulley Blank E. G.

1963,The Consonantal System of Old Chinese, Part 2. Asia Major, 9：205 - 265。

1973,Some Further evidence regardiug Old Chineses and its time of disappearance,Bulletin of the School of Oriental and African Studies University of London, 36, Part 2, 368 - 373 。

1978, The nature of the Middle Chinese tones and their development to Early Mandarin, Journal of Chinese Linguistics 6, 2 : 173 - 203。

國立中央圖書館出版品預行編目資料

類篇字義析論／孔仲溫著.--初版,--臺北市:臺灣學
生,民83
　面；　公分.--(中國語文叢刊;16)
參考書目:面
ISBN 957-15-0586-2 (精裝). ISBN 957-15
-0587-0 (平裝)

　　1.類篇-批評,解釋等　　2.文字學

802.284　　　　　　　　　　　82010074

類篇字義析論 (全一冊)

著作者:孔　仲　溫
出版者:臺灣學生書局
發行人:丁　文　治
發行所:臺灣學生書局
　　　臺北市和平東路一段一九八號
　　　郵政劃撥帳號○○○二四六六八號
　　　電話:三六三四一五六
　　　傳真:(○二)三六三六三三四
本書局登記證字號:行政院新聞局局版臺業字第一一○○號
印刷所:淵明印刷廠
　　　地址:永和市成功路一段43巷五號
　　　電話:九二八七一四五
香港總經銷:藝文圖書公司
　　　地址:九龍偉業街九十九號連順大廈五字樓及七字樓
　　　電話:七九五九五九五
定價　精裝新臺幣三一○元
　　　平裝新臺幣二五○元
中華民國八十三年一月初版

ISBN 957-15-0586-2 (精裝)
ISBN 957-15-0587-0 (平裝)

臺灣學生書局出版
中國語文叢刊